信任練習

TRUST EXERCISE

Susan Choi

蘇珊・崔／著　　陳蓁美／譯

推薦序——

你能看見我所看見的嗎？

鄧九雲／作家、演員

我在英國讀表演研究所時，聽說過有間名校在開學沒多久後，會要求全體學生「坦誠相見」——就是裸體的意思。我從未去確認這傳言是否屬實，不過從表演藝術的角度來看（又是在西方），裸體真的不是一件需要大驚小怪的事。只是我記得當時自己的反應是鬆一口氣，好險不用這麼做。畢竟來自相對保守的亞洲文化，這種「物理性地剝除」並不能建立其中預期達到的那種團隊間的「彼此信任」。充其量可以強化勇氣或膽量，像去不分性別的北歐的三溫暖，或是在日本泡不分男女時段的溫泉的經驗。通常只有第一次會害怕，多試幾次就沒事了。所以說，看見彼此裸體，就能讓我們相信對方？

這答案一定是否定的。坦誠相見的練習，真正值得討論的是後面的「相見」。看見赤裸是一種直視差異化的方式，儘管什麼都沒穿，但每個人的身體還是有自己的形狀。美與醜，是否會在每個人的腦袋出現評判？而這評判又是一種單向道，往往不會去討論或迴向，於是對於在演員訓練裡要探索如何「建立信任」這項目標，恐怕沒有實質的效用。還有其他的信任練習很常見，也跟剝除有關，但拿掉的是「見」——譬如蒙眼睛，或是進入黑暗的房間。對明眼人來說，什麼都看不見時的移動，比裸體可怕太多了。在「看不見」的恐懼下，你才能清楚「看見」信任的數值，究竟是正的還是負的。

蘇珊．崔的這本《信任練習》，非常高明地從演員訓練角度切入，探討人與人之間「信任」與「看見」的關係。為什麼演員那麼需要做「信任」練習？因為信任是一種打開，唯有全然的開放，讓戲劇效果進入空間，有戲的瞬間才會發生。我聽過對表演最精準的詮釋是：我們看見，然後反應。於是演員能看見什麼，決定了觀眾會看見什麼。其中的「能見度」便取決於演員的「信任度」。想像你被蒙著眼，只有一個聲音在身旁給你指引。那聲音會告訴你前方哪裡有障礙，何時需要轉彎，何時會有階梯。你若全然相信聲音，就能走得順暢，彷彿看得見一般。

不過，這前提是聲音不會騙你，你才能相信聲音完全聽從他的指示。有趣的來了，要是這聲音會騙人呢？被蒙著眼的你，一下撞到人，一下撞到障礙物，最後甚至被樓梯絆倒。在這樣的經驗下，你開始不願意被蒙眼，不得已看不見時，你也不願意相信別人，努力伸長著雙手以觸覺補償視覺。最後當你長成這樣渾身充滿碰撞疤痕的人後，再玩這種遮眼睛，或是要你往後倒的練習，你才重新意識到自己的信任指數已經是負的。

原諒我不能講述太多這本《信任練習》的情節，否則絕對會剝奪你的閱讀樂趣。我連說出這閱讀經驗幾乎能媲美當年看《奪魂鋸》（我指的是第一集）可能都嫌太多了。在你翻開這本書之前，我不能成為任何聲音。只能告訴你一些籠統的訊息，譬如這裡面牽涉到的主題有：關於青春愛情的憧憬與誤解，師生同儕權力關係，校園MeToo。你絕對能讀到：非常細緻的演員內在世界，以及表演藝術工作者的自溺、市場矛盾以及現實困境。等到讀完還想深究文學價值的話，你能從小說創作的技巧與方法，用一個空拍的角度重新翻閱這故事。我說了這些，就是希望讓你願意自己蒙上那塊布，手無寸鐵地進入這故事的聲音。當你取下那塊布時，或許會像我一樣，迫不及待再重新讀一次。

《信任練習》分為三部分。時間是線性往下走，第二部分會開始進入某些回憶的蒙太奇。大致說來是用第三人稱敘事，但三部分的主要角色不同：第一部分的主角是表演藝術學院裡的莎拉，故事圍繞在她與大衛的情感張力，以及尚未脫離原生家庭的青少年與現實、學校的摩擦。第二部分的主角為凱倫，是莎拉的同學之一，時間推進，凱倫已長大成人。有趣的是，凱倫同時用第三人稱與第一人稱講述現在以及與莎拉的重逢。第三部分非常短，一記狠狠的迴旋踢。我被踢得暈頭轉向，往回翻了半天不敢相信自己的判斷。

其實從第一部分到第二部分，我就已經「被翻轉」地嘖嘖稱奇。沒想到還沒完。我忍不住寫信給編輯，釐清我的理解。某程度來說，這十幾萬字的信任練習（Excersie）其實更像是信任遊戲（Game）。手無寸鐵的我節節敗退，可幸的是，這位高竿的作者蘇珊・崔，讓我經驗橫衝直撞，卻毫髮無傷的超快感體驗。讀完編輯的回信後，我終於了悟書名「信任練習」的終極意義。

已經說得太多了。書稿裡面所有的筆記畫線在這篇推薦文裡都用不上。我多想再談談第二部分他們上演的那齣戲。以舞台做為故事場景，就逃不了戲中戲的安排。如何在小說的3D維度把戲中戲的2D化為加乘的4D，製造出一種不知到幾D的世界——這部分就留給戲劇愛好者自行玩味吧。

最後我想談表演訓練裡一個重要的概念，就是「預設」（anticipate）與「期望」（expect）的差別。演員要擺脫的是「預設」，而透過每次「期望」的「落差」走出戲劇的動線。簡單來說，像我一開始讀這本書的期望是：這是一個關於演員的故事。到第二部分發現不是，於是我產生驚訝、讚賞的情緒繼續讀下去。到第三部分這期望再次被打破，我產生疑問、不可置信、佩服與羨慕，並且意識自己完整實踐了作者設計的這套「信任練習」。

這種期望不斷「被翻轉」的過程，是近幾年類型小說／電影的主流元素。但老實說，翻轉的設計必須考量上述這種預設與期待的重重交錯效果，否則常會讓閱聽者有一種「被騙」的感覺。問題多半出在「誤導」方式的「動機」使用。誤導是一種有效的手段，但導去錯誤的方向後該如何再導回才是學問。而且那錯誤的地方，必定也要有些什麼有意義的東西才能讓人不出戲，不能是只為了騙而騙，隨便把人丟在沒有訊號的荒郊野外，然後突然電話響起，壞人出現，或是主角掉到洞裡……接黑畫面。

做為一位同為演員與寫作者身分的讀者，《信任練習》讓我羨慕又嫉妒。以讀者的角度，我羨慕這故事被執行得如此精準純熟；以寫作者的身分，我嫉妒蘇珊・崔能寫下一本把表演藝術的概念拉高到全體人性經驗的書，而非只是侷限於理解戲劇與舞台的小眾。我把這本文學性超高的小說，比喻成時下主創們為之瘋狂的ＩＰ類型小說可能有些跳躍。但我前面說了，這確實是《奪魂鋸》等級的閱讀經驗。只是這裡沒有連續殺人魔，沒有屍體，沒有一堆線索與翻轉翻轉再翻轉……噢，我錯了。其實有。

只是，它做為一種象徵手法，能重擊潛意識，留下餘韻。我說完了，你相信我嗎？

信任練習

他們兩人都不能開車。大衛要到三月才滿十六歲，莎拉要到四月，目前時序剛進入七月，離年滿十六歲能開車上路還有一段時間。夏天尚有八週，看似漫長無止境，不過直覺卻告訴他們事實不然，時間很快就會過去。他們在一起時，兩人的直覺都變得異常熾烈，但直覺僅告訴他們想要的，卻不透露該如何得到，這一點著實教人難以承受。

他們今年夏天開始陷入熱戀，不過去年都處於曖昧狀態，整個秋天和春天兩人眼中只有彼此，很多人也心照不宣地把他們看成一對。大家絕口不提卻都心知肚明，他們之間流動著一股緊張甚至危險的能量。什麼時候開始的，這就難說了。他們都有性經驗——不是處子之身——這也可能加速和放慢他們的關係。第一年秋天開始上學時，雙方都有男、女朋友，但他們都就讀於較一般的學校。而大衛和莎拉的學校卻不太一樣，專門挖角全市各地、甚至偏荒小鎮在某些領域特別傑出的學生。十年前大膽創新的試驗，如今已成就一所菁英學校，最近更搬遷至一棟擁有國際水準、專業設備的全新豪華大廈。而所謂的學校，就是為了拆散一段段必須斬斷、讓它們停留在孩提時代的關係。莎拉和大衛都欣然接受，相信這是邁入非凡人生必經的痛苦儀式；他們忙著甩掉關係變淡的男、女朋友的同時，又對他們濫施溫柔。他們所就讀的這所學校，市民都稱它為「表演藝術學院」，不過他們和其他學生以及老師都用傲嬌的口吻稱之為CAPA[1]。

在CAPA，「戲劇藝術」一年級生須研習「舞臺技術」、「莎士比亞」、「視唱練習」，上表演課時要做「信任練習」，這些傳授給他們的專門術語因與藝術關係密切都得大寫，「信任練習」的方法五花八門，有的透過談話，彷彿做團體治療；有的需要保持沉默、蒙蔽眼睛，或從桌子、梯子上背朝下摔落，掉在人群手臂織就的格子網中。他們幾乎每天都得仰臥在冰冷的瓷磚地板上。若干年後，莎拉知道這個姿勢就是瑜伽的攤屍式體位。

他們的老師金斯利先生雙腳套著軟皮革尖頭拖鞋，像貓似的在學生們之間緩緩移動，唸誦著喚起肌肉意識的口訣。「讓你的意識注入肌膚，從腳踝至膝蓋慢慢佈滿全身，任肌膚分泌液體，逐漸變重。雖然你感受得到每一個細胞，你輕輕抱著它，你的意識異常清明，不過你正在放下，放下。」莎拉以卡森．麥卡勒斯《婚禮的成員》[2]的一段獨白獲得入學許可，大衛則靠著參加戲劇營飾演《推銷員之死》的威利．羅曼一角。第一天上課，金斯利先生像一把刀子似的滑入教室——他以悄然無聲、作勢埋伏偷襲的方式移動——當大家在彈指之間安靜下來時，他向大家瞥了一眼，莎拉後來回想起來依然歷歷在目，那是一道充滿不屑與挑釁的目光（我不把你們放在眼裡），如同一道冰水注噴濺到他們身上。接著，他開玩笑似的打起圓場（或許我錯了）……他抓起粉筆在黑板上以大斜體字寫下*THEATRE*，「這麼寫才對，」他說：「要是結尾寫成ER就不能成氣候。」[3]這才是金斯利先生實際跟他們說的第一句話，而不是那句滿是輕視意味的「我不把你們放在眼裡」，那全是莎拉內心的想像。

莎拉穿著設計師親筆簽名牛仔褲。褲子是在大型購物中心買來的，她倒不曾看見其他人穿過。這條褲子彷彿為她量身定做，完美貼身，針法細緻，組成螺旋紋理，涵蓋整個臀部區域，甚至一路延伸到大腿正、背面。校園無人穿紋理如此豐富的牛仔褲，其他女生都穿 Levi's 五袋牛仔褲或緊身運動褲，男生穿 Levi's 五袋牛仔褲，麥可．傑克森風格的傘兵褲也流行過一陣子。有一天做信任練習，當時大約在深秋時分，大衛和莎拉也記不清了，因為他們到夏天以前都不曾談論這段往事。金斯利先生關掉無窗排練室的全部燈光，使大家墜入封閉、漆黑的穹窿中。那個長方形房間其中一面的底部矗立著高約三十英尺的舞臺。燈光熄滅，全場闃寂無聲，他們隱隱聽見金斯利先生走過對面牆邊，接著步上舞臺。透過環繞成一條虛線的夜光貼、形成有如閃爍在黑夜中的幽微繁星，他們依稀瞥見舞臺邊緣。花了一段時間調適眼睛後，他們只看到一片黑暗，漆黑得有如子宮或墓穴。金斯利先生堅定、平靜的嗓音從舞臺上幽幽傳開，抹去他們的過往一切，消除他們的知識見聞。他們成了呱呱墜地又看

1 表演藝術學院（Citywide Academy for the Performing Arts），以下皆以CAPA稱之。
2 卡森．麥卡勒斯（Carson McCullers, 1917～1967），美國作家，《婚禮的成員》是一九四六年的長篇小說作品，後來改編成舞臺劇。
3 英語的 theatre 和 theater，有戲劇、劇場、劇院之意，美式拼寫為 theater，英式拼寫為 theatre。

不見東西的嬰兒。現在，他們必須在黑暗中冒險前進，看自己能找到什麼。

他們匍匐前進著，這樣一來，既能避免受傷也能繞過舞臺，而金斯利先生端坐在舞臺上凝神諦聽。他們也豎耳傾聽，一方面被黑暗束縛著，一方面又因為躲在黑暗中不必壓抑，更能大膽投入冒險。此時出現一陣騷動和窸窣聲。房間不怎麼寬敞，身體很快就碰在一起旋即又驚慌彈開。他聽見了，或許也猜出怎麼回事，「黑暗中我身邊還有其他生物嗎？」他喃喃自語著，用腹語道出他們的心事。「牠有什麼？——我有什麼？我的手足帶著我前進也帶著我後退，我的肌膚感覺冷也感覺熱，感覺粗糙也感覺平滑。『牠』是什麼。『我』是什麼。『我們』是什麼。」

除了匍匐前進，也有了觸摸。觸摸不僅受到容許，更受到鼓勵，甚至必須如此。

大衛驚訝自己竟能辨認出不同氣味，他不曾想過自己擁有這種感覺。現在他忽然發現自己受到各種訊號的刺激，他像尋血獵犬或印地安偵察兵，暗中盤算或決定迴避與否。班上除了他還有五個男生。首先是威廉，他表面看來是大衛的頭號對手，但其實算不上對手。威廉發出體香劑味，那是一種很陽剛、工業化的味道，像用了太多的洗衣精。威廉眉清目秀，滿頭金髮，身材頎長，風度翩翩，很會跳舞，有一種與生俱來的體貼殷勤，像是為女生穿上大衣、下車時挽著女生手臂或替女生開門。然而這些都不是威廉那位刻板瘋癲的母親會教的事情。她做了兩份全職工作，每天二十個小時不在家，在家時也只會把自己關在房間裡，不替孩子（威廉和兩個妹妹）料理三餐或做家事，更別說陪他們寫家庭作業這類較細微的事。這就是你在CAPA上了幾個星期的課，能從十四歲同班同學那裡聽到的故事。基督教信徒團茱莉葉塔、胖潘蜜、愛跳舞的丹妮奎，以及丹妮奎身邊的小跟班香坦和安潔等等，都是威廉的粉絲。當威廉帶著丹妮奎連環轉圈後垂下上半身，或和丹妮奎連袂快速迴旋穿越房間，香坦和安潔肯定從旁高聲歡呼。其實威廉只想跟丹妮奎跳支探戈而已。他雖精力旺盛，卻未流露絲毫欲念，他的汗水也不夾帶任何味道。大衛繞開威廉，甚至避免碰觸他的腳踝。第二位是諾貝特，他發出青春痘油味。柯林的味道是他那頭滑稽可笑的爆炸頭的油耗味。埃勒禮，因為油耗味和頭皮味交相混合，讓他整體氣味尚可接受，甚至令人愉快。最後一位是馬努埃，他的外形透露出拉丁裔的出身，這個城市有不少拉丁人口，CAPA卻幾乎找不出第二個。或許這也足以顯示馬努埃的重要，他成了學校籌募資金的藉口。馬努埃性情呆板、沉默寡言、才華平庸、口音濃重，他也有自知之明。儘管身處這個乾柴烈火、極易發生肌膚之親的溫室，他一直沒什麼朋友。馬努埃散發的，是他身上那件佈滿灰塵、久未清洗的人造羊毛絨襯裡燈芯絨夾克的味道。

大衛開始挪動身體，機警地貼著地板快速爬行，對周遭的緩行慢移、推擠扭動或喘息聲都無動於衷。這時忽然傳出一陣竊竊私語和美髮用品的香氛，是香坦、丹妮奎和安潔。他打從她們身邊經過，卻被其中一人摸了一把屁股，但他沒有放慢速度。

莎拉很快便留意到身上的牛仔褲會暴露行蹤，這件牛仔褲就像布萊爾點字釋放訊息。全場最清晰可辨的非香坦莫屬。她每天固定穿一件長及大腿的開襟衫，衣服顏色甚為鮮豔，或火紅色或桃紅色或青綠色，腰間繫著雙扣環龐克鉚釘皮帶。她每天穿著不同的開襟衫配同一條皮帶，她也可能擁有多條相同款式的皮帶。燈光熄滅時，有個人急忙湊到莎拉身邊，對她又扒又抓的，直到攫住她的乳房才罷手。他開始用力擠壓，彷彿想擠出乳汁。她十分確定是諾伯特。電燈還亮著時，他已經坐在附近，一如往常緊盯著她。現在她手腕撐地，兩腳拼命推動，好讓身體盡量往後靠。她後悔穿了這雙白色平底鞋，鞋子很快就變髒變灰，她應該穿那雙尖頭三扣金屬高跟短靴，那是她用最近幾個週末在「巴黎精神烘焙屋」上早班賺外快買來的。為了這份差事，她還沒六點就得爬起床，但她每天不到凌晨兩點不上床睡覺。雖然不知這個愛抓乳頭的傢伙是何方神聖，但他已經跌入黑暗的汪洋，莎拉甚至聽不見他急促的喘息聲。她繼續臀部朝下，雙腿蜷曲著，用手腕和雙腳遲緩地橫向移動。也有可能是柯林或馬努埃。馬努埃通常不會盯著她看，其實他不曾與人四目交接，她甚至不太確定自己是否聽過他的聲音。或許他長期壓抑暴力和性慾。「……黑暗中潛藏著各式各樣的形狀，這一個冰冷，邊緣堅硬，當我把手放在上頭，它沒有任何反應。這一個暖和，但奇形怪狀，凹凸不平，當我把手放在上頭，它動了起來……」金斯利先生的聲音穿越黑暗，試圖敲開他們的心房，其實他所做的一切都為了讓他們敞開心房，不過莎拉卻扣緊心扉，她是遜咖，像刺蝟般的豎起刺針，她最近把莎士比亞的作品背得七零八落，全身僵硬，還不由自主地抽搐著。

她更怕碰到茱麗葉塔或潘蜜。這兩人宛如小女孩，做什麼事都滿腔熱血但沒有自知之明，兩隻手碰到什麼就花枝亂顫地撫摸起來。

她被發現了。有隻手抓住她的左膝，接著這隻手手掌朝下地挪移到她的大腿正面，停留在褲子凸起的螺旋花紋上。她隔著牛仔褲感受到這隻手掌的熱氣，她忽然感到一陣心慌，房門悄悄打開了，雖然金斯利先生的叨絮早已化成一陣風，門鎖被吹得嘎嘎作響卻依然紋風不動，但現在，這隻手登時打開門鎖。

那隻手停留在她的大腿上，另一隻手找到她的右手並拉抬起來，擱放在他稍微剃過鬍子的臉龐上。他握住她軟弱無力的拇指，挪動了一下並使勁按壓，彷彿打算在自己臉上留下指印。她感到自己的拇指肉墊底下有個微微凸起的東西，像蚊子叮咬的腫包。那是大衛的胎記：一顆扁平、巧克力色的痣，大小有如鉛筆頭上的橡皮擦，長在左臉頰，就在嘴脣邊。

那個時候他們剛認識不久，還不曾提起這顆痣。十四歲會聊胎記嗎，就算雙方已經留意到？莎拉雖隻字未提，卻注意到了。大衛也隻字未提，但心裡明白她注意到。這是他的印記，他的布萊爾點字。她的手不再乖乖擱在他的臉上，她托著他的臉，想讓這張臉安穩地支在脖子上。她的拇指輕輕滑過他的嘴脣，他的唇形清晰，跟那顆痣不分軒輊。他的嘴脣豐滿但不女性化，類似猿猴的嘴巴，有點米克．傑格[4]的味道。他的眼睛雖小但深邃，像鑲嵌著兩顆藍色瑪瑙，有點狡黠又有點狂野。他稱不上俊俏，但也不需要。

4　米克．傑格（Mick Jagger, 1943～），滾石樂團主唱。

大衛把她的拇指放進嘴巴，舌頭輕輕舔舐卻沒弄濕它，然後他把拇指重新放回嘴上並親吻著。這隻拇指輕輕劃過他兩片嘴唇交界所形成的波狀線，彷彿想知道波狀線的長度。

金斯利先生繼續說話，試圖闡釋與提供指引，但他們再也聽不見他的聲音。

大衛接吻從不這麼拖拉。他覺得自己有如插在叉子上、忍受慾火灼烤烘炙，他就這麼吊掛著，在苦海裡載浮載沉。他兩隻手同時浮起，然後覆蓋她的乳房。她戰慄了一下，緊緊貼著他，他微微抬起手，掌心剛好掠過她的乳頭，乳頭把輕薄的棉質T恤幾乎頂破。如果她穿著胸罩，用的該是柔軟的料子，肋骨好像被一小塊絲布包裹著。她的乳頭以堅硬閃耀寶石的形式落入他的心田，有如鑽石、石英以及養護在玻璃罐、吊掛在繩索上的多琢面水晶。她的乳房雖小，卻恰如其分，與他窩成杯狀的手掌一樣大。他用掌心或指尖掂掂重量、推測大小，一邊輕撫一邊感嘆，他一而再、再而三地反覆這麼做。他和前一所學校交往過但現在已經甩掉的女友發展出一套公式並按表操課：首先舌吻一段時間、然後摸奶一段時間、接著指交一段時間，最後以操幹結束。他從未漏掉任何一個步驟也不曾調換次序。這是他奉行的性愛處方，但現在他驚愕發現其實不然。

他們倆膝蓋相對蹲跪著，他手心輕輕抱著她的乳房，她雙手抓著他的腦袋，臉龐依偎著他的肩膀，使得他的 polo 衫因為她溫暖的氣息而有一小塊變得濕潤。他把臉孔埋入她濃密的頭髮，吸吮她甜美、溫暖的氣息，感到心醉神迷。這就是他在她身上找到的感覺，只能意會，不可言傳。他們兩人產生奇妙的化學變化，使得彼此兩情相悅，意氣相投，但他們尚未歷經生活的滄桑，還看不出來。

「走到牆邊，跟牆壁保持一些距離，然後挨著牆坐下。雙手自然垂放身體兩側，同時閉上雙眼，我將打開電燈，讓大家進入明亮的過程更順利。」

金斯利先生話沒說完，莎拉已經走開，她彷彿遭遇大火似的落荒而逃，直到撞上牆壁才停下腳步。她把膝蓋拉向胸部，整張臉埋進雙膝之間。

大衛感到口乾舌燥，被內褲勒得喘不過氣。他的雙手，片刻之前還靈巧敏感，現在卻變得遲鈍笨拙，像填充拳擊手套一樣。他用手掌一而再地撫摸他那不易變形的短髮，往上梳理露出額頭。

燈光亮起，每個人都定定注視著空洞無物的房間中央。

他們學習生涯最關鍵的頭一年照常進行。用到桌子上課時，他們待在不同桌子前；需坐著上課時，他們坐在不同排的座位上。在走廊、餐廳或在吸菸長椅上，他們加入不同的圈子聊著不同的話題。有時候兩人僅隔著幾公分，卻別過臉不看對方。不過變換姿勢時，大衛炙熱的目光在空氣中戳破一個洞，莎拉猛然瞥過一眼旋即移開，但已揮出一記長鞭。他們渾然不知，卻有如燈塔般的引人注目。安靜不說話時，雙雙兩眼直視前方，但彼此之間彷彿有一條電纜，其他同學都得繞道而行以免絆倒。

他們需要距離，距離能帶來清新的黑暗。那一年上完最後一堂課時，大衛慌張地從椅子上彈起，放眼掃過教室最遠的角落，指關節折得喀喀聲。大衛走到莎拉身邊聲音沙啞地詢問地址。他和家人即將出發去英國，他想寄明信片給她。莎拉迅速寫下地址並遞給他。他掉頭就走。

一個星期後開始收到明信片。明信片的正面沒啥稀奇，倫敦橋、白金漢宮前正經八百的禁衛兵以及頂著三英尺高的莫霍克髮型、看來標新立異的龐克族。莎拉不像大衛常和家人去澳洲、墨西哥、巴黎等地旅遊，她雖不曾出國，但還是看得出來這些都是在紀念品店的旋轉架上隨手取下的普通明信片。明信片的背面卻是另一回事。密密麻麻寫得滿滿一張，她的地址和郵票勉強擠進字裡行間。她很感激郵差把信送到她手上，他肯定跟她一樣瞇著眼睛細看，不過懷著不同的心情。一天起碼一封明信片，有時候一天數封，郵差來到時她馬上拿走明信片，而把帳單和優惠券留給她母親下班回家後查閱。大衛的手寫字熱情奔放，頗為秀麗，有許多大圓圈和拉花裝飾，精細工整，每個字母的傾斜角度一致，所有的t和1的高度相仿。內容呼應形式：生花妙筆，觀察入微，卻也顧及分寸。每張卡片都是一篇小品文，右下角郵遞區號旁狹小的空白處，他試探性地擠進幾句甜言蜜語，她的肺部好不容易擰出一絲空氣。

他們居住的南部大城，雖然土地遼闊，但要什麼沒什麼——沒有河川湖泊，沒有水圳，沒有丘陵，沒有地形變化，沒有公共運輸，甚至連覺察到諸如此類的匱乏也沒有。這座城市宛如少了棚架的藤蔓，只得稀稀疏疏、漫無目的地四處攀爬，整體市容予人雜亂無章之感。有由維吉尼亞橡木與堅固矮磚房組成的優雅社區（大衛便是住在這樣的地方），緊挨著一片荒蕪的沙地；有彷彿軍事基地的美國郵政署；有類似汙水處理廠的可口可樂裝瓶廠，也有上百幢兩層磚盒子組成迷宮狀的廉價公寓群和佈滿青苔的游泳池（莎拉便是住在這樣的地方）；要是從這條荒無人煙的大馬路最東邊走過來，肯定教人筋疲力竭，這條路沿途矗立著皺巴巴的棕櫚樹，而莎拉居住的公寓區和當地最高級的猶太俱樂部的大門相對。從倫敦旅遊回來，大衛母親欣然樂見兒子愛上猶太社區中心打迴力球和游泳，但自從進CAPA就讀後，他就變得不屑去那裡了。「你的球拍還在嗎？」她問道。

他用衣櫥背板做了一個球拍，甚至自己做了一條浴巾。當他來到莎拉家門前，他的球拍和浴巾都軟趴趴地垂掛在手上。打從俱樂部起，穿越馬路、到達莎拉家的實際距離，遠比她建議穿越數個街道所串聯的距離來得更長。從猶太社區中心停車場為起點（這座城市並非為了行人而打造，因此欠缺給行人方便的人行道或穿越馬路的交通號誌）走到位處南門的莎拉公寓區，需耗費將近二十分鐘的時間。這個季節天氣熱得要命，他走過中間安全島，島上除了晒得焦黃的杜鵑外沒有一草一木，幾位摩托車騎士停到路旁問他是否需要協助。在這座城市，只有窮人中最窮的人、或最近在犯罪事件中成為受害者的人，才會在馬路上行走。當大衛走進莎拉那個迷宮般錯綜複雜的住宅區時已經步履蹣跚——這個社區，規模龐大，宛如一座城市，卻不見任何標誌。莎拉和母親在她十二歲那年搬來，那是他們四年內第五次搬家，卻是第一次和父親無關。一直等到莎拉和母親在那扇褪色木門用粉筆畫上×才不至於在車棚迷陣中走丟，而那扇木門隔開他們的專屬停車位和後院。這座城市七月白天平均溫度攝氏三十六度，大衛手上唯一的線索是她的公寓號碼，但他萬萬沒想到她竟住在距離俱樂部遙遠的西側，意即位於西門附近。莎拉要他從西門過來，但他沒放在心上，他知道自己不會走那條路。他太害羞，不敢據實以告，事實上他打算搭便車去俱樂部；他為了自己沒有車感到難為情，其實他們都沒有車，他們只有十五歲，還有一年才能考駕照。他沒想到她也因為被剝奪權利，不能擁有在這座城市開車的執照而耿耿於懷。他們處於尷尬的中間過渡狀態，不是小孩了但還不能享有成人的權利。這個社區裡的「街道」並非真正的街道，只是人行步道或行車道無止境的分岔轉移，不同的是人行步道兩旁有奄奄一息的鳳仙花，行車道旁則有空地通往停車場。大衛花了一個小時才找到莎拉的公寓。他大概走了兩、三英里，而原本想像當他在天黑到達時會將莎拉一把攬入懷裡，卻沒想到此時他只是呆立著，兩隻腳像黏在門檻上，全身被烈日晒得熱血沸騰，連眼睛也佈滿血絲，他以為自己會嘔吐或昏厥過去。接著，他們共同的童年氣息觸動他，那是這座城市特有的氣息，埋藏在無盡蜿蜒的空調系統管路中，太陽終年照射不到，這是一種冷冽的空氣，發出霉臭味。透天豪宅也好，磚盒公寓也罷，空氣聞起來都一個樣。大衛摸黑向前走一步。「我要沖澡。」他終於說出口。

他煞費苦心穿著短褲、及膝長統襪、稚氣的白色運動鞋和運動衫。這身打扮讓莎拉感到尷尬。他看起來很陌生，一點也不帥氣，然而這種似是而非的推論在濃烈慾望遮掩下只是若隱若現，而慾望又反過來被一種前所未有的情感淹沒，一股憂傷的柔情有如排山倒海地襲來，彷若他即將成為的那個男人——充滿意想不到的黑暗與懦弱——在他這個男孩的身上一閃即逝。現在，這個男孩打從她的身邊經過，然後把自己反鎖在浴室裡。她的母親外出工作到很晚；這間母女共用的浴室簡陋狹小，與大衛家的四間浴室有如天壤之別。現在他置身於如此陌生的地方洗著澡，用一塊光滑的「象牙」肥皂搓揉大腿之間，又不假思索地在每一寸肌膚塗抹泡沫。因為害怕，他洗得慢條斯理而且小心翼翼。他不曾跟心愛的女孩上床。截至目前為止，他只跟兩位女孩上過床，而今她們早已在他心中融解、消散。他的血液溫度從緊急的沸騰狀態逐漸冷卻，他的心也緩緩地膨脹。他用冷水——冷到幾乎是冰水來沖洗，然後躡手躡腳走出浴室，腰際間繫著一條浴巾。她躺在床上等他。

§

他們的老師金斯利先生和一個他叫做丈夫的男人同居。當他這麼說時，帶有挑逗性的兩隻眼睛閃閃發光。那是一九八二年，紐約只是一座遙遠的城市。除了莎拉，他們不認識任何一個男人會叫別的男人丈夫，而且兩眼充滿挑逗性地閃閃發光。他們不認識長年住紐約的人，此人還是《酒店》[5]百老匯首演卡司的一員，當他緬懷起這段時光，總以「喬爾」取代

5 《酒店》（Cabaret），音樂劇名，一九六七年東尼獎得獎作品，導演哈洛・普林斯（Harold Prince）的代表作，一九七二年由電影導演包伯・法斯（Bob Fosse）將《酒店》改拍成同名電影。

喬爾・葛雷[6]。除了莎拉，他們不認識任何一個男人會在辦公室的牆壁上裝飾著有點猥褻但吸引人的紀念品，還掛著一幀女人的照片，這個女人體態豐腴，濃妝豔抹，幾乎衣不蔽體，雙臂高高舉起並張得大開，雖跟金斯利先生毫無相似之處，但詭異地令人聯想起他，同時有謠言流傳這就是他本尊，不過沒人信以為真。莎拉的大表哥，也就是她姨媽的兒子說：「他是個同志皮革族。」莎拉面對大眼圓睜的同學們轉述。這位表哥住舊金山，常穿女裝，愛唱失戀情歌，他給了莎拉通往金斯利先生祕境的鑰匙，她的同學們都少了這樣一把鑰匙。大衛一開始就注意到莎拉渾身散發知識的光暈，他偶爾看到莎拉和金斯利先生有說有笑，處在彼此才了解的世界中，其他同學卻只能遠遠觀望著。大衛很羨慕，其他同學也是，他希望能將他們的世界據為己有。

一九八二那年，他們當中除了莎拉之外，沒有人認識同性戀者。同樣的，一九八二那年，他們那群人也都認為金斯利先生因為是同性戀而比他們認識的其他大人更優越。金斯利先生詼諧風趣，時而尖酸刻薄，想到要和他說話便心生恐懼卻又異常興奮。每個人都亟想跟他的聰穎才華並駕齊驅，又害怕望塵莫及。金斯利先生的確是同性戀。他們找不到適當的字眼加以表達，直覺卻讓他們不由自主地顫抖：金斯利先生不僅是同性戀者，更是聖像破壞者，也是他們有生以來認識的第一個。他們希望自己也能成為這樣的人，他們年紀尚輕，卻已能用語言表達這種想法。他們都是很早就感到自己跟世界格格不入的小孩，或者該說難以感到滿足，並到了極度痛苦的地步，只好抓住創造的衝動，希望藉此得到救贖。

一些詭異的崩裂和創傷剛好出現了，也預告了夏日的結束。從加勒比海吹起的克萊姆颶風朝著他們直撲而來，每天的晚間新聞密切報導它的行蹤。莎拉母親放假一週，儘管放心不下，還是留莎拉一個人在家，但要她在窗玻璃上用膠帶貼成「X」字，並蓄滿儲水槽以防萬一。莎拉足不出戶，需要上圖書館時才會出門。圖書館位於大學校園內，在大衛家附近。莎拉和大衛兩人相隔很遠就下車，結果兩人離圖書館還有一大段距離，當兩人找到彼此了，卻不知怎地有一種被糟蹋的感覺。他們在令人頭昏眼花的暑氣中走著，從昏昏欲睡的仲夏校園的此端走到彼端，絕望地尋找一處地方，但天氣燠熱，心情煩悶，他們沒有手牽著手。三不五時就遇見校園維護工人駕駛堆著一疊防潑水帆布和沙包的高球車，同時向他們瞥了一眼。沒看到半個學生，包括圖書館的整個校區都關門了。他們穿越汪洋般的停車場瀝青路面，最後來到足球場，球場闃寂無聲，被騰騰熱氣漂成白色。他們穿過彎曲變形的剪刀門，在美國快餐店後方、爆米花機底下，兩個壓扁、發出油耗味的紙盒子上，莎拉和大衛正賣力地做愛，她的雙唇撞擊著他的耳畔，勾住他的腰際，雙手使勁抓住他大汗淋漓、又濕又滑的背脊。當他高潮時，他極其痛苦又富有節奏地吐出滾燙的氣息，灼燒著她頸項的一側。這是

6 喬爾·葛雷（Joel Grey, 1932～），一九六六年出演音樂劇《酒店》的「司儀」一角獲得東尼獎，一九七二年音樂劇《酒店》被搬上大銀幕，喬爾·葛雷於同名電影中飾演同一角色，贏得奧斯卡最佳男配角獎。喬爾·葛雷年輕時踏入婚姻並育有兩名子女，八十二歲時公開出櫃。

她第一次沒有達到高潮，她有一種孤獨的感覺。他們彎著腰穿好衣服。大衛沒把黏在莎拉大腿上的東西擦掉，也沒有說些話讓她一笑置之。大衛和鞋帶搏鬥，想著要是他沒跟她一塊兒來就好了。他也想著要是躺在他底下、在硬紙板上的她不是那麼僵硬就好了。這跟在她家公寓不同，那幾次當他們慾火焚身，從床上延燒到鋪著地毯的地板、走廊間，直到客廳沙發、扶手椅上。有時候，他們恍若從夢境回到現實，卻驚覺置身於不同的房間而哈哈大笑。他以雙唇撫弄著她的每一寸肌膚，將舌頭伸進她的陰道，當她全身劇烈震蕩，放聲尖叫時，他緊緊抓住她的手，兩人都因為她獲得歡愉感到驚喜顫動。

他們穿好衣服後相偕走過校園，快到邊緣時才發現來到莎拉打工的法式烘焙屋所在的購物中心。兩人走進一家莎拉很喜歡的商店，大衛看著莎拉試戴首飾，那是用未磨光的石頭手工製成的奇怪玩意。當莎拉母親的豐田汽車出現在店門外時，莎拉急忙跑出去，甚至不讓他在店員面前親吻她。大衛又在店裡稍作停留，離去時抱著一個繫著絲帶的盒子。

§

記住那些多事之秋、其中的轉折和情感變化，有如填入槍管的火藥。記住時間的膨脹與擴散。時隔數日如隔數年。他們的時間卻漫無止境；從甦醒至正午，生命已然經歷繁花盛開與枯萎凋零。克萊姆颶風終於登陸，大衛那年夏天走過的大道變成一條泥漿滾滾的河流，吞沒停放路邊的汽車，樹木也被吹得東倒西歪。遲了一週才開學，卻也證實他們的疑慮，他們經歷的不是一個夏天而是一生。他們不可能停留在十五歲了。在這個年紀，他們自然希望同學能對自己一個夏天極端的變化——成為演員——刮目相看。香坦交了非裔男友，諾貝特蓄起鬍子掩飾自己，但不確定是否管用。熱情如火的閨密情畫下句點，當莎拉穿過大門走進「黑盒子」那個空間時，蕎埃爾．克魯茲走到她面前尖聲大叫，不知何故，她瞬間全身僵直。那年春天，她幾乎整天跟蕎埃爾廝混。蕎埃爾和名叫瑪汀的姐姐一起上學，莎拉晚上待在家裡的時間比跟蕎埃爾待在瑪汀那輛髒兮兮的車子後座的時間少。她們經常開著車四處兜風，找烈酒、毒品，或拿著她們廉價買來的造假身分證騙過夜店保鑣。莎拉跟著蕎埃爾吸食古柯鹼、看洛基恐怖秀、穿牛仔褲配平底鞋，但現在莎拉對蕎埃爾的身體感到噁心；它太濕潤、太粉紅，莎拉甚至聞到蕎埃爾私處的氣味。莎拉覺得自己對蕎埃爾沒啥不同，只是她已經不再是同一個人罷了。她沒有遺棄蕎埃爾，也沒對蕎埃爾冷言相向——沒有！她只是變了，她不是蕎埃爾的朋友了。這樣的變化對需適應全新狀態的二年級生來說，既不得不然也理所當然。她相信蕎埃爾心裡也一清二楚，甚至希望如此，她可能是公然挑釁，莎拉只是給個回應罷了。

不過蕎埃爾的無關緊要對莎拉來說也不痛不癢，即便蕎埃爾站在那裡跟她說話。對莎拉來說，除了大衛，其他一切都不重要。她覺得大衛的認可就像一面鏡子對著她不時發出閃光。莎拉和大衛兩人遠遠走在別人前面，他們穿過地平線，消失在另一頭，把學校拋得遠遠的。如果他們仍保留著褪去的外皮，那也只是為了偽裝。對莎拉來說，不用說，他們的夏日將成為他們之間的祕密，宛如一座奧林帕斯山（要是當時她知道指的是什麼意思就好），他們在山上如天神般竊竊私語。她甚至沒想過要跟大衛多做解釋。她相信他都知道。

大衛忽然闖進黑盒子，他不像偶爾發出閃光的鏡子卻像一盞聚光燈，盡情恣意地發熱發光，他划動兩隻臂膀，但又像受到束縛放不開來。他費了一番苦心隱瞞，把要曝光的東西掩藏好，十幾位沉迷於他的魅力的同學簇擁著他。莎拉發現自己正欠著身子，手裡拿著一個小禮盒，在場每個人都盯著她看。

柯林叫道：「大衛要跪下來！」

「看看你，臉紅成這樣！」安潔笑道。

「打開禮物，莎拉。」潘蜜哀求著。

莎拉連忙將盒子塞回大衛手中。「我晚一點打開。」

「現在就打開。」大衛催促著。也許大衛看不到柯林、安潔、諾貝特、潘蜜以及其他所有人，也聽不見他們說的話，但莎拉卻清楚意識到這些人的存在。大衛看了莎拉一眼，雖然她才是目光的中心，但他只是瞥了她一眼。他對於周遭的觀眾完全無動於衷；或許是他的膽大妄為，也或許是個試探，但這種冷漠的態度給她重重一擊。他和她一樣滿臉通紅，但儘管如此，她還是有充足的理由生氣。若說她臉紅得像蘋果，他的臉則紅得像火焰，臉皮上出現鮮豔的紅斑，又覆蓋著少男才有的零星小鬍鬚，使得他的臉變得很難看。

「我晚一點打開。」她說出口的時候，金斯利先生已經走進教室，並將兩隻胳臂舉到頭頂附近揮舞著，表示重逢固然令人欣喜，但還是請他們閉嘴並在自己的座位上坐好。

大衛在莎拉後面兩排的座位上坐下，她不用看也知道他的所在位置。她面對前方，全身像火在燒，感覺好像做了壞事。是壞了別人還是壞了自己？她沒有轉頭，她不會看他，無論他有多麼希望她這麼做。兩人腎上腺素迅速飆升，像發出急迫但隱晦的警告。不過數分鐘前，大衛從那道巨闊的雙扇門大步走進來，事實是跳著進來，事實是懷著愉快的心情，踩著可笑的步伐，因為他終於能夠以男朋友的角色登場了，而莎拉是他的女朋友。在大衛心裡，這些是神聖不可侵犯的角色，也是他最在意的兩個角色。誰在乎哈姆雷特？他擔心盒子太小，害怕她因為手掌能輕易握住盒子而大失所望。然而當她打開盒子時，純銀頸鏈將會攤開，藍色寶石將窩在他鍾愛的頸項底部凹陷處。他本身的容光煥發應該是從她身上汲取而來，不該是他看到的恐懼或反感。或許是羞愧？因為和他在一起而感到羞愧，顯然如此。

大衛極力把盒子塞到後面，眼不見為淨。他要把盒子放到置物櫃，銷毀它，現在這個在他牛仔褲前面、令人難以消化的腫塊根本是個笑話。對大衛來說，愛就該向全天下昭告，而這不就是最關鍵的一點嗎？對莎拉來說，愛是一起守護祕密，這才是最要緊的啊！莎拉感覺大衛的雙眼穿越教室停留在她身上，她紋絲不動，試著用心牽制它們。許多年後，莎拉以觀眾的身分走進戲院，她將看到一齣戲，裡頭有一位男演員發出疑問：「不能有沉默的語言嗎？」她驚覺自己的眼眶瞬間盈滿淚水。坐在大衛前面兩排，她極力保持靜止而隱隱作痛，她希望抓住他的凝視，以免它如一隻飛蛾從她頸背處逃開。莎拉不知該如何形容這種沒有言語的語言。當大衛不再對她說這種語言時，她卻又不明白那代表何意。

§

「自我重建，」金斯利先生說：「需要一種基礎。親愛的高二生啊，比起我們初次見面，你們又長了一歲也更有智慧。我提到的基礎是什麼呢？」

每個人都想討好他，但怎麼討好他卻沒有明確答案。說出正確答案嗎？（但答案會是什麼？）故意信口開河開個玩笑？還是以反問做為回答？金斯利先生也經常這麼做。

潘蜜舉起手，充滿熱切的渴望。「謙虛？」

他因為她的不夠堅定失聲大笑。「謙虛！說說看妳為什麼這麼認為，可別謙虛唷，潘蜜，請跟大家炫耀妳如何得出這個想法，或許我能夠理解。」

潘蜜那夾著許多金色髮夾的頭髮底下，肥嘟嘟的臉頰倏地變紅，直到髮根。她很固執，一定會堅持己見，跟對方爭辯到底。她是基督徒，在校門外樹立這個立場沒什麼稀奇，但在校門內就得不到支持，甚至會遭受譏諷。還是高一生時，她便經常為自己辯護。「太多自我會變得自以為是，」她說。「做人謙卑就不會驕傲自滿。」

「容我說明一件事：只要做好自我控制，就不會有『太多』自我。」

自我控制，他們每個人都怕做不到。以莎拉來說，那一年稍早她曾央求母親提供文件讓她申辦經濟困難戶許可證，那是專門發給為了經援家庭而需要開車的十四歲年輕人的特殊駕照，莎拉辯稱她的確可以「自我控制」，卻惹得母親氣急敗壞。在激烈的爭執下，莎拉將一把廚房椅子從玻璃拉門扔到後院，整個修理花掉她在烘焙屋一個夏天的工資。「妳以為妳可以開車？」莎拉母親說。

以大衛來說，莎拉退還首飾盒那天，他一隻手就把盒子壓碎，同時劃破手掌。後來她輕聲探問：「我現在能打開嗎？」他回道：「我不懂妳在說什麼。」不管這些例子是不是證明了自我控制還是缺乏自我控制，他終究不明白個中道理。

「自我重建需要建立在自我解構的基礎上。」金斯利先生做出結論。去年他們從現在的高三生、當時的高二生的口中聽過這句話，當時這些學生經常反覆討論這個奧義，卻不願意透露更多細節。「當你們做到時就做到了。」「你們現在還是新生啊！可別好高騖遠了。」現在的三年級、當時的二年級這一班感情豐富、關係緊密，培養出很特別的班風，是現在高二這班所望塵莫及，但這和年紀無關。現在的高三生、當時的高二生無論拍個人照或團體照都很上相。學校雖沒安排體育課，他們卻個個都有啦啦隊員體態，裝扮合宜，皓齒編貝，很早就出現情侶檔，而且戀情持久，但布萊特和凱蕾這對，去年期間他們之間分分合合，悲喜交替，動輒持續數週，全校像追肥皂劇似的瘋狂陷入他們的愛情故事，卻是普遍中的例外。當年少數幾個單身的高二生還是可以當電燈泡或以麻吉身分融入團體，沒有人像馬努埃這麼孤僻，沒有諾貝特這樣無藥可救的遜咖，也沒有人像莎拉有個不可告人的可怕祕密：在布萊特和凱蕾分手期間，她和布萊特在他父親公寓共度良宵，布萊特流著淚跟莎拉提到凱蕾，後來他們接吻了，布萊特忽然中斷並將棉被扔出窗外。等到布萊特和凱蕾重修舊好後，布萊特在某個傍晚做展演排練時抓住莎拉的手腕，警告她：「不准跟任何人說。」她害怕破壞他的形象，她甚至不敢告訴大衛。

現在大衛一看到莎拉走近便趕緊躲開。要是他們不可避免地在教室打照面，大衛便冷冷地乾瞪眼，莎拉則以更冰冷的目光回敬。他們投入競賽，冷淡越積越深，再死命地從他們心底鏟起。

「請大家圍成一個圓圈。」金斯利先生說。

一如既往，他們盤腿而坐時因為意識到胯部而感到越發不自在，而漆布地板冰冷的觸感使臀部變得麻木。他們當中大部分的人認為自我解構／重建就像某種無肉慾的縱慾狂歡，他們無助地臉頰頓時發紅，既興奮又恐懼地爬過地板。四周的鏡牆將他們組成的圓圈放大一倍，金斯利先生繞著他們踱步。他的目光投擲到比他們更遙遠的地方。他的目光明白訴說著，他們跟去年的高二生差遠了？還是他們本身缺乏潛力？還是根本不能跟他在紐約認識的演員相提並論？因為計量單位是個未知數，他們越發體認到自己嚴重的缺憾。莎拉試著看一眼大衛，但大衛故意坐得離她很近，有時在她的左手邊，有時在她的右手邊，讓莎拉看不到他；但有時又因為相隔太遠，莎拉感覺不到他。接下來，是他或莎拉會被選到？

「蕎埃爾。」金斯利先生用略帶惋惜的教訓口吻低聲說道。蕎埃爾為自己被選到而難過，但她做錯了什麼？經過一個夏天，她長年粉紅色的肌膚被晒傷，從臉龐直到V領緊身上衣坦露的乳溝都出現斑點和脫皮。當她聽見自己的名字時，新近長出的粉紅肌膚瞬間變成鮮紅色，那些尚未完全脫落、翹起來的死皮似乎驚恐地發出沙沙聲。她的外表令人作嘔，莎拉如此想著。「蕎埃爾，請站在圓心處，妳是大家的樞紐，許多條肉眼看不見的線條以妳為起點投射到四周的每一位同學，這些線條都是輻條，妳、妳的同學們以及這些輻條將聯合組成車輪，蕎埃爾，妳就是車輪的中心。」

「好。」蕎埃爾說，臉龐紅咚咚卻難掩得意之情，皮膚底下的血液砰砰地奔流著。

「現在，請各位選一條輻條，同時順著輻條看過去，另一端會站著某個同學。透過這條經過你、經過其他人的輻條，這個同學和你相連著。現在你正在看著誰呢？」

亞麻地板不再冰冷了。噢不，莎拉覺察到自己正盯著蕎埃爾看，目光停留在她藏在緊身衣底下柔軟的腹部。

「我正看著莎拉。」蕎埃爾沙啞地說著，幾近輕聲呢喃。

「告訴她妳看到什麼。」

「整個夏天妳都沒有打電話給我。」蕎埃爾幾乎哽咽說著。

「繼續說。」金斯利先生說，眼睛眺望遠方，他甚至沒朝著蕎埃爾的方向看。或許他藉由教室牆上的大鏡子用一隻眼睛的餘光看蕎埃爾灼傷的皮膚、她閃閃發光的雙眸、她包得太緊的貼身上衣。

「我有打給妳，但妳沒有回電，我的意思是，也許是我的問題啦，就好像……我覺得

——」

「蕎埃爾，捍衛妳的感受！」金斯利先生厲聲說。

「我們曾是最要好的朋友，但現在妳好像不認識我了！」她哽咽著說，她的聲音透露著比言語更難以忍受的悲傷。莎拉全身僵直，像一座石雕，茫然盯著對面的牆壁，牆上有一扇通往走廊的門，她真希望自己能走出去，但說時遲那時快，蕎埃爾朝著門口衝出去，當她穿越圓圈時頭往前地踉蹌跌倒，正好踩在柯林、馬努埃的腳上。她霍然打開門，放聲痛哭，消失在走廊盡頭。蕎埃爾離開後，每個人都屏氣凝神，定定注視著地板，沒人看莎拉一眼。生命暫停了，金斯利先生忽然轉向莎拉。

「妳怎麼還愣在這裡？」他問，莎拉驚恐地退縮了一下。「去找她！」

莎拉猛地站起來跑出門外，她不能想像她身後的每一張臉孔，包括大衛的臉，她甚至不知道大衛坐在圓圈的何處。

走廊上四下無人，光滑的黑白格子地板在莎拉靴子下發出刺耳的嗒嗒聲，她那雙折騰人的尖頭細高跟龐克靴，兩隻都裝飾著三個銀灰色方形大扣環。西廳門扉緊閉的教室裡，高一生和高三生正在上英文、代數、社會研究和西班牙文等必修科目同時打著盹。南廳和東廳那邊傳出學校的真實生活：爵士樂團演奏著艾靈頓公爵的名曲，有人在舞蹈教室裡彈奏輕快的樂曲，裹著布、淌著血的腳使勁踩踏。吸菸天井空無一人，被大太陽照得發白的長椅上僅見數粒從大橡樹掉下的橡實。戶外教室——那是一塊四周築有圍牆的矩形草地，其中一側有座舞臺——也空蕩蕩的，毗鄰街道的那一面用掛鎖鎖上。莎拉希望大衛——但不是蕎埃爾——能出現在這些隱密的地方，她希望大衛坐在空蕩的吸菸長椅上，她希望大衛坐在橡樹下。後門口連通停車場，學生們常把車停放在此處，天氣晴朗時，他們會把車子引擎蓋當成餐桌吃午餐。蕎埃爾在校門外，弓著身子，抽抽噎噎地哭泣。她顯然打算開車離去，但因為傷心欲絕而放慢腳步。她一隻手抓著馬自達車鑰匙，她那部火箭模樣的全新小馬自達是用超過一萬美元的現金買下，她曾把藏在床鋪底下的咖啡罐的鈔票亮給莎拉看，莎拉不知道這些錢是怎麼來的，但她猜測是販毒賺來的，也許還有別的。蕎埃爾每天都把車子開到離家數條街外的友人家，然後再走路回家，她的父母並不知道她有這部車。蕎埃爾並不複雜難懂，她其實很單純，也不是個悶悶不樂的人，她甚至是個陽光女孩，而且背地裡有職業犯罪浩瀚而神祕的人生。現在蕎埃爾看起來赤身裸體，完全暴露她的真面目：她不過是個愛跑趴、急於討人喜歡的女孩；莎拉因為看透這一點暗暗吃了一驚，也不是因為自己的刻薄無情，而是因為——她頓時恍然大悟——這就是金斯利先生不斷要他們練就的洞察力。去年在觀察課上他們相互告訴對方「妳是個好女孩」，或「我覺得你很帥」，他不太耐煩地走來走去。即便在那個時候，莎拉已經知道，事情的發展不能按照她的真實感受。她應該抱抱蕎埃爾，安慰她，她相信要這麼做才對，金斯利先生就像站在一旁，把這一幕都看在眼裡。她很強烈感受到他就在一旁。

蕎埃爾豐滿早熟，散發嗆鼻體味，明目張膽地坦露肉慾，莎拉對自我意識到的性慾感到噁心，包括她本身的肉體和氣味。蕎埃爾肥碩的乳房布滿雀斑，受困在兩個乳房之間的裂縫和摺痕不停地沁出汗珠。蕎埃爾被牛仔褲包得緊緊的胯部像拖著一面氣味濃烈的旗幟，彷彿黏膩的夜間花卉，撩得叢林的蝙蝠激動難耐。蕎埃爾喜歡睡年紀大一截的男人，她看不上學校那些小鮮肉，覺得他們平淡無味，她眼裡只有莎拉。

莎拉眼睛半睜半閉，幾乎把牙齒咬得嘎嘎響，她把蕎埃爾擁入懷中。蕎埃爾滿心感激地緊緊貼著莎拉，一把眼淚一把鼻涕地濕透莎拉的肩膀。這也是一種自我控制，莎拉心裡嘀咕著。那是強大的自我意志積極採取行動。直到現在，莎拉以為自我控制主要是在遏制：不行把椅子扔出窗外。

「我實在很抱歉。」她聽見自己咕噥道。「現在的我感到十分迷惘，我不是故意要跟妳疏遠，事情不知怎地變得荒唐起來……」

「發生了什麼事？我感覺到妳遇到狗屁倒灶的事。我就知道——」

既然前面已講了一堆口是心非的話，莎拉也不打算跟任何人吐露心事，如果她真想找人傾訴，也絕不會找上蕎埃爾。如今，莎拉像朗讀劇本似的對蕎埃爾說話，先是拿網球拍當藉口，然後是空蕩蕩的簡餐店。娓娓道出一切後，她重新虜獲蕎埃爾的忠心赤膽。蕎埃爾破涕為笑，不再低聲下氣地哀求，瞬間神采飛揚起來。她現在緊緊貼著莎拉不是因為心傷脆弱，而是要克制自己亢奮過度倒在人行道上打滾。莎拉重拾了一段原本不想要的友誼，卻將自己最在乎的東西蹂躪殆盡，現在莎拉知道，自己託付給蕎埃爾的「祕密」並讓她陷入欣喜若狂的狀態都不重要了。蕎埃爾簡直像葡萄藤似的纏抱著莎拉，兩人搖搖晃晃地走回教室時正好跟大衛撞個正著。她們離開很久，課已經結束，第一個站起身走出教室的是大衛。蕎埃爾一看到大衛便噗哧大笑並用手遮住臉孔。大衛經過莎拉身邊時粗魯地用肩頭擦撞莎拉，莎拉登時感到肌膚滾燙，像著了火熊熊燃燒著。金斯利先生也正要走出教室，像事後想起追加一句：「莎拉，明天午餐時來找我。」

大衛雖然忙著往外衝，卻把這道命令聽得一清二楚，也了解這句話背後的真正意思。蕎埃爾儘管完全誤解和莎拉所達成的交易，卻也明白金斯利先生這句話意味了什麼。蕎埃爾以一種閨密間的寵溺羨慕之情把莎拉摟得更緊，莎拉變成他們都希望成為的那道「問題」。

§

「昨天妳做得很好。」金斯利先生等她進門後喀嚓關上門便說。他指了一把椅子要她坐下，或許是因為坐在他辦公室的椅子上給了她一種新奇的悸動，她馬上回他：「我不想做好人。」同時也意識到自己有股想跟他大吵一架的衝動。

「為何不想？」金斯利先生問道。

「我不覺得和蕎埃爾的感情有那麼好了。我以為，照你教導我們的東西，我應該忠於我的感情。不過昨天發生的事讓我體認到我的感覺似乎不是那麼重要了。」

「為什麼？」

「你要我去追她，安慰她，告訴她我們還是最好的朋友。我照著做了，也撒了謊。現在我不得不繼續撒謊，因為她以為我們還是最好的朋友。」

「妳為什麼認為我想要這樣？」

「因為你叫我追上她呀！」

「沒錯，但我只要妳做這個而已。我並沒有叫妳讓她感覺好一點，我並沒有叫妳說謊，更沒有叫妳說妳們還是好朋友。」

「那我該怎麼做？她嚎啕大哭，我很內疚。」莎拉說到這裡哭了起來，她原本發誓一定不哭，但她帶到這個房間的滿腔怒火瞬間化成嚶嚶啜泣。金斯利先生辦公桌邊、靠近她椅子處有一盒面紙，彷彿來找金斯利的學生通常會坐在她現在坐的椅子上，因為憤怒或其他情緒而哭泣。她抽出面紙擤了鼻涕。

「妳應該態度堅定、誠實地陪在她身邊，這妳也做到了。」

「我不誠實，我欺騙了她。」

「妳知道妳在撒謊，也知道妳為何撒謊，莎拉，妳去找她的時候就心知肚明，比蕎埃爾更清楚。」

金斯利先生如此藐視班上同學，莎拉本可認為他不夠正直，但當時莎拉並沒有想到這些。其實他說的也沒錯。過了一會兒，她逐漸停止哭泣。「我還是不明白為什麼說謊可以是真心真意的表現，還是你想說，讓別人好過比誠實更重要。」

「我沒這麼說。誠實是一種過程，捍衛妳的情感也是一種過程，但這並不表示妳可以不管其他人而一意孤行。要是妳不是個真心真意的人，我不相信妳會坐在這裡質疑我昨天發生的事。」莎拉聽他說自己在「質疑」他，瞬間心中一凜，像被針扎了一下。無疑地，她必須這麼做才對。「等到明年春天英國學生到了，妳再這麼誠實正直好了。」他繼續說，「其他人會需要妳這樣的人做榜樣。」

對莎拉來說，未來領導人的角色比眼前面臨的危機更不真實。「我覺得告訴她我們還是朋友，反而讓我感覺像是挖了一個洞讓自己跳。」

「我知道妳會找到出路。」

「怎麼找？」

「我說了妳會找到。」

莎拉再度用盡力氣放聲痛哭。這麼久以來她終於體會到這種她一直很陌生的奢侈滋味。通常她都是一個人哭，少數幾次在她母親面前哭，但無論如何，悲傷的情緒總是伴隨著焦急不耐煩。她聲淚俱下，這裡面有自己的不耐煩，有時也有她母親的不耐煩。她越哭越傷心，金斯利先生顯得越來越滿意、鎮定。他坐在那裡，神情親切地微笑著。在金斯利先生沉著有耐心的催眠下，她開始動念想跟他分享她哭泣的原因，然而當她心裡浮上這個念頭，她又哭得說不出話來。她哭了很久，又想了很久，她覺得她有談到大衛，或許金斯利先生也告訴她怎麼做，她感覺內心異常平靜，也或許是她已經身心俱疲。金斯利先生依然露出親切的笑容，他看起來心滿意足。

「談談校外生活吧。」等到她不再泣不成聲，呼吸逐漸平息後，金斯利先生問道。

「呃，我媽和我住在溫莎公寓區。」

「哪裡？」

「你不知道嗎？噢我的天啊，它們應該是世界上最龐大的公寓群呀。每棟建築、每個停車棚、每棵樹都看起來一模一樣。我們搬進去的頭一年，每次出門一定找不到回家的路，最後不得已只好在公寓大門用粉筆畫個×。」金斯利先生聽了哈哈大笑，她也跟著笑起來。

§

他們從金斯利先生身上學到的許多東西，皆以放鬆之名行克制之實，他們似乎必須先壓抑情感才能自如掌控情感。自如掌控情感，就等於活在當下；表演，就等於在虛構的情況下付出真實感情。他們在筆記本上寫滿這類奇奇怪怪的說詞，記下的每句話都有如一把鑰匙，不然就像能讓整棟建築結構結合得更緊密的拱頂石。不過後來莎拉重讀筆記，聽見的只是反反覆覆的旋律，沒有高潮也沒有結束，就像夏日冰淇淋車令人厭煩的音樂。莎拉不怪這些訊息，不怪金斯利先生是這些訊息的來源；同樣地，她也不怪亨利．米勒的《北回歸線》，這本書隱晦難懂，她花了好一番工夫才讀得下去。顯然要讀這樣的書她實在太年輕了，但她不服氣，要是她可以理解這些字詞的意思，也應該能夠了解這本書想表達些什麼，於是她倔強地讀下去。對於表演，她也是倔強地演下去。甚至跟大衛相處，每一次為了誰起頭而歸咎對方，她也總是執拗地要跟對方分庭抗禮。這種熱切渴望的新滋味又摻入他們自己才能體會的憤慨而變得苦澀。這依然是個希望，莎拉深信不疑。這依然是雙方保留給彼此的一場表演。莎拉掩藏內心恐懼，深怕自己錯了——她其實缺乏才華，或許大衛也是——儘管表面一副年輕氣盛、滿不在乎的模樣，但她內心還是願意做任何事。

九月底開始舞臺排練。他們放學的時間本來就晚；一般學校兩點半下課，他們卻要上到下午四點。排練期間——一年當中超過六個月——從下午四點半排演三、四個鐘頭。學生下課解散，形成大批人潮，浩浩蕩蕩地穿越停車場來到 U Totem 便利商店買垃圾食品；諸如洋蔥玉米餅乾、辣味豬皮、單人份冰淇淋、水果糖和巧克力棒。蕎埃爾大部分用偷的，卻不曾當場被逮到。接著他們回到停車場狼吞虎嚥吃起來，把包裝紙扔到垃圾桶，清洗雙手後走到主舞臺。儘管他們孩子氣地推擠、大呼小叫，不在乎食物的營養價值，衛生習慣也不好（這點可從他們髒亂的置物櫃、背包略知一二），但那些有車有駕照的學生還是有點潔癖，戲劇表演的學生理所當然被看成一個團體，他們不曾想過要跑到主舞臺或側臺甚至在觀眾席紅色天鵝絨椅子上大啖食物。他們也許還是青少年，但對待這個他們視之為聖殿的態度卻一點也不幼稚。要是他們在這裡吃棒棒糖，恐怕也會在通道上大便。他們後來大半輩子將保留著某些習慣；當多年後遠離劇場、放棄表演的夢想，他們依然把劇場寫成「theatre」，似乎不知還有另一種寫法。這是師父自鳴得意的深奧武藝：無論對金斯利先生評價如何，他們對他將這項所學傳授給他們深表感激。

這段漫長的日子裡，他們處於幾乎不受同儕監控的世界、過著幾近完全脫離父母的生活，這樣的生活卻賦予他們上學的熱忱。自由、自我——這些原本只屬於大人的無形資產，他們可能一度幻想擁有，結果就真的屬於他們了。拿莎拉來說吧，尚有幾個月才能拿到駕照，但因為她得把打工的收入挪作修繕玻璃拉門之用，或許一輩子都無法擁有車子，現在卻嘗到了自由的滋味，因為喬埃爾無論何時都能用馬自達載她去任何她想去的地方，雖然她們住在反方向的不同區域，車程需一個小時。就這樣，莎拉迫不得已和喬埃爾重修舊好，她也為此感到很懊惱，但能夠開車出遊卻也帶給她莫大撫慰。莎拉和喬埃爾都是負責收集與保管服裝的工作人員，她們在負責服裝設計的費利德曼先生量完尺寸前都無事可做，不過還是留下來看排練，她們沒想到要早退，但乖乖坐在觀眾席上做冗長乏味的歷史作業。大衛是道具組的工作人員，因為還在等道具組長布朗尼先生和導演金斯利先生化解藝術方面的歧見，整個道具組雖也無所事事卻全員留下。到頭來，不管有無必要，大家都留下來，除了幾個缺乏同舟共濟的精神或父母反對一天十二小時泡在學校的高一生。

演員走位時，莎拉從觀眾席的座位上瞥見大衛從後牆附近的右舞臺走到左舞臺，朝著工作室走去。布幕高高拉起懸吊在舞臺上方，舞臺顯得格外宏偉，宛如反芻動物的第四胃，演員們在裡頭轉來轉去，等待著。莎拉連忙從椅子上站起來，告訴喬埃爾她要上廁所。到了劇院門外，她推開左側門沿著走廊來到工作室門外，恰好這個時候，大門倏地打開，大衛走了出來。已經超過六點，走廊上空空蕩蕩，除了他們倆沒有別人，這是他們夏末在大學校園約會後的第一次獨處。走廊上空無一人，不過是暫時性的。這裡是工作室門口，稍遠處有一道通往卸貨平臺的樓梯，可以直達左舞臺。舞臺佈景工作人員還沒開始搭景，他們跟道具組一樣等待舞臺設計的紛爭獲得解決，不過他們隨時都有可能現身，出現在他們的地盤上。

莎拉和大衛把積壓了數週的憤懣怨言連珠炮地相互宣洩。現在，他們氣消了。「嘿。」大衛說，polo 衫衣領露出的一截脖子到臉孔都發燙漲紅著。

看著大衛臉紅發窘，莎拉的胸部也開始鼓脹，快要撕裂開來。心碎不流經心臟，而是沿著脆弱、低淺的胸骨流過。「嗨。」莎拉說，眼睛盯著他隱藏在T恤裡的胸骨；那裡正是她渴望依偎的港灣，好讓她在痛徹心扉的渴望中稍作歇息。

「妳要去哪裡？」他問。

「不知道。」她實話實說。

他們相偕回到工作室。工作室的範圍囊括整棟建築，地板上散落著圓鋸機、帶鋸機、膠合板碎片、鋸木屑，較遠一側有個陡峭的階梯可通往夾層儲藏室；儲藏室後面有一道門連接二樓走廊，直達樂手排練室。暑假期間，有人把老舊的景片、拆除的佈景及其他廢棄物清空，所以夾層儲藏室顯得很空曠。他們經由嵌在另一面牆壁上的門走到二樓走廊，莎拉穿越廊道朝著樂手排練室的雙扇門走去，雙扇門離廊道有數英尺遠，形成一個寬闊但不怎麼深邃的凹室。她試圖打開雙扇門，但門上了鎖。當她轉過身，大衛的嘴脣立即封住她的嘴脣，同時把她推到凹室一角，她感覺到突出的門鉸鏈咬住她的手臂。一切都毫無遮掩，莎拉的背脊壓著門角，她可以看穿整條走廊，隨時可能有同學闖入——當這個念頭緩緩襲上心頭時，雖然清晰，但因為太過急切吸吮大衛的嘴巴而擱在一邊。在這方面，他很容易支配她，倒不是他的陽具也不是雙手，而是他的嘴巴。陽具和雙手都早熟，屬於一個志得意滿的幸運男士，出於不明原因，它們及早旅行而加諸到一個青少年身上。但他的嘴巴不像他的陽具和手，不是外來的力量，而是她自己遺失的一部分。去年第一次看見他，她定定注視著他的嘴巴，彷彿認出什麼，她知道這張嘴巴並不好看，有如猴子的嘴巴，對他這張瘦長的少男臉來說略嫌寬闊。他的嘴巴一點也不像她的嘴巴，卻和她的嘴巴完全契合。她和他的初吻讓她生平第一次有了超出期待的體驗。

她兩手抱著他的後腦勺，上氣不接下氣，舌頭舔吮著他的耳朵螺紋，她知道這會讓他興奮得無力招架，甚至比使勁將整條陰莖放入嘴巴更令他亢奮。當她的舌頭舔得他神魂顛倒之際，某種放不開的顧忌或羞恥感猝然滲入他的喜悅。那年夏天他們甚至拿這件事開玩笑：他們說那是他的氪星石。現在他不再克制自己，開始放聲呻吟，完全跪在地上，莎拉也跟著撲倒。他空著的那隻手猛地拉開牛仔褲拉鍊，笨手笨腳地將勃起、變粗的陰莖從內褲襠開口掏出。她的衣服沒有類似開口，所以必須脫掉牛仔褲，或至少褪下一條褲管，亦即脫掉一隻靴子，然後脫掉內褲。他們兩人都喘著大氣，躺在走廊的黑白格子地板中央用力扯下她身上的衣物，雙雙出自本能小心翼翼，他們將畫布鋪平、釘在景片的木框上也出自本能地小心翼翼。現在莎拉從一隻腳的腳趾到腰際一絲不掛，完成了火辣辣、滑溜溜的交合。兩人儘管乾柴烈火，然而當意識到他們在學校公共場所交媾時都十分震驚。現在他們更是像發了狂，使盡全身力氣，直到大衛痛得五官猙獰，開始撞擊莎拉的頭顱，力氣出乎意料地猛烈，而莎拉背脊抵著排練室大門。幾乎這個時候，他們聽見門打開旋即砰地關上的聲響：是通往夾層儲藏室的那扇門。

他們雙手癱軟無力、擻抖抖地重新穿上衣服，兩人都不吭一聲，莎拉甚至不記得他們是否四目交接，但他們果斷分開，各走各的，卻偏不走夾層儲藏室那扇門。大衛朝著後樓梯大步走去，那道樓梯連接卸貨平臺的入口。莎拉拐個彎朝著主廊道走去，她沿著寬敞的階梯拾級而下，穿越露天廣場，經由大門走進劇院。

「妳跑去哪兒了？」蕎埃爾說完便噗哧一笑。「妳這個壞女孩。」她遞給莎拉粉餅盒，莎拉看著灰粉粉的小鏡子裡的嘴巴，口紅被抹去大半，嘴脣浮腫，顯得很柔嫩，以她的臉龐而言顯得出奇的寬闊，像極大衛的嘴巴。

§

最後，結果和手段似乎總是配合無間。

他們有了新的肢體動作老師，教導他們走動，他們將透過移動學習移動，透過自由不受拘束的動作學著解放自己的肢體動作。肢體動作老師的教學內容很簡單，莎拉甚至覺得愚蠢。另外，肢體動作老師身上有別的東西，莎拉不知怎地不太喜愛。當她明白她之所以不喜愛這位老師，是因為這位新老師是個女的，她不知該作何感想。教導舞臺設計、戲劇構作與戲劇史的金斯利先生、布朗尼先生、費利德曼先生與邁西先生都是男老師，但教他們肢體動作的是羅佐女士。他們第一次見到她時暗自對她嗤之以鼻。金斯利先生在介紹她的時候向他們使眼色警告說：他們可能會嘲笑她，但放在心裡嘲笑就好。

她是舞者和「跨領域的表演家」，對於能夠成為他們的老師興奮得全身顫抖。「教育是很神聖的信任，」她神情激動地說著：「你們是未來的主人翁。」儘管內心藐視她，卻也因為這席話暗自感動。他們決定給她一次機會。

自從二樓走廊間的幽會後，大衛切除電源，他們之間沒有憤怒做為彼此的連接埠了。他像磁鐵同性相斥般的躲避莎拉的目光。現在即便兩人在同個房間，他也掌握了抽離現場、置身他處的伎倆。大衛如同被一個外人進駐體內，腦子被失憶症抹得一乾二淨。隨著他一次次的心不在焉，莎拉陷入痛苦的泥沼越深，自覺在眾人眼前赤身露體，彷彿繼續在全班同學眾目睽睽下放浪形骸欲仙欲死。他們在黑盒子上肢體動作課，抵達時高四生正準備離開，莎拉看到大衛和某些人——譬如艾琳——站在一起。艾琳是高四生，身材嬌小、一頭金髮，加上一張完美無瑕的臉龐，讓她顯得出類拔萃。艾琳拍過一部電影，已經成為美國演員工會的會員，開一部淡藍色福斯卡門敞篷車。她傲視群倫的優點多得驚人，甚至到荒謬的地步，簡直是現實生活中不可能存在的虛構人物。她精實的軀體、緊緻的髖部和小巧的胸部，以及結實袖珍的翹臀，在在引人注目。那些男生，就連高四的男生都怕她。據說她約會的對象都是她在拍片現場遇到的一些有頭有臉的真正演員。每個女生都討厭她。她以跑車代步，對自己被人孤立也無所謂。她繼續上學只因為輟學太窩囊。明年她將進入茱莉亞音樂學院就讀。

「妳要上什麼課？」大衛問艾琳。

「復辟時期的喜劇。你呢？」

「肢體動作課。」

「喔唷，我最討厭這門課了，大家得一起沖澡。」

「噢，妳身材很好呀。」大衛說，艾琳笑得風情萬種。她看來完美無瑕，嬌俏迷人，閃亮的金髮輕輕掠過他的下頦，然後滿心喜悅地凝視著他，一副嬌態可掬的模樣。顯然她能夠為所欲為，包括跟高二生約會；她看上他了。

莎拉一頭撞進黑盒子，被這件出乎意料的插曲攪得頭昏眼花。她的臉頰、腋窩和胯部像刺著火針不斷扭動，那是她一直很熟悉的恥辱。她抱拳往胸部一捶，肋骨像數條乾枯的樹枝喀的一聲折斷。「歡迎各位！」羅佐女士興高采烈說道。「歡迎你們來上肢體動作課。」羅佐女士馬上要每位學生離開座位，撇下夾克、手提包，走到偌大的方形平臺式的舞臺上。莎拉依依不捨地擱下書本、文件夾、螺旋環筆記本，她把那本有點破舊、讀了幾頁的《北回歸線》平裝書放在這些東西的最上頭，有如蛋糕頂端的飾花。她將這些東西抱在胸前時，就像一張盾牌或一捆繃帶，要捨棄它們，她感到心如刀割。她被迫坦露胸部而發出呻吟聲，幾乎站不直身子。大衛在她背後某個地方，她感覺得到，但她無法轉過頭往後看，他會看著她嗎？也許他們都在看著她。他們都知道她陷入左右為難的地步。昨天她還試著逃避大衛令人困惑的缺席，但現在她明白原因了。她爬到舞臺橫木上方，自以為沒有別人，卻發現潘蜜在那裡。潘蜜臉上爬滿淚痕，黏糊糊的。距離地面二十四英尺的半空中，她們唯一的慰藉是互吐心事。兩個女孩因為課業而產生的親密關係，遠勝於跟其他任何人。她們一句廢話也不說。「妳愛他，不是嗎？」潘蜜直接問她。

黑盒子這個地方，就如它的名稱，是個像黑色盒子的空間：位於中央的大舞臺並不高，不必階梯一腳就能跨上去。每一邊設有四組看臺座椅，舞臺、座椅都被通道環環圍繞。演出時，黑布幔垂下，通道便化身為座椅後臺，形成四個絲絨祕密基地，隨時能被暗中利用。然而今天布幔捲起，黑盒子對著四堵牆壁和高聳的天花板敞開，兩條明亮的走道呈十字形交叉。他們必須在這個空間不停地走路、走路、走路——移動、移動、移動！他們得先讓自己變得無拘無束才能探索每一寸空間。不，不是那兩條通道或階梯（笑聲）。「好吧，你們都很聰明！你們將探索地表上的每一寸空間。文學上有個叫『自動書寫』的概念，意思是一直不斷地寫下去，抓著筆桿馬不停蹄地寫呀寫，也許你寫著『我他媽的幹嘛寫個不停？』」（爆出更多笑聲，大家被她的粗話嚇了一跳但也覺得迷人。）因為口音的關係，她的粗話與其說令人震驚不如說俏皮可愛。她能贏得他們的尊敬嗎？「嗯，這樣持續不斷的書寫能揭開內心的祕密。如果一枝筆都做得到這些，我們的身體能做到更多吧？就讓身體帶著你們走，你們只需給它一個指令：永不停止移動，不然讓它主導一切！我來放點音樂活絡氣氛。」

噢，不，她鐵定不能贏得他們的尊敬。這一切都太可笑了，還有，她放的音樂！卡特．史蒂文斯、憂鬱藍調合唱團[7]，然後他們大模大樣地走路，走路，走路！——每個人都扮著鬼臉，擺動手臂，前腳掌蹬地，嘻嘻哈哈加快腳步，像機器人般的邁開步伐。

諾貝特和柯林兩人擦身而過並互扮鬼臉。後來再度擦身而過時，兩人又扮起鬼臉並往空中一跳但未停下腳步。他們的行為逐漸擴散、演變。大部分男生都喜歡蒙提．派森[8]，經常在午餐時間依樣畫葫蘆地模仿他們的滑稽短劇但表演得生硬無趣，女生看得尷尬無語，表演者則笑得滿地打滾。現在在黑盒子裡，男生們踩著「呆蠢步伐」，接著做出屁股著地摔倒的分解動作，表演笑得半死的狀態。總的來說，女生越來越認真，男生卻越來越搞笑。女生已經不是走路，而是滑行、掠過、斜切。現在播放的是沒有歌詞的古典樂。女生開始加快腳步，多圍了一圈：速度雖快但未發生肢體碰撞。他們瘋狂的移動交織出花紋，有時臨時改變方向只為與人擦撞。無論他們做什麼，無論他們採取多麼具有破壞性的手法去做，羅佐女士

7 卡特．史蒂文斯（Cat Stevens, 1948～），英國歌手。憂鬱藍調合唱團（The Moody Blues）是成立於一九六四年的英國搖滾樂團。

8 蒙提．派森（Monty Python）又譯巨蟒劇團，英國超現實幽默表演團體，創作的英國電視喜劇片《蒙提．派森的飛行馬戲團》於一九六四年播出後奠定日後成功的基礎。

踩在邊線上大聲叫著：

「很好！」

「**往前走！**往前走！往前走！」

「啊呀——**你們做得很好！**」

他們的確做得很好。不知怎地，他們不再做愚蠢動作。各種戲劇化的動作——「呆蠢步伐」和屁股著地的摔倒，還有擺動手臂（「我無憂無慮！」）以及故意改變方向（「我調皮搗蛋！」）——都被淘汰、過濾，一一不存在於這個空間。取而代之的是，一個群體出乎意料地形成了，也許更重要的是大家不再感到難為情。不知不覺中，他們不再感到尷尬，每個人的速度逐漸趨於一致，最後以相同的速率移動。他們形成羊腸小徑、苜蓿葉形匝道、U形路線、環形路線，隱隱編織出某種圖案，就好似小時候跟在父母身邊學著跳五朔節花柱舞，他們被綁在某種東西上，慢慢變成某種東西。

莎拉的眼淚撲簌簌地順著面頰流下，就在她必須向左轉或向右轉的當口，她繼續筆直前進，衝出黑盒子大門來到走廊上，她拼命跑，任淚花灑落半空中。

女子更衣室後面有一間廁所，就在右舞臺走下去的地方，除了表演期間，平時不會有人使用。莎拉把自己關在裡頭，她不再矜持，彎下身子，猛然一傾，好像對著一個碗嘔吐似的。她訝異自己竟然閃過尋死的念頭。一死百了，也勝過忍痛受苦。她領悟到對於那些還能寄情未來的人，自殺，並非出於未來的選項，而是為了現在的抉擇？那些對未來仍舊懷有幻想的人，動不動就提到未來、提到堅如金石的誓約。這些都是幸運兒，但都受騙上當了。

莎拉的思緒似乎發出咒語，受到召喚的羅佐女士循線找到更衣室，堅持要跟莎拉談論未來。除了她自己弄巧成拙的魔法，莎拉想像不出這個討厭的法國女人如何知道她躲在這間廁所裡。羅佐女士新來乍到，學校超過一半的資深師生都不知道這間廁所。羅佐女士站在柵欄門外，說，「撒——哈？撒——哈？」她把「莎拉」兩個字都念錯，就像把「古怪」說成「狗怪」。「莎拉，妳在裡面嗎？妳很難過？」

「讓我一個人靜一靜！」莎拉氣憤不平地嗚咽道。為何想孤獨一下都那麼難？要是有車子就好了，她想過成千上萬次。這樣她就能鎖上每個車門，奔向遠方。

「莎拉，我想告訴妳一些事情，對妳應該有所幫助。像妳這樣的年輕人感受到的痛苦比我們這些年紀稍長的人更劇烈。我想說的是情感方面的痛苦。妳的痛苦比較濃烈，就持續的時間或力度都是，因此更難以忍受。我不是在打比方，這是千真萬確的事實，和生理有關，也牽涉到心理層面。在情感上妳非常敏感——比妳的父母、師長都更敏感。這也是為什麼妳人生的這段日子，也就是妳十五歲至十七歲的這段時期很艱熬，但也因此特別重要，這也是為什麼在這個年紀發展才能變得至關重大。情緒上感受高度苦痛是一種天賦，不過是難以對付的天賦。」

莎拉禁不住聽了起來。「妳的意思是說，」過了片晌，她終於開口。「將來，等我年紀大一點，我就不會那麼容易受傷嗎？」

「對，就是這樣。不過，莎拉，我真正想說的是別逃避痛苦，沒錯，等妳長大後，妳會變得更堅強，這是上天賜予的福氣卻也是個禍根。」

羅佐女士沒要求莎拉打開門，光憑這點就足以讓莎拉敞開心扉。她們待在那裡，分別在廁所門的兩側，她也不知道過了多久，「謝謝妳。」她終於低聲說道。

「妳可以多待一會兒。」羅佐女士說完便離開。

§

誰是百老匯寵兒誰不是，打從一開始就一目了然。那些會唱歌，能用老式的迷魂眼，讓他們昏了眼[9]，那些為了特殊感覺[10]而活的人，通常開學第一天便特別引人注目。下雨天午餐時間他們團團圍繞在黑盒子的鋼琴四周高歌《異想天開》（The Fantasticks）的插曲，穿著放假去紐約旅遊買來的《貓》音樂劇運動衫上課。他們之中有些人，譬如高三的查德，已經是令人眼紅的音樂人，不僅歌唱得好，還能看著樂譜彈奏桑坦[11]。有些人，譬如艾琳．歐樂莉，擁有一流的歌喉，舞技堪比琴吉．羅傑斯[12]，他們學走路時似乎就穿上踢踏舞鞋了。

以前，莎拉雖然有點不確定，但還是會為了成不了艾琳．歐樂莉而感到自豪。而今，莎拉氣惱自己天生長了一頭粗硬厚重的頭髮，遠不如艾琳那頭蓬鬆柔軟的秀髮，又厭惡自己寬大的臀部，跟艾琳小巧的臀部形成鮮明對比。她也怨恨自己的腳太大，不會跳舞還可笑地套著髒兮兮的芭蕾舞鞋，但艾琳的雙腳嬌小玲瓏，還能騰空跳躍，迅速換腿做剪刀跳。莎拉更厭惡自己混濁顫抖的粗嗓門，跟艾琳黃鶯出谷的歌聲有天壤之別。通常莎拉（和大衛）這些不會唱歌跳舞的戲劇學生只能從烏塔．哈根[13]、貝克特以及莎士比亞尋求慰藉，自以為是嚴肅認真的戲劇藝術家，而認為百老匯只上演庸俗愚蠢的東西。出於對金斯利先生的敬重，以及對他音樂造詣由衷的佩服，他們把這個想法放在心裡。他們從不覺得優越感有什麼不好，至少莎拉不覺得。然而如今適逢「主舞臺甄選季」，他們再度意識到大型音樂劇帶給他們的極致喜悅。大衛最愛《耶穌基督萬世巨星》（Jesus Christ Superstar），他對劇中的每一首歌都能夠倒背如流並琅琅上口，獨處時也會跟著唱片唱得五音不全。《艾薇塔》對莎拉也有異曲同工之妙。他們都是勤奮用功的學生，不過如果他們也有一副好歌喉，如果下雨天大夥兒圍繞著鋼琴時能教其他同學驚豔、感動，那該多好？如果金斯利先生哀求他們，為了劇好，他們可願意屈就耶穌或艾薇塔這兩個角色，因為他們是扮演這兩個角色的絕佳人選？

然而，他們並無不為人知的才華。他們告訴自己——但不是透過聊天，因為大衛和莎拉

9 百老匯音樂劇《芝加哥》插曲〈紙醉金迷〉（Razzle Dazzle）的歌詞。

10 「特殊感覺」，One singular sensation，出自百老匯音樂劇《歌舞線上》插曲〈One〉的歌詞，由 Marvin Hamlisch 譜曲，Edward Kleban 填詞。

11 史蒂芬．桑坦（Stephen Sondheim, 1930～2021），美國音樂劇詞曲創作家，作品包括《理髮師陶德》、《西城故事》等。

12 琴吉．羅傑斯（Ginger Rogers, 1911～1995），美國著名演員、舞蹈家。

13 烏塔．哈根（Uta Hagen, 1919～2004）是二十世紀美國最受尊敬的舞臺劇演員之一，她在紐約的 HB Studio 教授表演超過五十年，曾三次獲頒東尼獎、入選美國劇院名人堂，一九九九年獲頒東尼獎終身成就獎、二〇〇二年獲頒美國國家藝術獎章。

並不交談，他們也不知道彼此坐在哪裡，兩人總是隔了數排座位，形成兩個俯身在書本上的黑色剪影；疏遠、冷漠、令人討厭、完全被忽略（事實上甚至不被注意）——他們知道，《紅男綠女》（Guys and Dolls）過時老套，兩人都為了沒參加甄選而感到欣慰。他們都覺得《殘局》[14]（大衛尤其覺得）或《李爾王》的第一場景引人入勝多了，但除此之外莎拉就無法理解了。然而他們不曾交換這些相似感受，對他們來說，相似是沒有意義的。他們的確看了甄選，而且看得心驚膽戰，因為充滿期待而神經緊繃。

莎拉酸溜溜想道，這次的主舞臺甄選其實有如艾琳・歐樂莉的加冕典禮。艾琳肯定會扮演阿德蓮，她自己應該也這麼認為；當她選唱〈阿德蓮的輓歌〉[15]，舞蹈班伴奏及音樂指導的巴托利先生更是難掩為她伴奏的喜悅，幾乎從長椅上彈了起來。許多像大衛這樣不會唱歌卻不像大衛害羞的男生，滿不在乎地大唱「我在這裡有匹馬。」[16]，但他們樂於扮鬼臉、做滑稽動作以彌補可笑的歌聲。他們之中有些人通過甄選，得到像是賭徒這類不必美妙歌聲但。需搞笑的角色。大衛意識到自己的怯弱並佯裝深受艾琳吸引而羞愧臉紅。要是他不能使自己配得上艾琳，很快地艾琳將跟莎拉一樣，覺得他討人厭。他眼神空洞地瞪著《殘局》，發誓隔年一定要參加音樂劇甄選。表演組經常舉行甄選——各年級表演展、高三導演計畫、五月莎士比亞戶外表演、春季主舞臺展（戲劇類），以及目前的秋季主舞臺展（音樂劇）——每一輪甄選都符合數個略有出入的「啄食順序」[17]：例如在單純的高二班社交啄食順序方面，莎拉和大衛都在這個排行榜名列前茅；嚴肅演員的啄食順序，大衛已開始往上爬；而成人訓練、常任舞臺監督的啄食順序，雖然他們極力隱藏這方面的技能，但布朗尼先生試圖挖掘人才（莎拉害怕她註定要走這條路）。不過只有秋季音樂劇主舞臺展甄選才能顯示出一個適用於全校學生的啄食順序，因為動員全校學生參與的只有秋季音樂劇主舞臺展。舞者對自己只能成為歌唱演員的配角也甘之如飴。主修樂器的學生有舞臺樂團的甄選。戲劇學生們常說戲劇類和音樂劇主舞臺展兩者地位旗鼓相當，但他們內心都很清楚這全是胡說八道。在戲劇類主舞臺展當上主角，遠遠比不上在音樂劇當個配角。他們當中沒有一個人，即便是那些在入學時便對音樂劇深惡痛絕的人，也不會對這樣的評論標準持有疑議。如果不是金斯利先生而是別人負責統籌劇院節目，他們當中沒有一個人想知道事情會變成什麼情況。金斯利先生才氣縱橫，他肯定會站在客觀的立場，縱使去年莎拉還拉不下臉效法艾琳．歐樂莉，她還是央求母親讓她上芭雷舞課、爵士樂課和踢踏舞課，以提升她在學校課堂上的表現。她母親卻說：「開什麼玩笑？妳在學校不好好準備上大學，成天只想搞這些嗎？」

離甄選的時間滴答滴答過去，莎拉也將《李爾王》擱在一旁，和一起負責服裝的潘蜜、埃勒禮、蕎埃爾共同編織演員名單。女性角色簡單，不容易猜錯，男性角色較多，有時會冒

14 Endgame，貝克特於一九五七年的劇作。
15 Adelaide's Lament，為《紅男綠女》主題曲。
16 《紅男綠女》開頭曲〈賭徒的賦格曲〉（Fugue for Tinhorns）的第一句歌詞。
17 表示群居動物通過爭鬥取得社群地位的現象。

出一兩匹黑馬，猜出誰是黑馬就成了他們的莫大樂趣。諾貝特正在試唱，埃勒禮整個人陷在座位裡，夾在莎拉和蕎埃爾之間，雙手分別抓著這兩個人。「好姐妹，」他低聲說，「賜給我力量吧。」「你自己幹嘛不參加甄選？」莎拉問。

「我是黑人，長得也帥，但不表示我會唱歌。」去年就讀高一時上視唱課，他們必須站在鋼琴前用顫音唱完一張樂譜，而且樂譜的安排並未考量他們的音域。他們並沒有太多展現歌喉、視唱技巧的機會，常見的情況是，有人唱得荒腔走板，有人卻出人意表地唱得非常好。丹妮奎和潘蜜是教堂合唱團老鳥，擁有絕佳的視譜能力和令人讚嘆的美妙歌聲。但馬努埃和她們恰成對比，他被叫到鋼琴前時全身僵直，顫抖的雙手抓著樂譜，啪的一聲撕成兩截，原本土褐色的皮膚像極熊熊燃燒的木炭瞬間變得火紅。正當大家以為他會暈厥過去，他緊閉的嘴巴慢慢鬆開但默不作聲，有如被遺棄的腹語玩偶。教室開始傳出窸窸窣窣的笑聲。「安靜。」金斯利先生說，彈出馬努埃要做視唱的第一個音符。大家看著馬努埃可憐巴巴地顫抖，甚至持續得比敲下的琴聲更久。「再一次。」金斯利先生說，同時按下琴鍵，重新彈奏相同的音符。整個人目瞪口呆後有沒有可能發愣得更澈底，更加目瞪口呆？貌似如此。馬努埃打算杵在那裡表演「呆若木雞」，直到金斯利先生大發慈悲或下課鈴聲響起才作罷。「我不會就這樣放過你。」金斯利先生說，要馬努埃回到座位，並出人意表地大發雷霆。通常只有金斯利先生的寵物才能讓他火冒三丈，把他的怒火做成勛章別在胸前。金斯利先生認為人無可期待，所以懶得跟他們生氣。

現在金斯利先生對著那些隱身舞臺側幕[18]準備甄選的學生說：「下一個！」埃勒禮又抓著莎拉的手肘，尖聲叫道：「我在做夢嗎？」

馬努埃像幽靈般的步上舞臺。那或許不是馬努埃，因為穿扮不像，馬努埃總是穿尺寸太小、樣式幼稚的條紋T恤，像是從西爾斯百貨公司產品架買來的，或是某人從西爾斯百貨公司買來後被丟棄，輾轉被馬努埃不予追究的母親從紫心二手店購入。馬努埃平日穿著的襯衫不是褪色就是起毛球，甚至點綴著使盡力氣也刷洗不掉的陳年汗漬，他總是被這樣的襯衫緊緊包裹著上手臂和脖子。至於褲子，馬努埃老是穿著絨條快磨掉的燈芯絨褲。無論天氣寒冷炎熱，馬努埃從不脫掉夾克。他們最初見到他時，他便穿著這件人造羊毛絨襯裡燈芯絨夾克，如今這件夾克因為經年累月穿在身上，像極烏龜身上磨損的甲殼。現在馬努埃定定站在舞臺上，打扮得和平日大異其趣，但還是穿得不怎麼體面。他的黑長褲因為歲月的洗禮而磨得發亮，灰白色襯衫的領子尖端扣著鈕扣，儘管袖子太短，但袖口的鈕扣還是緊緊扣上，使他的手臂顯得更為削瘦。他的雙腳被包裹在尺寸太小的黑色硬皮鞋裡，平日濃密的棕髮往後梳，露出鮮為人知、驚慌失措的大眼睛，以及一樣不為人知佈滿皺紋的額頭。手裡緊緊抓著一疊紙，「馬努埃幽靈」看起來像個服務生——一個不快樂、穿著寒酸的服務生。莎拉倒是

18 側幕，舞臺的左邊和右邊，屬於後臺範圍或在觀眾視線範圍外的舞臺側面。

對馬努埃竭盡所能穿得像扮演的角色感到驚訝。《紅男綠女》需穿復古男裝：皮鞋、寬鬆長褲、領子尖端加鈕扣的襯衫。除了他，沒有任何一個男生為了參加甄選而改變平日裝扮，他們一如既往地穿上Levi's牛仔褲、polo衫或印製愚蠢標語的T恤。

這一切恍如一場夢，彷彿回到視唱考試日，大家尷尬地笑了起來，但當金斯利先生在第三排中央的座位站起來時，笑聲戛然而止。「好，馬努埃，你打算帶來什麼表演？」

埃勒禮抓緊莎拉的手肘，莎拉也抓緊埃勒禮的手肘。埃勒禮另一側是蕎埃爾的手肘，莎拉的另一側坐著潘蜜。蕎埃爾和潘蜜雙眼緊閉，兩隻手抓著腮幫子；潘蜜更是難過得在椅子上縮成一團。蕎埃爾和潘蜜各有各的動機，不過都基於女性理由，她們對馬努埃有一種母愛情愫，儘管兩人都沒法跟他打交道。馬努埃不給人任何機會，從不與人交談，連純真善良、天不怕地不怕的潘蜜與沖沖地跟他說「哈囉」都不能讓他打破沉默。莎拉聽見潘蜜嘴裡念念有詞，事實上，她可能在禱告。

「你要表演什麼？」金斯利先生又問了一次。

馬努埃的臉頰又發出熊熊燃燒中的木炭般迷人色澤。過了良久，他終於打破沉默，以令人難以聽見的聲音囁嚅道：「我要唱〈聖母瑪麗亞萬歲〉（Ave Maria）……」（但莎拉沒聽清楚整句話）他兩隻手肘似乎綁著線並同時往左右兩側拉扯，處在這種被拉長又靜止不動的狀態下，他隨時可能瓦解成碎片。這時舞臺左側的線斷了，他的身體瞬間朝著伴奏巴托利先生傾斜。巴托利先生翻開樂譜，點一點頭後說：「我可以開始了嗎？」

馬努埃像個緊張的老太婆不斷扭絞雙手，然後突然把手垂放在身體兩側。金斯利先生依然站著，背對著全班同學，說：「小馬，我知道你做得到！」

他說話的語氣就好像整個劇院只有他和馬努埃兩人，但其實現場每一個人——連坐在最後一排的人——都聽到了。

全場忍住笑聲，竭盡所能保持安靜，卻也可能因此改變了氣氛。現在大家真的陷入尷尬的緘默中。金斯利先生通常不用綽號或寵物名，有時他改變態度時，便不再呼喚他們的名字，改以先生或太太稱呼，並冠上他們的姓氏，以表示他感到困惑或反對，更常是介於兩者之間，但不管是哪種情況，他都會保持一定的距離。「小馬」卻沒考慮到保持距離，甚至沒考慮到現場還有四十多個人。

金斯利先生坐了下來。從他的頭顱後面只能看到為數有限的特徵、昂貴的髮型以及掛在耳後的眼鏡腿，不過卻和他的臉部表情幾乎一樣生動，散發出不容辯駁的篤定。「快唱吧，你知道我要什麼，表現給我看吧！」如果他的頭顱都能說出這些話，就不難想像他的正面會怎麼說了。（羅佐女士：「如果一枝筆都做得到這些，我們的身體還能做到什麼地步呀！」）馬努埃——小馬？——似乎正在跟金斯利先生看不到的臉孔正面做無言的交流。馬努埃盯著金斯利先生的面孔並接收到某種訊息——一開始他站在舞臺上的時候便和往常大異其趣，現在又有一種說不上來的不一樣。他用一種幾乎可稱為沉著的態度對巴托利先生點一下頭，巴托利先生馬上抬起雙手，猛地滑落。馬努埃深深吸了一口氣。

截至目前為止，莎拉提到歌劇便想到「辮子頭兔巴哥」、公共電視臺（PBS）、穿長袍、超大噸位的男人、聲音尖拔的女人、破碎的玻璃。一定是因為她不曾在現場觀賞歌劇，但也因為她從未聽過有水準的演出，就連電視轉播的片段也不曾，因此不知道歌劇其實是渴望獲得救贖的最高境界。因為，她自己的傷痛都是透過音樂獲得救贖；軍隊凱旋歌始終守護著她沉默、受傷的心靈。

現在她終於明白為什麼羅佐女士告訴她不能逃避創痛。

馬努埃開始詠唱。通常，他的西班牙口音像個累贅，夾雜在英文詞彙之間，當他進行充滿變數的旅行時還得吃力拉拽著，但現在卻成了一種善心美意。他們之中誰能這麼唱歌，即使擁有天籟般的嗓音？馬努埃引吭高歌，歌聲似乎傳到比燈光控制室更遙遠的地方。他急切地抬起雙眼，似乎意識到自己難以抓住神反覆無常的注意力。他悲慟萬分地叮囑這群遙遙相對的觀眾，莎拉轉過頭來掃視全場，期待看見不同等級的天使雙腳離地，懸浮在半空中。但她看到的卻是同學們陶醉的臉龐，他們不知不覺地沉浸在歌聲中，暫時忘卻個人煩憂並獲得片刻的休憩。莎拉也到達渾然忘我的境界，她感到如此欣悅，大衛的臉龐甚至一度變得模糊，這不是因為她的眼眶噙滿淚水而已。

她像被摑了一掌耳光，身體轉向馬努埃，而馬努埃猶如一泓清泉，舉起雙臂，舉起他們輝煌的重擔。這時，最後一個音符落入空中。他們好像一直等待這個手勢出現，全場發出轟然巨響：鼓掌、吹哨、跺腳，埃勒禮從位子上跳起來，嘶吼著：「**好傢伙！**」馬努埃站在舞臺上，全身大汗淋漓，咧嘴一笑，同時扭絞著雙手。我們每個人都做過這樣的夢，莎拉想道，在這個夢裡，我們超出眾人的期盼、甚至超越自己的想像，變得更美好。

巴托利先生優雅地將鋼琴椅往後一推，走向馬努埃，拍一拍他的肩膀，並熱情地跟他握手。雖然全場只有四十多位孩子，但發出的聲響幾乎要掀開屋頂。除了坐在最靠近金斯利先生那幾排的人，大家繼續鼓譟，用力跺腳。金斯利先生幾乎被人遺忘，後來他把眼鏡推到頭頂上，迅速用袖子擦抹前額和眼睛，「今天是值得留念的日子！」他當著大家的面大聲說道，「馬努埃．亞維拉的初登場！」

§

午餐時在停車場上，莎拉彎著腰和蕎埃爾一起坐在馬自達車的引擎蓋上，莎拉時不時地在筆記簿上塗塗寫寫，她們抽著丁香菸，莎拉把母親包好的三明治擱在一旁。莎拉的母親每個早晨都會為莎拉做三明治，即使兩人冷戰的時候也不例外；那是從熟食店買來的，用圓麵包夾著起司片、芥末醬、番茄片、生菜，麵包上撒有罌粟籽或芝麻。「妳的三明治好像是餐廳賣的唷！」有一次，蕎埃爾難掩驚訝之情大叫道，但從此以後莎拉便不再拆開三明治，等到午餐時間結束走回教室時，她逕自扔進垃圾桶。這麼做的時候，她都會撇過頭不看，彷彿只要視而不見就表示她沒有做。停車場另一頭，一輛淺藍色的福斯卡門正駛進來，或許有隨手丟棄在地上的墨西哥快餐店 Del Taco 得來速的食物包裝紙，或許有坐在副駕駛座的大衛，戴著一副雷朋眼鏡而顯得滑稽可笑，不過要是莎拉沒有親眼目睹，那這一切就可能不是事實。沒人能證明是這麼回事。她的雙睛是夜間行駛中的前照燈，只能看著前方。視覺和思緒的監控是永無休止的勞動。

「妳看起來很累。」金斯利先生喀嚓一聲關上辦公室門後便說道，關門聲響在長長的走廊上傳開。那是一張入場券。辦公室門當著那些假裝專心看佈告欄的人的面關上，彷彿每個人都得親自跑一趟才能知道前一週發布的完整演員名單（史凱・馬斯特森：馬努埃・亞維拉）。她的同學在外面走廊上徘徊不去，希望也能獲得她所得到的：金斯利先生的特別召見。她的嘴裡咀嚼著一種奇妙的味道，混合著驕傲和羞恥，但也可能是她低頭面對的餡餅和變質的咖啡的味道。他把裝在保麗龍杯裡的咖啡遞給她，咖啡來自他的私人咖啡機。她為了被金斯利先生選上而感到驕傲，但也因為知道他揀選她的理由感到羞恥。他們都知道他有時會利用午休時間，駕著他那輛橄欖色的賓士和哪些學生出遊；他只需一個眼神就能叫哪些學生留步，並任隨其他學生離開教室；午休時他會和某些學生待在他的辦公室。這些學生都是行為瀕臨偏差邊緣的問題學生，長長的走廊上隱約傳出他們痛苦的呻吟聲。珍妮佛曠課一個月，如今穿著遮住手腕的長袖上衣。葛拉格，那位英俊瀟灑的高三生，也是茱莉葉塔和潘蜜瘋狂愛上的帥哥，雖然打扮得無懈可擊，掛著燦爛的笑容，善體人意，卻被他的父親趕出家門，現在只能住在青年旅館。馬努埃雖是窮光蛋，但最近因為展露過人才華受到大家的認同。而莎拉，他們又是怎麼說她呢？

她很愛大衛，甚至在學校走廊和他炒飯！現在卻被甩了。

「我睡得不多。」她承認道。

「為什麼？」

「我得打工，在法國麵包店，週末早上六點就必須到店，兩天都是。」

「打工那兩天妳晚上幾點睡覺？」

「大概兩點吧。」

「週末以外妳幾點起床？」

「一樣，大概六點吧。」

「週末以外妳幾點睡覺？」

「一樣，一、兩點。」

「妳會把自己殺死。」他說。她以為他在預言她未來將發生的事，她會自殺而死，不過後來了解到他只是打比方，也有可能在比喻長期睡眠不足所產生的結果。

「我真的很累。」她附和道，然後忽然又哭了起來。她的肩膀緊繃著，雖然使盡全力，但還是無法克制地發出濕潤、嘶啞的聲音。她知道這些都會發生，也知道有時候更大的包容是預料中的事。金斯利先生不是羅佐女士。珍妮佛自殺未遂，葛拉格忽然變成孤兒，馬努埃窮得一文不名，而莎拉她自己——他們漫不經心的童年就這樣被奪走，這也是為什麼他們會被選中，他們被公認早熟，太早體驗成人世界。每個孩子都嚮往這些酷炫的體驗；它的陰暗面，它的困難面，它的真實面。冷酷的事實是，人生真的被搞砸了。而莎拉——穿著Morrissey T恤、抽著沒有濾嘴的駱駝牌香菸、睡眠不足、被旺盛的性慾擺佈——其實一直在追求這類可怕的剝奪，想盡早結束童年，她死心塌地窮追不捨，如今得到了，卻又想回到過去。如果能回到過去，如果能吃到母親做的三明治，還體貼地夾著番茄片，那該多好。

一如他的預期，她放聲大哭，但終究止住淚水，也一如他的預期。她清理臉龐，用面紙擤鼻涕，然後將面紙扔到垃圾桶。她拿出化妝包，慢條斯理地整理面容。而當她喀啦一聲關上粉餅盒時，她感覺到他的默許，清楚得就像他親口說出一樣。「那麼，」他欣悅地說，「為什麼不跟我說到底發生了什麼事。」

她告訴他，但不是當天就全盤托出，他們剩下沒多少時間了。現在她算是熟面孔，他們的會面大家心知肚明卻未曾公開承認，就像任何一段獨佔關係，雖然彼此暗通款曲卻極具排他性。大衛日夜都在磨牙，他的牙醫甚至要他睡覺時需戴護齒牙套。大衛——上帝幫助他啊——沒意識到是自己甩掉莎拉，卻滿心以為自己被甩了。這個女孩跟他交往過的其他女孩不一樣，打從跟她表達愛意後，她從不牽他的手，從不依偎在他懷中，也不帶他和她那幫吱吱喳喳的閨密團逛購物中心、看場電影。然而每次走進教室，她就有如驚弓之鳥。她渾身散發冷若冰霜的氣息，他不敢主動靠近她，他哪敢？他們的戀情全起於一場誤會嗎？大衛從來都知道她和比自己年長的男生上床，有幾個甚至年長很多。返校首日見識到她尷尬的模樣，大衛覺得自己好像在慈善救助她，她允許他救助，但不許他告訴別人。走廊發生的事就是個奇怪的證據：沒人看見的時候，她主動投懷送抱。

或者有沒有可能，莎拉告訴金斯利先生他們的分手全因為一場誤會？有沒有可能，莎拉懇求金斯利先生告訴她，大衛還是愛她的？他怎麼能說愛她，後來又不愛她？

「妳愛他嗎？」

「愛。」後來又被自己回答得那麼篤定弄得心亂如麻，轉而改口：「或許吧，我想。」

「妳有告訴他妳的感受？」

「我怎麼能夠？」

表演是在想像的狀況下忠於自己的真實感情。忠於自己的真情實感指的是支持你的感覺。這不就是他一直教導他們的其中一件事嗎？起初她以為他氣得大叫，後來才明白他是在大笑。也許他在譏笑她，但至少他沒有生氣。「上帝啊，」他說，即使身處私密的辦公室，他依然露出一種在舞臺上才會展示的燦爛笑容。「謝謝妳，我有時候忘了這是必經的過程，而且，你知道的，沒有結束的時候，這也是它美麗的地方。」

她並不知道他在說什麼。不過當她用掉整盒紙巾整理面容後，她又露出懂事、疲憊的神態。「沒錯。」她附和道。

「妳母親怎麼樣？」

「什麼怎麼樣？」

「妳們處得好不好？」

「我不知道。不太好也不太壞，就算不爭吵，我們也不會談心。」

「她週末開車送妳上班時，妳們肯定會在車裡說話。」

「沒說什麼話。太早了，我們上車後直接開到上班場所。」

「我認為麵包店的工作太辛苦了，妳應該利用週末補眠，消遣一下。」

「我需要這份工作。」她回答得簡潔扼要，反正金斯利先生和她的母親都不會對鐵了心執意要買車的她抱以同情。她並不知道她的語氣帶有一種唐突的傲慢，那是因為生活拮据，還穿了一身廉價粗俗的龐克風的服裝。她的生活沒有福斯卡門淺藍色敞篷車，她也的確為此感到憤懣不平，不過她知道她並不窮。當然，住在一棟兩間臥房的小公寓，門上還用粉筆畫了一個×，母親以豐田老爺車代步，她肯定稱不上有錢人。不過她不窮。

金斯利先生沉默了片晌，一副若有所思的樣子。「妳和大衛來自兩個迥然不同的世界。」

「什麼意思？」

「大衛來自有權有錢的世界。」

她並不好奇他怎麼知道，或者他怎麼揣測出來。

「我猜比我好吧。」

「他沒打工。」

「他不需要。等他十六歲時，他母親和菲利浦會買車給他。」

「菲利浦是誰？」

「他的繼父。」

「噢，是最近的事嗎？」

「不算新了。他媽和菲利浦有個兩歲大的寶寶。」

「所以大衛是大哥。」金斯利先生微笑道。

她也微笑著說：「他本來就是。他是他母親一婚生下的長子，後來他母親為了菲利浦離開他的父親。大衛認為是因為菲利浦有錢。大衛的生父素來身無分文，大衛說他的父母，也就是他的母親和生父，為了詐領保險金放火燒掉房子，所以他其實並沒有雄厚的家世背景。」她把話說完了，因為一股腦兒把心裡話全掏出來，激動得不知所以。

但是金斯利先生對莎拉如此渴望談論大衛不置可否，對令她氣吁吁的不明原因也不予置評，現在她不再說下去。他伸出手，越過桌角握住她的手。「你們一定得了解彼此。」他說。她默默地點頭，現在滔滔不絕的不是她的舌頭，而是她的雙眼。

當天晚上蕎埃爾十點後將莎拉送回家，莎拉的母親穿著睡袍坐在廚房。平常這個時候她母親會待在房間裡。此時，她那頭夾雜著一綹綹捲曲白髮的棕髮現在全披散在肩頭上，雙腳套著男運動襪。「妳老師打電話來。」她說。

「哪位老師？」

「金斯利先生。」

「金斯利先生打到家裡？為什麼？」莎拉的胸腔裡似乎有一群動物——四隻鵪鶉或一窩老鼠——嚇得四處逃竄。

「誰知道為什麼。我知道他所持的理由，他問起妳麵包店的工作，問我可不可以為了妳的健康幸福著想，別再讓妳打工。他似乎以為是我逼妳打工，還搶走妳的薪水。」

「我不是這樣跟他說的！」

「我告訴他不管是在麵包店還是其他地方，妳怎麼浪費妳的時間我一點也管不著。我真想知道他自以為是何方神聖，竟敢打電話給我。」

「我不知道，媽。」

「假如妳辭職不幹我可求之不得，這樣我就不必週末連續兩個早上五點半送妳去上班了。不過妳執意要買車，妳以為十五歲沒車是天大的不幸，可妳還是說服我如果沒載妳上班，我就是在虐待妳。現在妳的老師，他每天把妳扣留在學校十二個小時畫景片、替帽子貼花，這個男人卻說我逼你打工，虐待妳，好像我得讓妳唱歌晚餐才有著落？他竟敢這樣做！他以為他是哪根蔥？」

「我不知道，媽。我沒告訴他這些事。」

「我恰巧跟他想的一樣，妳是該辭掉工作，但這也不表示我需要他的意見，妳在校外的生活甘他什麼屁事，妳知道的，不是嗎？」

「是。」她說，同時緩緩走向臥房。他的一通電話引發的衝擊改變了現狀，她覺得他背叛了她，破壞他們之間的默契。現在她看出他向她母親下戰帖，企圖挑戰她的權威。他為了侵犯而侵犯，而她因為贏得了他的關注感到竊喜。

§

排練室砌著一面長鏡牆和鋪著冰冷的亞麻地板。在這個點著螢光燈的冷藏箱裡，他們的雙胞胎在鏡子裡的房間瞪視著自己。這裡發生了許多事情。鏡子裡的房間和這個房間一樣明亮寒冷，看上去一切都是暫時的，塑膠／鋁金屬椅子、泡沫材料／人造皮革墊子、鋼琴和長椅等這些東西都被移到一旁，以提供身體更多空間。他們在黑漆漆的房間裡匍匐前進，偶然相遇，彼此摸索，然後仰躺著，像攤死屍。他們投入共同搭起的手臂網，將彼此輕輕擁入懷裡，形成一個輪子，依次讓輪轂凝視自己並說出真心話。（諾貝特對潘蜜說：「我覺得妳是班上最可愛的女孩，如果妳稍微瘦身，就稱得上美女了。」香坦對大衛說：「我不操白人，但假如我非得找個白人幹一炮，我會找你。」）現在他們走進排練室，並按要求將場地佈置成劇場，將大約三排的椅子面向同一邊擺放，這些椅子的前方有兩張椅子面對面擺著。金斯利先生一如平常站著。「請大家往側走道靠攏。」他說，他們立刻縮小彼此間距，每一排盡頭和牆壁之間因此有了一些空間。他們在座位上坐好，依照平常的方式聚集：黑女孩，白男孩，剩下的就按照變化莫測的相吸／相斥法則填補。那兩張「舞臺上」的椅子卻空著。莎拉從盥洗室過來，進教室得晚，便坐在馬努埃背後的空椅上，不為什麼，只因為椅子是空的。

馬努埃穿了一件很漂亮的襯衫，他最近似乎多了一些好衣服穿，雖然她這個印象並非靠著意識歸納而來，而是一道風景。回憶透露真相。

「莎拉，請妳坐在前面兩張空椅中的一張。」

莎拉因為被金斯利先生突如其來點名而嚇得忘了站起來，她向他投以詢問的目光，但卻不能從他的眼神找到回應。他像站在城牆上豪氣干雲地指揮迷你軍團移動。當她站起身，她注意到馬努埃連忙取下背包，深怕會妨礙她。

莎拉去年長出智齒，醫生跟她說智齒通常不會這麼早出現，也不會那麼大，智齒太大容易長歪，日後將難以矯正。有個笑話就是關於過度早熟的智慧導致無可救藥的偏差，但在拔掉牙齒填塞著被鮮血浸透的紗布前，她絕不能滿意地解決問題。他們跟她施打麻藥做治療，她母親坐在候診室看報紙，莎拉在強光投射下，昏沉沉地仰臥著。等到牙齒拔掉、塞好紗布，莎拉已經將兩隻腳從椅子上放下踩在地上，當牙醫和護士轉過身子清洗雙手，當他們和櫃檯人員、莎拉母親以及候診室其他病人發現莎拉不見時，莎拉已經走出看診間、走出大樓大門、穿過大片停車場，等到櫃檯人員和護士追上來，她正敲打著母親上了鎖的豐田車門。她對這次牙科大逃亡卻毫無印象。事實上，她一直以為母親開她的玩笑，後來她回去看牙醫，牙醫跟她說：「我是不是應該先把妳綁起來？」她才知道她母親沒騙她。

她也記不得自己是怎麼坐到房間前面的椅子上。她看著自己面對著整面鏡子中的自己。還有一張椅子背對著鏡子，她沒有領悟到這個優勢。

「大衛，」金斯利先生說，「請坐到另一張椅子上。請你們挪動椅子，讓膝蓋碰得到。」

他們的同學都默不作聲，不過身體幾乎同時往前傾。膝蓋碰膝蓋的坐姿雖不尋常但也不算新奇大膽。他們平時在金斯利先生的要求下，依不同情況打著藝術的名義相互觸摸、摩娑、探索、抓牢，因此不會把這種膝蓋間的接觸放在心上，但令人震驚的是，金斯利先生直接挑出他們每個人——包括他們兩人在內——小心迴避但越來越不耐煩的事：大衛和莎拉以及兩人之間了不起的戲碼，他們甚至自豪到不想與人分享。他們倆做自我重建的練習時，常用幾句不著邊際的話敷衍帶過，像是「謝謝你花了那麼多的精力清理工作室」。他們倆是傲慢的情感囤積狂，現在該挫一挫他們的銳氣了。莎拉以眼角餘光感受到全班同學都急欲插一腳，有些人露出深切的同情心卻只會讓情況更糟。蕎埃爾和潘蜜焦急地杏眼圓睜，諾貝特則撇著嘴，但他不是在場唯一一個嗜血的人。

大衛的膝蓋，透過兩人的牛仔褲碰到她的膝蓋，但感覺不像他身體的一部分。四個膝蓋，像盲目又不知所措的凸起物，兩兩相碰，猛然震顫。非得極為矜持地坐定，竭力併攏雙腿才能保持規定的姿勢。在如此難以忍受的情況下，她卻回想起大衛第一次進入她體內的臉孔，那是一個炎熱的午後，就在她那半暗半明的房間裡。**我感覺好像**，他嘗試告訴她，**我感覺好像……**他感覺他們的身體**天生絕配**，這句陳腔濫調的話去蕪存菁，透露出一個驚天動地的事實。

她雙眼緊閉，回憶被攪得亂七八糟。

「莎拉，睜開眼睛。」金斯利先生命令道。「莎拉和大衛，請四目對視。」

她把目光投到他的臉上。那一對藍色瑪瑙不太情願地回以凝視。地平線劃開兩瓣嘴唇。凸起的痣。polo衫V字領露出了一小截鎖骨，上下起伏急促了點，莎拉視之為一條線索和一絲希望，而她以為自己早就不抱希望，整個胸腔快要爆炸，雖然無形無狀和無聲無息，不過力道還是被感受到了，大衛畏懼了，那對藍色瑪瑙悄然失色，散落成許多小點。「這可不是對視競賽。」金斯利先生說。「我希望你們流露柔情的目光，我要的是柔情不是哭哭啼啼。」（是因為他們看起來像哭哭啼啼他才這麼說嗎？莎拉不會哭的，她不帶感情地在心裡嘀咕著，她寧可停止呼吸也不讓自己哭出來。）「我說的是柔情，不是溫和。」（是因為他們兩人都露出溫和的模樣他才這麼說嗎？她已經把片刻前許下的誓言忘得一乾二淨，她的雙眼把大衛的眼睛澈底翻了一遍，想找出一絲溫柔，卻瞥見鏡子裡的他們，被自己滾燙的羞恥給燒乾了。）「我指的是中性的、樂於接納的；中性的目光，不帶焦慮、沒有指責或期待。中性是我們能給予他人的本性，是警覺的、開放的、無牽無掛的。沒有包袱。這也是我們走上舞臺時該有的狀態。」

現在金斯利先生叫他們坐在前頭的椅子上，眼神保持接觸，但對視的目光不許摻雜譴責、期待或焦慮，而是所謂中性的、機警的、無牽無掛的——他似乎暫時遺忘他們。他一面在房間邊緣踱步，一面不疾不徐地說話。活在當下的意義，全然投入當下一刻，有意識地……擺脫束縛……當然，任何人能感覺也知道自己感覺到什麼，同時要能掌控自己的感覺，不會成為感覺的奴隸；感覺是歸了檔的資料，我們可以在上面畫畫，不過檔案有門，說不定也有抽屜，有儲藏庫，還有索引——對莎拉而言，感覺檔案資料的隱喻已經蕩然無存，不過她知道個中含義。假如這些檔案資料變得雜亂無序，那就完蛋了。

「大衛，」金斯利先生忽然開口說道，並回到原先的位置緊盯著他們。「請你握住莎拉的手。莎拉，請妳握住大衛的手。」

在她癱瘓無力的幻覺中，大衛向前、後退、側傾甚至旋轉起來，他的紅色 polo 衫出現許多斑點，幾乎遍佈他全身上下，不過大衛聽命行事，砰的一聲冷冷地往後靠在椅背上，渾身長滿尖刺，看起來極不友善。

他們四手相握。

大衛的手軟趴趴的，像一塊肉。但對莎拉而言，這兩隻手曾經那麼強勁有力。她的兩隻手輕輕移動以示抗議，這兩隻手曾經抱緊枕頭抵住腹部並用力擰絞，也曾經沒有一絲快感地摩擦潮濕的胯下，無法為他的渴望做些什麼。現在她的手攫住他，他感覺像具死屍。

「我希望你們透過雙手溝通。」金斯利先生又說：「不經由語言，僅僅透過觸摸。」

大衛的手依然安靜不動。這雙手不掐捏、不撫摸、不拍打——不過手怎麼和手溝通呢？其實他的手的確這麼做過，但現在他的手甚至不握住她的手。莎拉兩手僵硬，佯裝手被握著的樣子，兩隻手肘固定在兩側肋骨處，手腕和前臂因緊繃著而發抖；假如她撐不住，她的手會把肋骨震得哐啷作響，大衛肯定抓不住。

金斯利先生繞著他們緩緩踱步。「你們卯勁全力只能做到這個地步嗎？」他問道。「你們的雙手都認識彼此，不是嗎？這些手記得什麼？如果它們能夠開口說話，會說什麼？或許它們會撒謊？也許它們已經撒謊了。」

他都看在眼裡，莎拉思忖著。他看到他們的手沒有真的握住。他們的手只是貼著卻未撫觸。他一定覺得他們很蠢，連這麼簡單的要求都做不到。她握不了大衛的手，她沒法緊緊抓住，不能透過撫觸與他溝通。她的頭皮淌著汗水，她感覺頭皮好像在髮絲底下蠕動著。她腳下的地板彷彿鼓起、傾斜，一而再地勾勒出同樣的弧線卻又一而再地無疾而終。她從椅子上緩緩墜落，眼前一黑。遠遠地，大衛的臉懸浮在半空中，雙頰充血，又紅又腫，茫然的雙眼發出熊熊怒火。莎拉與自己抽離出來；大衛大可用手指壓碾她的手指，她纖細的骨頭鐵定會像乾燥義大利麵條般的喀嚓斷裂——要是他能這麼做就好了。過了半晌，她隱約覺察到自己哭得顛顛晃晃，她聽見刺耳難聽的聲音，好一會兒才認出音源：她有如被迫對自己施以酷刑的受害人，不由得回想起她第一次性高潮，當時她並不知道自己嚎啕大哭，直到大衛把頭伏在她的脖子上喜極而泣她才會意過來。

金斯利先生責備的語氣起了變化，變得更加嚴厲，因為莎拉融入真情實感。她原本不應該用手做出這些動作，不過可憐的人兒，她竭盡所能做到最好。

「你們卯足全力只能做到這個地步嗎？」金斯利先生面紅耳赤咆哮道。他把眼鏡推到頭上，原本服貼的頭髮因此弄亂，翹得橫七豎八。「你為了這個女孩不顧天氣酷熱走了好幾英里，還拖著一支網球拍，好讓你母親相信你是去了俱樂部。因為你愛她，大衛，**別欺騙她也別欺騙你自己！**」

他們的同學都驚訝得說不出話來。有沒有可能這一切都是在演戲？他們對暴露情感這種事早已司空見慣，對表白也不足為奇，對嚴厲的指控與和解也習以為常。但這一次不同，當下他們一時不知如何解讀這一切。有人忍不住大聲吆喝，有如觀賞運動賽事，幫忙加油打氣、好言相勸或破口大罵。「別跟這個臭婆娘低頭！」柯林想衝著大衛叫道。潘蜜想跑到莎拉面前，將她低垂的頭顱攬入懷中。有一次潘蜜坐在大衛後面，而大衛坐在莎拉後面，她內心自忖，假如有個男生像大衛凝視莎拉後腦勺般的看著我半秒鐘，我一定會當場死亡，以處女之身回到上帝身邊，我甚至不要親吻。香坦想說：「得了吧，男子漢大丈夫，大衛，你的臉怎麼紅成這樣？」原本經常對莎拉獻殷勤的諾貝特，現在只想給她一個巴掌，並跟她說：「這就是妳捨棄我去愛那個笨蛋的下場。」有人因為視線受阻，改而跪在椅子上，或者乾脆從椅子上站起來。莎拉總算抽開手，伸直十指遮住臉龐，鼻涕眼淚從指尖縫隙滲流而出，黏滑的細線逐漸在雙臂上形成黏滑的條紋。

「犯規！」柯林大叫，並鬆了一口氣，發出淫猥的笑聲。

「休息一下！」金斯利先生厲聲說道，因為同學們的冒失無禮不甚高興。不過他一隻手放在莎拉右肩，一隻手放在大衛左肩，微微彎下身體：他還沒原諒他們。莎拉不能也不會鬆開手露出臉蛋。她感覺他的嘴唇輕輕掠過她的頭頂。

「做得好。」他對著她的頭髮說。

接著她聽見他對大衛說：「我會一直等到你哭。」

莎拉透過指間縫隙窺視，看到金斯利先生露出冷冷的微笑，似乎為自己的預言沾沾自喜。這不過是遲早的事。大衛的臉因為使盡全力幾乎漲成紫色。大衛站了起來，腳步一個踉蹌撞倒幾張椅子，說他走出教室倒不如說他跌出教室來得更恰當。

「休息一下，親愛的，」金斯利先生說，每個人都假裝拖拖拉拉、綁鞋帶、翻找包包好多待片刻——除了已經離開的大衛——每個人都聽得一清二楚。「妳知道哪裡可以找到面紙。」

休息一下，親愛的。

§

「妳還告訴他什麼？」大衛嘶吼道，他有好幾個月不跟她說話了，即使他放下身段承認她卑微的存在，但如今當莎拉和蕎埃爾穿越停車場走向後者的車子時，他瞬間化身為超級復仇者準備絕地大反攻。

蕎埃爾：（介在兩人之間）閉嘴，大衛！離她遠一點。

大衛：（用兩隻手掌將蕎埃爾推到一旁，蕎埃爾因此踩著高跟靴子轉了一圈，幾乎失去平衡）妳是不是也會告訴他妳不跟我說話，卻在音樂教室的走廊上和我做愛？

莎拉：我不跟你說話？

大衛：（居高臨下）也許他親眼看見我們做愛，這也是妳故意安排的嗎？

蕎埃爾：（重新站穩，聲嘶力竭的怒吼）你這個王八蛋——

莎拉：（震驚得說不出話——不過大衛已經轉身背對她了。艾琳・歐樂莉的小車子早已停在一旁，他走過去上了車，砰地關上車門。他那位戴著太陽眼鏡、面無表情的金髮女司機把車開走了。）

§

莎拉的母親：妳在校外的生活干他什麼屁事，**妳很清楚**，不是嗎？

§

金斯利先生：莎拉，請開始。

莎拉和大衛再度坐在房間前方的兩張椅子上。他們之間隔了少許距離，膝蓋沒有接觸。大衛盯著莎拉看但沒有真的注視她。他看到她卻沒有真正看她。他坐在那張椅子上心卻不在。她不明白，她不明白的不是他為何這麼做而是他如何能做到。假如她也能做到，她一定會這麼做。她第一次意識到大衛是個狠角色，大衛將把這一面發揮在戲劇表演上，或許現在他已經展現這一面了，在緊要關頭，假如他想得要命，他會拼出「theater」。她也知道在CAPA，大衛和金斯利先生已經玩完了。他永遠也當不了主演，他永遠也成不了明星。他將背負著一身魅力離開學校，但這魅力未被開採、不受肯定、不被讚賞，甚至被掩藏在渾身散發的菸味酒氣底下：「呆蠢步伐」、「polo衫」、網球拍等等稱呼不僅被遺棄，也完全作廢，為人所遺忘，除了少數幾個記性堅強的人。

莎拉對大衛說：你在生氣。

金斯利先生對莎拉說：不准讀心，重來。

莎拉對大衛說：你很無聊。

金斯利先生對莎拉說：（被激怒的口氣）誠實一點，莎拉！

莎拉對大衛說：你穿了一件藍色polo衫。

大衛對莎拉說：我穿了一件藍色polo衫。

金斯利先生說：我沒聽見你們在**傾聽**對方。

莎拉對大衛說：你穿了一件藍色polo衫。

大衛對莎拉說：我穿了一件藍色polo衫。

莎拉對大衛說：你穿了一件藍色polo衫。

金斯利先生說：此時此刻是誰在這裡？**是誰**？

大衛對莎拉說：我穿了一件藍色 polo 衫。

此時此刻指的是什麼？莎拉思忖著。她該回答的「現在」到底在哪兒？該怎樣重複對方的話才不至讓每一刻都變得空洞？像鋪天蓋地的黑網，大衛藏在後面，不必受人審視，同時任由恨意在心中滋長？然而這些想法、這些不愉快的疑惑，正是造成他們失敗的原因，也是為什麼金斯利先生很快就做出抹去的動作：馬上給我滾下舞臺。

§

柯林對茱莉葉塔說：妳的頭髮是捲的。

這是不容爭辯的事實。螺絲捲髮是茱莉葉塔的標誌。她有一頭昂然豎立的秀髮，從頭頂朝向一側垂下，並伴隨著每個步伐彈起落下，真可說是她燦爛笑容的延伸。茱莉葉塔的雙頰隨時柔軟紅潤，雙眸總是閃閃發光。她的母親是法國人，遺傳給她別緻可愛的發音，像是把美乃滋唸成「梅——濃——思」。茱莉葉塔的母親也遺傳給她狂熱的基督信仰。她和潘蜜不同，她不覺得有為信仰的宗教辯護的必要，當同學說上帝不存在，她只是笑盈盈地看著他們，不會擺出高人一等的姿態。她因為同學願意與她分享想法而更愛他們！這就像耶穌愛世人，而世人沒有相信祂的必要。

柯林為茱莉葉塔的笑容感到心神盪漾：他完全說對了！「我的頭髮是捲的。」她輕聲笑道。

「妳的頭髮是**捲的**。」該死的女孩，當妳看起來像個「捲毛」，那是因為妳的頭髮啊！

「我的頭髮**是捲的**。」噢，一直都是這樣子呀，柯林。你不能說我的頭髮不捲，這不是很可笑嗎？

「**妳的頭髮**是捲的。」柯林試著說。仔細一想，柯林也有一頭濃密的捲髮，要是在其他場合，柯林的頭髮也會歸類成「捲髮」，不過他現在要較量的是茱莉葉塔一頭童話故事裡才會出現的秀髮，那是宛如神仙公主彈力十足的頭髮，也像歌頌大自然——少女的繪畫裡，少女被春天繁花盛開的葡萄藤纏繞著的濃密頭髮！而柯林頭上又粗又硬、宛若雜草叢生的亂髮又算什麼？

「我的頭髮是捲的。」茱莉葉塔聳聳肩。這有什麼了不起，這裡捲頭髮的人多得是。

「妳的頭髮是捲的。」柯林突然說道，因為脫口而出，聽起來粗聲粗氣，彷彿說出的話跑在聲音前面。他注視著她那條細窄的珠子項鍊，他就這麼直勾勾地盯著，茱莉葉塔不禁雙頰緋紅，彷彿柯林在解開她牛仔褲的鈕扣。房間爆出一陣譏笑聲，該死，他是怎麼做到的？人不可貌相，柯林平常老是仗著祖傳的想像力演愛爾蘭幫派小混混，他們都忘了他其實是個厲害的角色。

安靜！金斯利先生把手指掰得咯吱作響，然後對柯林迅速點個頭。柯林更上一層樓，依然保持領先。

更上一層樓是一種主觀的認定。主觀：一種看法，一種感覺，一種評斷。經常是一種告白。這跟形式上更簡單的客觀不同：事實的陳述。總的來講，他們傾向用客觀來描述跟隨者（這裡茱莉葉塔是第二個說話的人，也是回應的人），用主觀來描述領導者（這裡是柯林，他第一個說話，做領先陳述），不過那是因為他們二分法思維尚未發展成熟使然。

柯林不假思索說：「妳是處女。」

哇！

「哦，該死！」安潔失聲叫了出來，她沒法讓自己「閉嘴」，金斯利先生偶爾也會大吼閉嘴，雖然他通常只用一個眼神或掰手指來示意，但現在他氣急敗壞地厲聲斥責，全班同學在椅子上痛苦的掙扎、扭動，有人好奇地伸直脖子，有人害怕地往後退縮。奇怪的是這間表演學校從未教導他們怎麼做個沉著冷靜的觀眾。他們只是被人喝斥、被人制止不能出聲，像條狗似的。

茱莉葉塔滿臉紅得發紫。當他們目不轉盯地看著她時，她漲紅的臉逐漸退燒，慢慢恢復成平時白裡透紅的膚色。她不慌不忙，也許像其他同學一樣想知道金斯利先生會不會宣判犯規，因為「妳是處女」是主觀上的認定——不過是這樣嗎？不是得取決於她？除非她能夠確認屬實，不然柯林的譏笑不就是出於主觀的認定嗎？然而她不能證實，他們的遊戲規則是她只能複誦對方的話，頂多更改主詞和動詞變化，這樣她的贊同就變得沒有意義了——到頭來，這也使得她做出主觀的聲明。他們的二分法思維尚未發展成熟，這個難題令他們絞盡腦汁。潘蜜先是捂著耳朵，然後遮住眼睛。

不過，茱莉葉塔依然默不吭聲，她有行使演員最神奇的法寶——沉默——的權利，卻也因而打破兩人的權力平衡關係。她的氣色已經恢復正常，但面無笑容，沒有陰沉著臉，也不露出猶疑、尷尬、恐懼的神情。茱莉葉塔只是泰然自若地看著柯林，柯林也力持鎮定地回視。其他人卻看到他在塑膠椅子上坐立不安，將臉稍微挪近她的臉。他開始模仿她的動作，但模仿得很拙劣。

「我是處女。」茱莉葉塔說，這個聲明似乎完全出於她自主的選擇。

「妳是處女。」柯林說，出人意表地被茱莉葉塔逼得不得不表現中立的態度。他要是露出一丁點鄙視或興奮之情，都會顯得幼稚。

「我是處女。」茱莉葉塔說得不急不躁，沒有摻雜任何感情，也沒有不懷好意，只知道柯林可能需要再被告知一次。

「妳是處女。」柯林傷心說著。

「我是處女。」茱莉葉塔說，但也很同情柯林會感到傷心。顯然他的思維仍未發展成熟。

全班同學已經數不清茱莉葉塔和柯林你來我往了多少回。有時候金斯利先生會因為某種顯而易見的理由打斷一再重複的對話。爆發力與果斷力。權力協商。語氣出現一連串明顯變化，從飄飄然、悲傷到冷漠，宛如天氣詭譎多變。但有些時候金斯利先生任由單調的對話重複下去。即便對那些沒開口說話的人來說，那些話都變得不知所云，語氣呆板無趣，抑揚頓挫也一成不變。

最後，金斯利先生總算打斷茱莉葉塔和柯林的對話，說：「謝謝你們，表現得很好。」全場坐著靜止不動，但每個人都歡天喜地、驚奇不已同時忘卻不安，一起進入類似催眠的精神狀態。

茱莉葉塔和柯林依舊坐在椅子上，定定注視著彼此，過了片晌，柯林站起來，笨拙但真摯地伸出手，茱莉葉塔和他握手。

§

「你有藍色的眼睛。」莎拉說，這或許是她所能做的最不敏銳的觀察了，她雖說得雲淡風輕，卻幾乎充滿敵意。

「我有藍色的眼睛。」大衛說，他態度完全中立，沒人能指責他冷漠，這就好像他在說「一二三四」或隨意哼唱。喔不，由於歌曲本身的特質，哼唱的意味深長多了。

「你有藍色的眼睛。」她知道假如她直勾勾看著他，他會變得陌生起來，她就再也看不到他，不過金斯利先生不能因為她避開眼神接觸而責備她。

「我有藍色的眼睛。」也許大衛也一樣定定看著她，他的雙眼會像直視太陽卻因為陽光太過刺眼，讓他什麼都看不見。

「你有藍色的眼睛。」

「我有藍色的眼睛。」

「你有藍色的眼睛。」

同樣的對話重複了好幾個禮拜。大家一起遭受懲罰，因為他們兩人沒人願意讓步，沒人臉紅，沒人退卻，更重要的是，沒人淌下一滴淚水。靜如死水，淚水枯乾，莎拉幾乎得意起來。或許她確實有點進展，至少她從大衛身上學到一些東西：一種完全消極被動的反抗。起初同學們被他們彼此僵持不下的狀態深深吸引，如今卻有如活在水深火熱中，痛苦難熬。同學們痛恨坐在那兒，但更痛恨看著他們。他們從不曾達到目標，他們從不曾贏得讚美，更不曾獲准走下一步。跟其他同學不同，他們兩人只能跟彼此配對。

「我有藍色的眼睛。」

「你有藍色的眼睛。」

「我有藍色的眼睛。」

「停。」金斯利先生大吼，滿臉嫌惡地搖手。他們現在被列入「不受歡迎的人物」。他們無意識地同時站起來，相互撇過臉。

§

「你講西班牙文。」蕎埃爾對馬努埃說，臉上閃過一絲頑皮的表情。全場發出嗡嗡聲，重新燃起興致。他們從未聽過蕎埃爾講西班牙文，也幾乎不曾聽到馬努埃開口說話。講西班牙文做重複練習堪稱史無前例，他們也不確定能否這麼做。蕎埃爾真的很酷！轉眼間他們對她另眼相看。

馬努埃微微一笑，吃了一驚。「對，我講西班牙文。」

「不能加字。」金斯利先生說。馬努埃臉頰微微泛紅。

「我講西班牙文。」馬努埃改口。

「你講講講西班牙牙牙文文文文文。」蕎埃爾扮鬼臉說道，發出抽了太多菸的嗓音。他們個個坐得筆直，完全清醒，興致高昂。

馬努埃的臉更紅了，不過他可以感覺到她的溫暖：她並非高高在上，她是他的同謀、他的共犯。

「我——講，」他像羊咩咩地叫著，惹得哄堂大笑。「西西西西班牙文——哎兒，」跟蕎埃爾的埃爾押韻！

蕎埃爾跳起抖肩舞，將一對乳房推向他，一隻手舉到半空中。「我我我我我，說說說說！」她唱了起來，或許音色不太優美但中氣十足，因為用盡力氣，臉上泛著紅暈，中音do，上升至中音 sol，其他同學也默默地跟著她唱。「西西西——班牙文——努哎！」她開始作結，中音 la、中音 si，最後以高兩個八度 do 畫下句點……

「哇，酷斃了！」安潔叫道，金斯利先生沒有斥責她，全場屏氣凝神定定注視著馬努埃，他會怎麼接招呢？

馬努埃對著蕎埃爾回以微笑並噘著嘴巴，似乎在說：「妳這個小淘氣，該有人打妳一頓屁股，但不是由我出面，我已經憋不住要笑出來了。」他們以前不曾看到馬努埃的臉上流露出如此靈動的表情，釋放出如此豐富的訊息。後來，就好像掌握節奏的能力是他另一項不為人知的絕技，他既沒全身上緊發條也沒發出任何警訊，說時遲那時快，他的嗓音充滿整個房間，「我啊，我啊啊啊我——說啊說啊，」他出人意表地大聲吼叫——一個坐在椅子上的小孩怎能發出這種聲音呢？「西啊，西——西啊，西西西……班班……牙文喲。」最後，他以一個餘音迴繞的低音符結束。全班同學為他也為蕎埃爾大聲喝采。在轟隆笑聲的簇擁下，蕎埃爾和馬努埃從椅子上站起來，他們的表現充滿顛覆性，而全場笑得最狂、鼓掌得最起勁的是金斯利先生。

§

後來，蕎埃爾將遠走他鄉。高三讀到一半便杳無音訊。關於她離開的原因、離開的方式以及落腳地的傳言甚多。她的父親拿皮帶、木棍揍她，她甚至被綁在樹上。她母親因為她野，索性將她送去父親那兒生活。她父親找FBI探員尋找她的下落，他有好幾次破門而入。有人看過蕎埃爾出現在多個地方：坦帕（Tampa）、威基基、紐約，還在史密斯飛船的《電梯戀情》音樂錄影帶跑龍套，據說她是其中一名舞者。每一次還來不及確定，她已經遠走高飛了。

後來，潘蜜決定做太空人。這不是一時興起的決定，可她依舊為了身材肥胖抑鬱寡歡。她得回學校學好物理，學好物理後還得節食減肥。

後來，丹妮奎會成為全球最受矚目的電視女演員。她將在一齣長壽劇裡扮演女警，故事描述一群菜鳥警察逐漸成長、蛻變，終於變成經驗老到的警察。她將扮演一名缺乏幽默感的女警，背負一段陰暗悲慘的過去（肯定如此），劇情將繞著貧窮、虐待、坐牢的父親、吸毒的母親、中槍身亡的兄弟等打轉，這也是造成她欠缺幽默感的原因。她少女時代的老同學將不敢相信活潑開朗的丹妮奎會扮演一個沒有幽默感的女警。他們相信她只是暫時隱藏她的幽默感，假以時日她的廬山真面目將為劇情帶來轉折。可是一年一年過去，她依然缺乏幽默感，也不曾展現歌喉或舞技，所有這些看似是丹妮奎的特質都沒有機會透過這個招牌人物展現出來。她將扮演這個角色好幾年，也因此成為富婆。

後來，諾貝特將成為「我的堡」漢堡店經理。這樣的結果竟然完全落實他們對諾貝特最殘酷的預期。他沒有向他們證明他們錯了，他們因此更加討厭他。諾貝特是個無可救藥的傢伙，對各種蛻變的可能性完全免疫。

後來，羅佐女士的預言將會成真。許多事情，至少和莎拉聊到的事，譬如心碎，的確不那麼令人傷心了，雖然令人傷心的事情變得更多。看來因為心碎而痛苦將變得奢侈；還有危害身體和傷荷包的缺點。友誼破滅。成年人對孩童犯下罪行。還有一種無法解釋的、微不足道的好意，這種好意不知怎地把莎拉戳得最深。有一年夏天，她走出家門時，因為一時疏忽，忘了把無袖連身裙的拉鍊拉上，腋窩到骨盆出現一道狹長的開口，裡面的胸罩和內褲一覽無遺。她就這麼走到公園，公園裡有個陌生女人對著她喊道：「甜心！妳最近過得好嗎？」同時一把抱住她。

當莎拉被她摟在懷裡摸不著頭緒時，那個女人在她耳畔輕聲說：「妳衣服的拉鍊沒拉，我會繼續這麼抱著妳，妳趕快拉上拉鍊吧。」

她們等到莎拉拉上拉鍊後才分開，然後宛如真正的朋友般的話別，繼續裝模作樣，然後各自別過頭，背對著背，各走各的路。多年過去，莎拉頭一次回憶起這起往事，那是在造假的情況下上演著真情實感。她很想念這位陌生女子——一個假的朋友。

§

後來，大衛將發生劇烈變化，甚至令人難以接受那個她在青春年代最早認識的大衛，那個時候很難不把年少的大衛看成偽君子，一個無足輕重的蠶繭，而未來那個骨節突出、厚實、堅硬的大衛已經開始破繭而出。或許年少的大衛的確是一只脆弱的殼，或許他們全部都是。

金斯利先生不再叫她去辦公室，他們不再展開親密的對話，聊她和大衛或她和蕎埃爾的事，他們也不再提英國人抵達後，他希望從她那裡獲得什麼協助。他們不再談話，有時候經過她身邊時，他會衝著她眨了眨眼，但絕大多數的時候，他對她視而不見。她知道自己雖努力跟他拉近關係，卻反其道而行地錯失良機，將原本的優勢浪費掉。有一個星期五午後，莎拉沒跟著蕎埃爾以及當天坐在蕎埃爾車上的人一起去「恩潘納達前哨餐廳」，她回到空無一人的走廊中。星期五的五點半才會開始排練，因為沒有趕在九點前結束的壓力，因為隔天不必上課。他們星期五不去U Totem便利商店解決晚餐，而是成群結隊、鬧哄哄地走路或開著超載的汽車上餐館，他們成為這些地方的老顧客或者不受到歡迎。塔巴蒂亞塔可餅店以冷淡的態度容忍他們，但他們可以在這裡大啖免費的洋芋片。恩潘納達前哨餐廳只差沒把他們趕出門，他們若不坐外面那張搖晃不定的桌子，店員就不會招呼他們。在「媽媽的大男孩」餐廳，他們卻備受寵溺疼愛。曾經不太起眼的大男孩餐廳不知何故被幾個男同志服務生接管，假如他們唱歌就有免費的餡餅可吃。星期五有如嘉年華會，如果金斯利先生沒從用餐的地方趕回來，五點半的排練便延到六點，但不管他去哪裡用餐，反正不會是他們就近光顧的廉價餐廳。

走廊上空無一人，金斯利先生的辦公室門緊緊關著。沒有任何蛛絲馬跡讓人以為他會在裡頭。在其他日子裡當他們只有半個小時的休息時間，他會坐在辦公桌前劈哩啪啦敲打鍵盤，無框眼鏡不太安穩地架在鼻尖上，讓辦公室門半掩著，但是他全神貫注的神情令人望而生畏，除了幾個陷入絕望或信心十足的學生，沒人敢打擾他。

她膝蓋貼胸抱著，沿著牆壁滑落蹲坐在地上。蕎埃爾可能會幫她買一份鳳梨恩潘納達[19]，可是她不餓，也想不起上一次感到飢餓是什麼時候。她的橫隔膜彷彿被拳頭按壓著，有一種冰冷的疼痛，早已取代了飢餓感。她幾乎已經習慣悲傷像個石頭般的壓著橫膈膜。但也有可能她沒有習慣，只是悲傷的感覺變淡了？她想到羅佐女士的預言和給她的承諾。如果她堅持到底，她一定能夠獲取魔法，不再感到痛苦。每天早晨她在腦中的日曆畫個×：每過去一天，痛苦的感覺就少一點。她深吸一口氣，在冰冷的地板上伸直雙腿，讓橫隔膜有多一點空間。但她做不到，她不能讓肺部填滿空氣，不能移開那顆石頭，不能深深吸一大口氣。這正是金斯利先生教他們的第一件事：如何呼吸。橫隔膜的所在位置和它無與倫比的重要性，甚至比大腦更重要。金斯利先生告訴他們，當他們能夠掌握三段式呼吸後，將會發生兩件事：他們會明白橫隔膜擁有龐大的容量，他們也將了解它能產生強大的威力。他們到目前為止大概只使用橫隔膜一半（或三分之一！）的容量。更糟糕的是，他們以為掌管身體的是大腦。錯！是橫隔膜——當完全打開，用上全部的容量，自如調節吸氣和吐氣，我們便能融入自己，也能融入世界，清空所有的靜電干擾，讓思緒變清晰——是它們掌管身心，但想當然耳，身心是一體的。莎拉不只控制不了自己的橫膈膜，她甚至可能失去它；石頭佔據它了。

空蕩蕩的走廊中，她在令人背脊發涼的地板上伸展全身。如果鋪了地毯或是鑲上木頭？柔軟的觸感或暖和的溫度能改變記憶嗎？莎拉一直以為，這些始終堅硬、冰冷的亞麻地板和她在這裡學到的東西密不可分。這一年來她頭一遭打從心底想要嘗試，背脊貼地躺平，告示板在她頭頂上方，但她得往門廳中央靠近一點，手臂和大腿完全伸展開來，才不會相互碰觸或碰到肋部。她掌心朝上，眼睛闔起，單薄的襯衫抵擋不住空調冷風，上半身起了雞皮疙瘩，又因為感到不舒服而乳頭變硬，但她不許自己交叉雙手抱胸。放鬆需要紀律。奇怪的是，躺在這個地板上似乎聽得更清楚。冷氣機發出響亮的哼唧聲，她不太確定以前是否聽過。冷氣機聲似乎由多樣聲響組合而成：隱約模糊的敲擊聲、不斷上揚的聲音底下隱隱傳出低沉的咕嚕聲、椅子在地上拖得嘎吱響。金斯利先生的辦公室門腳與她的頭顱只隔了數英寸距離，莎拉卻聽見那道門後，也可能來自於大樓深處、埋藏在地底下，有一種五音不全的聲響和猛烈的咯吱聲。

她使盡全力地由嘴巴吸氣，彷彿拖曳著一條繩子，但完全沒轍。這就像是有個人坐在她的胸口上。大衛曾坐在她的胸口一次。那是夏天的時候。當時她達到高潮，抓著他的臀部，要他射到她的臉上。

她好不容易爬起身坐在地上，背脊撞到牆壁，幾乎沒注意到這個時候金斯利先生的門忽然打開。馬努埃走了出來，看見她看著他。他隨手把門關上。她靠著牆，緊鄰著門框，因此看不到房間內部，不確定金斯利先生是否在裡面。

馬努埃不發一言，掉頭就走，消失在走廊轉角處。

19 empanada，一種將餡料包裹入麵團的食物。

趁著辦公室門再度打開前，她連忙站了起來，背對著馬努埃朝另一個方向走開。

班克斯先生是她去年的幾何老師。據說班克斯先生跟好幾位女學生上過床，還跟其中一位生了小孩，這位女學生幾年前退學，沒人知道女學生的名字，也沒人再看過她或她的孩子。沒人不喜歡班克斯先生，他人高馬大，上半身肌肉結實，當他舉起手臂在白板上寫幾何證明題時，肌肉順勢移動並高高鼓起。他喜歡穿緊緊包裹身體的短袖 polo 衫，右上臂露出一個深色倒U，左右兩邊的尾端都折了一下，好像坐在腳丫子上頭。這一年，班克斯先生把莎拉和威廉視為心肝寶貝，明目張膽地給他們免去幾何證明題的習作，他告訴同學們這兩人很清楚自己在做什麼，但其他同學卻搞不清楚狀況。班克斯先生說：「威廉會坐在這裡幫我在外面做的生意記帳，我會付他薪水，而你們這些笨蛋連周長都算不出來。」班克斯又說，「莎拉會專心梳理頭髮，像拍攝洗髮精廣告，讓我看了開心。」莎拉乖乖照辦，彎下腰，讓頭髮像海草般垂下，然後把頭一甩，頭髮便往後落在頸背上。「妳應該用慢動作做。」班克斯先生指正她：「來吧，萊雅。」學年結束時，班克斯先生告訴莎拉他會帶她到校外吃午餐，她既不意外也沒有不高興。她知道他不會碰她，不知是出於直覺還是因為運氣一直很好而容易信任他人，她也不知道。她尾隨著他走到停車場前區，爬到他那輛龐大的皮卡車的副駕駛座，車子保險桿上貼著兩張貼紙。一張寫著：「輕而易舉。」另一張寫著：「我的另一部車子由我的鼻子決定。」

「這是什麼意思？」她問道。

「意思是我的人生因為對古柯鹼上癮而改變。」

「所以說，你把另一部車子變成古柯鹼？」

「我必須把它先變成錢再說，我覺得妳真的很聰明。」

「你手臂上那個是什麼玩意？」

「那是我的標記？」

「像商標一樣的東西嗎？」

「就像烙印在牛身上的標記。那是希臘字母omega，妳不知道嗎？小美女，妳可攞了我一道呀，虧我一向把妳當成超級天才。」去漢堡店的路上，他順便帶她去看他在外面做的事業；一間投幣式洗衣店。漢堡店座落於她從不曾涉足的區域，她一定找不到回家的路。除了她，清一色都是黑人，大家都站在車子外面，手裡拿著包著蠟紙的漢堡。露天櫃檯邊有一個年紀較大的女人向班克斯先生搖了搖手指，示意：「這個女孩多大了？」班克斯先生做了一個手勢回嗆，另外兩個人哈哈大笑。

回程在車上，莎拉說：「這是我吃過最好吃的漢堡，謝謝你。」她是在回程路上吃的，而且吃得津津有味。

「不客氣。」班克斯先生說，「我也要謝謝妳愉快的陪伴。」

這就是全部經過。和他外出吃午餐似乎沒啥不尋常或不對勁。她的直覺也告訴她他不會親吻她，卻也表示他很可能不會給人偷偷摸摸去吃午餐的感覺。他們沒有遮遮掩掩，出發時光明正大地走向他的皮卡車，回來時也沒有刻意迴避，而是穿梭在外出用餐返回的人群中。

儘管有各種規則（排練時不准說額外的字眼，雙手放鬆但手絕不觸及肋部，必須採三段式呼吸法），卻沒有一條規則明確界定師生之間的關係。學生能和老師一起用餐，或許不能。學生能在老師面前流淚，掏心事，或許不能。模稜兩可的行為準則出現與消失是人類所特有的，不能普遍適用，也不能橫跨時空和整個團體。他們出於本能做到了，或因為運氣一直很好而輕信他人，或沒有運氣的背書但還是輕信他人。當莎拉母親說，「妳在校外的生活甘他什麼屁事。」並問莎拉是否明白她的意思，雖然莎拉回說是，她對他的做法不以為然。但她的不以為然其實和她不明白是同一回事。

§

馬努埃的雙親相偕出席首演之夜，他們盡全力在觀眾席後排找尋座位。後來負責領位的柯林在金斯利先生的指示下，說服他們坐到第二排中間的位置。第一、二排被圍起來並標示著「VIP」。起初，柯林說服不了馬努埃的父母更換座位，後者覺得難為情而婉拒，柯林只好到後臺請蕎埃爾幫忙。在那裡，蕎埃爾全身掛滿膠帶和安全別針，應付服裝脫落等突發狀況。蕎埃爾走出後臺，向兩位長輩陪著笑臉並解釋說，座位是專為他們保留的。他們不太情願地換了座位，深怕會淪為惡作劇的笑柄。他們比馬努埃矮小，神情嚴肅，感到極不自在。表演結束時，位於樓上的莎拉走進燈光控制室，葛拉格・費爾廷在裡面操作燈光控制器。莎拉看見金斯利先生手裡抱著一堆鮮花，層層堆疊到下巴底下，他拿出其中一束給馬努埃驚訝得說不出話的母親。金斯利先生的老公提姆也在一旁幫忙遞送鮮花。這兩個大男人外形神似：頭髮光滑，修剪得整整齊齊，穿著色彩鮮豔的襯衫、套著昂貴的V字領羊毛衫、刀褶褲、閃閃發亮的鞋子，他們跟馬努埃的雙親說話，對馬努埃讚不絕口，反而讓他的雙親顯得很難為情。金斯利先生戴著眼鏡，提姆留著八字鬍，馬努埃的雙親大概靠這兩個地方區別他們。馬努埃的父母也很登對，雙雙穿了上教堂才會穿的過時服裝。

當金斯利先生和提姆走向演員群，莎拉這才鬆一口氣。全體演員像帝王般接受獻花。演出大獲成功。艾琳．歐樂莉扮演的阿德蓮迷人可愛；笨拙的湯姆．迪克曼雖歌喉不佳，卻把目空一切的納坦演得維妙維肖；當馬努埃引吭高歌，觀眾們瞬間遺忘他生硬的演技，觀賞他的演出簡直就像進行一次懺悔，那是為了聆聽他優美歌聲必須付出的代價。莎拉傾斜著身子看著葛拉格．費爾廷，他臉上長滿雀斑，有一頭濃密的紅棕色頭髮，身材高大頎長，看起來非常帥氣迷人。去年他參與演出《海上情緣》[20]，重現堪比佛雷．亞斯坦[21]

20 《海上情緣》（Anything Goes），百老匯歷久不衰的老牌音樂劇之一，一九三四年首演至今仍在各地巡迴演出。

21 佛雷．亞斯坦（Fred Astaire, 1899~1987），美國著名演員與舞蹈家，曾參與三十餘部音樂劇的演出，與本書提及的琴吉．羅傑斯合作多部音樂劇。

的舞藝，優雅從容得令他們每個人都心醉神迷。葛拉格也有一副好歌喉，但或許較馬努埃略微遜色，不過他的聲音明亮，有如白色水手服般的潔淨無瑕，極有魅力。潘蜜和茱莉葉塔都很崇拜他，尤其是潘蜜，在葛拉格面前，她幾乎無法呼吸，如果他跟她打招呼，她會害羞得滿臉通紅。不久前，莎拉常在午餐時間看見他坐在金斯利先生的賓士車裡。現在他坐在燈光控制室裡。「為什麼今年你沒有參加甄選？」莎拉感到納悶，但又希望不會問得太過唐突。其實大家心裡都在嘀咕，卻又過於害羞不敢提起，只是暗中猜測他遭遇個人危機，而他也絕口不談此事。

「妳知道的，」葛拉格說，看來他從未細想過這個問題，覺得相當有趣。「我想我終於體認到翼幕這個地方也有許多東西要學，這裡有許多機會不容我們錯過，就拿這部燈光控制機說吧，布朗尼先生說它要價兩萬四千元美金。」

「不過你是全校最傑出的歌手和舞者之一呀，但這部機器誰都可以操作。」

「謝謝妳的讚美。」葛拉格說，「妳真貼心。」

「這是真心話。」莎拉又說。「你是扮演史凱．馬斯特森的絕佳人選。」

「馬努埃的演出令人讚嘆。」

「你會演得更好。」

「妳的嘴巴太甜了。」葛拉格客氣說道，她也不再說下去。慶功宴在金斯利先生那幢美麗的宅邸舉行，提姆和他住在一起。上一次金斯利先生做東請客時，只有目前的高三生去過他家，當時他們還是高二生。「有誰願意告訴我，」當他準備舉杯祝酒時說，「為什麼塔巴蒂亞塔可餅店不肯把他們的後院租給我們了？」頓時引來哄堂大笑。屋內自助餐桌上擺滿Martinelli氣泡蘋果汁、汽水，以及裝在花稍淺盤的各式餅乾和點心。而屋外，酒精飲料從車子一路滴淌到院子，這裡一瓶Jack Daniel's威士忌，那裡六罐Bartles & Jaymes啤酒，偌大的院子，庭園式造景，宛如一座迷宮，磚頭走道和濃密的灌木錯落有致，另有許多供人休憩、屋裡視線不及之處。他們知道只要作風低調，金斯利先生不會禁止他們在院子飲酒。他們坐在屋外院子，話題都繞著接下來要去哪兒續攤打轉，心知肚明他們之所以來，一方面是看在主人的面子上、一方面是為了自己，參加趴踢雖迫不得已卻也算令人愉快。金斯利先生和提姆都不想辦狂歡派對，院子裡的學生也不想在這種附庸風雅的地方狂歡。他們消磨了一個鐘頭後，走進屋裡道謝，然後回到車上，轉往別處續攤。

屋裡的派對則走完全不同的路線。這裡沒有人會想去別的地方，他們輪流來到鋼琴邊唱歌，希望金斯利先生說些百老匯的軼事，他們想像不出金斯利先生會要他們離開，儘管他們終將告辭，但那也是早在打擾太久不受歡迎之前的事。

這兩個派對有些共同客人，有時也交換客人，更因為有幾個專屬客人而妙趣橫生。除了其他人，茱莉葉塔、潘蜜、丹妮奎和安潔，艾琳．歐樂莉和湯姆．迪克曼等人坐在屋裡吃洋芋片喝汽水，盡情唱歌唱到喉嚨痛。在紗窗陽臺上，數個嚴肅的高、低年級學生圍繞著提姆談論音樂和藝術。蕎埃爾在屋裡、屋外和後院之間穿梭自如，廚房擠滿人，樓梯間也被一群聊得口沫橫飛的人擠得水洩不通。大衛隱身在陰影中，莎拉甚至不能確定他是否在場，她像蕎埃爾不停地來來去去、進進出出，不過基於不同的原因，從在溫暖黑暗中喝著傑克丹尼威士忌火燒喉嚨的柯林，到強燈照射下顯得格外刺眼的多力多滋橘紅玉米片的屋裡，不管在哪裡她都感到渾身不自在。她從樓梯間聊得吱吱喳喳的人群中穿梭而過，來到樓上尋找一間門外無人躺臥的盥洗室。二樓走廊掛著音樂劇海報，都是曾在紐約上演的專業音樂劇，像是《福音》（Godspell）、《富麗秀》（Follies）。走廊鋪著能吸收各種聲響的米色地毯，莎拉大膽闖入狹長的走廊，以為聽不見腳步聲等於不會被人瞧見。最後來到走廊盡頭處，牆上掛著許多相片，每幅相片裱著不同顏色的相框，全部看起來有如一幅鑲嵌畫。金斯利先生和提姆並肩而立並咧嘴而笑，一起出現在各式各樣的房間或美景中，有時提姆一手搭著金斯利先生的肩膀，有時金斯利先生一手搭著提姆的肩膀，他們每一張相片都看起來宛如同事般的和諧融洽。莎拉懷疑自己帶著濾鏡，而且是根深蒂固、沒有意識、不是有意為之的濾鏡，她沒法把他們看成一對愛侶。另一方面，她也在想知道他們是否不太願意為了第三者擺姿勢，因此拍得每張照片一個模樣，跟她怎麼看待無關。她也納悶她和大衛的合照會是什麼樣子，能不能多少捕捉他們兩人都極力掩飾的氛圍。

走廊盡頭有一道狹窄的樓梯，沒鋪地毯，很陡峭，彷彿最近找來一個梯子權充而成。她走上樓梯，來到一個房間，房間有著傾斜的牆面，她察覺到這個房間由閣樓改建並佈置得相當雅緻：一張手工編織地毯、一個床鋪、一個內嵌全身鏡的長衣櫥，而馬努埃站在鏡子前把藍襯衫塞進褲子裡。「你住這裡嗎？」莎拉大聲說道。

「不，」他說，大吃一驚，一隻手掌平放在褲腰上，接著突然很衝地問道：「妳怎麼會在這裡，妳這人就是喜歡東晃西晃？」

「東晃西晃？這是派對嘛。」

「這裡沒有派對。」

「那你又為什麼會在這裡？」

「請妳離開，我要換件襯衫。」他說道，同時關上衣櫥門，不過莎拉已經看到裡頭有幾件更昂貴、色彩更鮮豔的襯衫，她之前留意到他曾穿去上課。

「是他送給你的嗎？」她問道。

「這些都是我自己的。」

「你為什麼要放在他家呢？」

「妳幹嘛不去別處晃？也許妳該去音樂教室那邊的走廊？聽說妳在那裡做了一場很精彩的表演。」

莎拉驚愕得往後退卻，差一點從狹小的樓梯跌落。來到廚房打算走後門時意外碰見潘蜜。她必須離開，她滿腦子只有離開的念頭，完全不給自己有別的想法。她可以走路回家，雖然開車要半個多小時也無所謂。她可以通宵達旦地走，直接走去麵包店上清晨六點的班，走到那裡七個小時應該足夠。「一起走吧！」潘蜜熱情招呼著。茱莉葉塔和她一起，莎拉甚至來不及開口回絕，她們像暴徒似的分別抓著她的手肘把她帶走。院子大致人去樓空，喝酒的和吸菸的都趕在醉得一塌糊塗或玩得太嗨之前跟主人道別。大衛不見蹤影，或許他根本沒來。葛拉格・費爾廷在後院涼亭等她們，他有話要跟她們說。「我們帶了莎拉過來，」潘蜜氣吁吁地說，「沒關係吧？」

「當然。」葛拉格說。把莎拉帶來更好，她一起來更好。他想要和她們手牽著手，這會很奇怪嗎？在昏暗的涼亭和它發出的淺藍色燈光中，莎拉瞥見潘蜜欣喜若狂的臉龐。因為葛拉格・費爾廷的出現，涼亭像一輪明月閃閃發光。他們圍成圓圈坐在涼亭粗糙的地板上。葛拉格一隻手牽著潘蜜的手，一隻手牽著茱莉葉塔的手，茱莉葉塔將空著的手伸向莎拉，莎拉將空著的手伸向潘蜜，恍惚中他們放任自己，不太清楚自己在做什麼。葛拉格好像耶穌：一個輪廓鮮明、長有雀斑、紅棕色頭髮的耶穌，他盤腿而坐，和這些深愛他的高二處女手拉手，她們願意住在同個屋簷下共事一夫（她們討論過這件事，但僅止於她們之間，不包括他）。「我很珍惜妳們的友誼，」葛拉格告訴她們：「我很慶幸能和妳們成為朋友，我希望妳們知道我有多麼愛妳們，如果情況有所不同——天啊，我一定會愛上妳們，我一定會不知該怎麼從妳們之間選擇！不過幸好——」他突然情緒激昂，緊握著潘蜜和茱莉葉塔的手，兩雙手猛地跳了起來，「幸好，」他又說了一次，「我是男同志，所以不必選擇，我可以永遠珍惜妳們每一個。」

「噢，我的天啊！」潘蜜哭叫著，兩隻手瞬間摀住嘴巴。

「妳們是我在學校最早告知的朋友。」葛拉格繼續說著，這一切都教人難以相信——這位令人愛慕、帥氣逼人的高三生，舞跳得跟佛雷・亞斯坦一樣好，顯然一定不可能是同志，莎拉不相信也永遠不會明白——簡單地說，當時她只有十五歲，等到她年齡增長一倍甚至兩倍，她會想得透澈一點。顯而易見和視而不見共存在一個心理空間裡。

茱莉葉塔突然嚎啕大哭。「我感到十分榮幸。」她一邊啜泣一邊說著。「你願意告訴我，我深感榮幸。」

「我也是。」潘蜜激動說道。她立即意識到她其實早就知道，也對葛拉格如此信任她們感到驚奇，她萬萬想不到能和他產生如此緊密的關係。

他們三個人欣喜若狂地抱成一團。「莎拉，莎拉！」他們又哭又笑，無法自己，並極力伸長手臂攬著莎拉，但因為太興奮，手腳變得不靈光，莎拉老是從他們手中滑開。

§

他們相知甚深，卻對彼此感到陌生。

他們都知道威廉的母親要威廉和他的兩個妹妹將牙膏、牙刷、梳子以及其他個人用品放在旅行收納包，以便每天早晚帶回臥室再帶到浴室，假如威廉的母親發現浴室有盥洗用品（浴室只有威廉和他兩個妹妹使用，威廉母親的臥房附有浴室），她會統統丟掉，她會丟掉一枝被遺忘的牙刷或一把迷路的梳子，懲罰他們不知遵守規定。威廉的同學都知道這件事，然而卻不知道威廉母親的名字，也不知道威廉的父親人在何處，或他是否健在。

他們也知道茱莉葉塔的父母以為世界末日即將到來而囤積米和麵粉，他們將米和麵粉裝在塑膠密封罐裡。然而他們並不知道茱莉葉塔是否相信世界末日即將來臨或為此感到憂慮。不過她顯然沒有擔心的樣子。

他們還知道柯林被他父親毆打。「把他狠狠揍一頓，」「海扁他。」「賞他幾個耳光讓他清醒到下個禮拜。」但他們不知道柯林到底做了什麼得到這樣的教訓，也不知道柯林是否因此感到氣憤或悲傷。他們也不知道柯林形容他挨揍的字眼，用的是自己的話，還是模仿別人的話。

他們知道，至少有些人知道，或起碼有一個人知道，莎拉在音樂教室走廊上和大衛公開炒飯，任何人都可能撞見。

他們不知道莎拉每個週末早晨在法國麵包店上早班。她得獨力扛著一大盤牛角麵包、蘋果餡餅、巧克力麵包和奶油軟麵包。當她將油膩膩、微微黏著托盤的麵包摘下時，她得小心翼翼地別用手指戳出洞來。她將麵包擺放在陳列架上，麵包師傅——不知是誰——早在莎拉到店之前就把麵包烤好並下班。莎拉很好奇麵包師傅是誰，為何他們不曾打過照面。這些麵包還熱騰騰的，而彎月形、淺褐色、酥脆的牛角麵包讓她想起兒時偶爾會看見樹上掛著的蝗蟲空殼，當時她居住的街道種了一些樹木……那是她父親還沒搬出去的事。有時一早她趁父母還在睡夢中便穿上運動鞋溜出門，整片草地籠罩著白茫茫的霧氣直至她的膝蓋處。草坪在破曉時分吐出詭異的氣息，變成幼童般高的霧靄，她儼然像個巨人，一腳即可踩穿。在某個季節——但她想不起是哪個季節，她從樹上取下脆弱的蝗蟲殼，倘若放入掌心輕輕握住便能瞬間粉粹這些空殼，但她不曾這麼做，她不想摧毀掉這些繁複、中空的設計，這麼多的殼房、鉸鏈和尖刺，簡直就像袖珍型的太空船。當時她年僅八歲，卻已經歷一半的人生。她不曾一早醒來就感到疲倦，也不知道疲倦是什麼感覺。她穿越晨霧飛奔回家，霧氣有如夢境逐漸退去，她亟想看到父親從前門探出身子拾取報紙。

現在，她老是提不起勁，她甚至沒意識到自己感到疲憊。話到了嘴邊卻說不出口，還沒開始眼睛已噙著淚水。她的腦海常浮現一些白日夢，盤旋不去，很接近想法，但或許有些不同。

§

他們相知甚深，卻對彼此感到陌生。馬努埃了解或自以為了解莎拉。妓女都比她有尊嚴。

莎拉了解或自以為了解馬努埃；她知道他鬼鬼祟祟又自鳴得意，心房深鎖，有新穎的襯衫可穿，卻不知道他住在何處，也不知道他家的門牌號碼，更想不出能透過哪裡獲得這些資訊。她忘了高一那年的某個清晨，她和母親居住的公寓社區稍遠處突然響起四級火警警報[22]，公寓群幅員遼闊，她們在院子停車棚內看不見黑煙，卻透過電視報導才知道警報器大作的原因。她們從電視上看到從空中俯拍的公寓群，火勢出現在六條或八條街道外。雖然離失火地點還有一段距離，卻引起交通大亂，她的母親很晚才把她送到學校。當她走進辦公室領取遲到證，辦公室女員工失聲叫道：「天哪，親愛的，妳沒事吧？」因為辦公室有她的地址，員工們也看過這些資料，當他們從電視上看到火災的新聞，便馬上確認是否有學生身處危險。

因此學校一定有他們的地址，但她沒想到這些。她不是工於心計的人，她不只欠缺預謀的手腕，更缺乏預謀的決心。

儘管如此，就算疲憊，她的心思還算縝密。當她注意到一些蛛絲馬跡，便會發現更多東西。她在服裝組的工作基本上已經結束，她不是服裝員，不過得負責全部服裝的狀況，戲服間和更衣室是她最重要的活動範圍，她在這兩個地方巡邏，幫忙整理、修補。而這次演出，帽子是她最主要的工作，她須確認裝飾帽子的羽毛、水果或羅紋緞帶是否牢固，如有必要，她會使用熱熔膠槍。排演前寧靜的時刻，她去四下無人的男更衣室走一圈，查看軟呢帽是否被扔在地上。她會重新整理帽形，撣掉灰塵，連同標籤紙膠帶放回架上，男生應當自行收拾。男演員們共用兩個幾乎被壓垮的衣架，架上豎立許多分隔板，間距極為狹窄，隔板上標示著他們扮演的角色名：「賭徒一」、「賭徒二」、「救世軍軍人」、「史凱．馬斯特森」。戲服勉強掛好。這個週五放學後便正式進入公演前的倒數第二個週末，她將在燙衣板前忙得不可開交。她扭動幾根手指扳開「救世軍軍人」和「史凱・馬斯特森」之間擠成一團的男戲服，裡面夾著一件淡綠色襯衫，店家可能稱之為海洋泡沫色，標籤寫著亞曼尼——哦唷，這不是史凱・馬斯特森的戲服，她差點因為馬努埃爛透的欺騙伎倆失聲笑出來。不過別人一定沒注意他穿的襯衫，別人也不像她意識到，他在學校才會穿著這類襯衫，回家前再換回便宜、粗糙的窮人家大男孩襯衫。這件襯衫雖被擠壓得皺皺巴巴，但感覺得出布料不久前才漿得硬挺也很乾淨；衣領沒有一條長長的汗漬，腋窩處也沒有黃漬。

莎拉使勁抽出襯衫，將熨斗插上電源，耐心等候熨斗變熱，然後小心翼翼熨燙襯衫，她甚至用到燙袖板。襯衫整燙完畢，她按照從乾洗店看到的男襯衫收納法將襯衫鈕扣置中、袖子墊底、對摺，然後把襯衫拿到戲服間，藏在架子最高的地方，在收納針線和鈕扣等暫時用不著的物品的盒子上面。

一個星期後又多出兩件襯衫，相同的款式出現在相同的地方。她對這兩件襯衫做同樣的事。她暗中觀察馬努埃是否露出焦慮的狀態，他平時都有點焦慮的模樣，如果兩人碰巧錯身而過，他也絕不和她做眼神接觸。他們的敵意是雙方達成協議的事實，不須做進一步確認。蕎埃爾是馬努埃的服裝員，他們現在變成哥兒們，講西班牙文打鬧嬉戲。蕎埃爾大概知道馬

22 美國的火警級別分為十級，一級最輕微，十級最嚴重。

努埃的住址，不過莎拉沒想到問她，後來莎拉也不想知道馬努埃住哪兒，也記不得她當初想知道的原因。她其實不想針對這些襯衫，只是氣不過才偷走它們，她生氣的是馬努埃或金斯利先生或他們兩人，她也不太清楚。她怒火中燒，但原因不明。

一如既往，最後一場演出在下午兩點舉行。週日日場還是照舊虎頭蛇尾、草草了事，不過拆景需要時間。表演結束後全員留下拆除舞臺佈景，直到全部拆除完畢為止。

馬努埃的母親再次出席終場演出，他的父親並未現身，改由一位年輕女人陪同，這個女人身材纖細、神情嚴肅，穿著樣式保守的襯衫和長褲，很可能出自T.J. MAXX過季商品店或其他專賣廉價上班服飾的大型商店。她拎著一個細背帶的黑色袋子，長得和馬努埃很像，也跟馬努埃一樣比母親高出一個頭。她挨著馬努埃的母親的身邊走著，不時攙扶他母親的手臂。這一次馬努埃的母親看起來比較從容自若，年輕的女人不苟言笑、隨時保持警戒。馬努埃的母親露出驕傲自得的神態，帶著年輕的女人朝VIP座位區走去，她們找位子坐下來，同時輕巧地撫摸頭髮，當觀眾席間發出嘈雜的人聲才交談幾句話，這時大家忙著彼此擁抱、寒暄、開玩笑，有些家庭則忙著找尋六個或十三個相連的空位。這是最後一場表演了。後來莎拉走出與同志葛拉格．費爾廷一起待著的燈光控制室，她回到戲服間，但裡頭很熱鬧，演員們仍然穿著戲服、化著戲妝，對著服裝設計師費利德曼先生阿諛奉承、餽贈禮物。她等到第一幕進行得如火如荼，費利德曼先生坐在觀眾席看戲，這才去戲服間一堆可能有用的垃圾堆裡找出一個塑膠手提購物袋，將那三件整燙好的襯衫摞在一起塞進去。她將襯衫平放在袋子底部好讓它們保持平整。今晚每個人都背著一袋東西，大部分是給金斯利先生的禮物，諸如會說「謝謝您」的泰迪熊或是盒裝巧克力，儘管金斯利先生最近說過：「提姆鐵令如山：不准再吃巧克力。我們就用不含卡路里的方式道謝吧！」

曾幾何時，她會在麵包店裝滿一大盒巧克力麵包，儘管提姆有令，金斯利先生嗜巧克力如命是人盡皆知的事實。她會繫上緞帶，並從薪資扣款，另外送給金斯利先生 Confetti 的卡片，這家大名鼎鼎的卡片店絞盡腦汁就為了寫出非常到位的文字。

但這一回她不送禮物，她認為他不會注意到。

表演結束，掌聲戛然而止，全部演員臉上的戲妝沒卸乾淨就衝出更衣室，被他們的家人簇擁著，一字排開合影留念。眾人即興哼唱零碎的歌曲片段。「告我，告我，盡量去告，告我，**我愛你你你！**」後來家屬們依依不捨地離去，演員十分鐘後得回到舞臺拆景，他們必須趕緊卸掉殘留的戲妝。馬努埃跟他的母親和那位肯定是他姐妹的女人說了幾句話後便回去男更衣室，在那裡，他全新的私人襯衫接連消失不見。莎拉提著袋子站在劇院大門外的走廊上，但不確定她們的車子停放在停車場哪一區，她差一點就錯過這對母女，當她瞥見她們時，她們已經走到外面。她得用跑的才追得上。「不好意思，」她叫道。如果她事先計畫好，她會用西班牙文說這句話，蕎埃爾應該會教她。不過顯然她沒有預謀。「不好意思，這些是馬努埃要帶回家的東西。」

那個女人轉身看著她，露出詫異的神情。莎拉把袋子遞到馬努埃母親的面前，後者不得不接過去。「馬努埃的東西？」母親說，半信半疑，同時很快瞥了一下袋子裡面。

「是金斯利先生送給馬努埃的禮物。」莎拉說，雖然操著英文，不過咬字非常清楚。他的姐妹一定會說英文。「因為馬努埃是他的男朋友。」莎拉說完便掉頭走開。

「**妳說什麼？**」年輕女人厲聲說道。莎拉已經快步穿越大廳，不見蹤影。

§

「……整個春季學期你們都要好好保留這些導演筆記。有其他問題嗎？」金斯利先生問道。

「馬努埃怎麼沒來了？」柯林問道。自從拆除《紅男綠女》的佈景後他們就不曾看過馬努埃，那是耶誕節以前的事，有整整一個月了。

莎拉仔細盯著金斯利先生的臉孔。她想從中看到愧疚，最好是良心不安，但她沒發覺其中任何一種或是別的。

「馬努埃家裡出了一些問題，」金斯利先生心平氣和地說，「希望他很快就會回來。」

但他一直沒回來。

§

「賤人，」蕎埃爾在她耳畔低語，「妳自個兒搭車回家吧。」

§

「我深深覺得要一群小孩每天在學校上十二個小時的課，有時甚至十四個小時——不太妥當，非常不妥當。」

「我們又不是小孩。」莎拉插嘴道。

「當然我們嚴格規劃的課程並不適合每一個人。」說話的是他們性情孤傲的校長萊特納太太，一個珠光寶氣但無關緊要的人。萊特納太太在短上衣別了一撮新鮮胸花參加首演之夜，她為了全新燈光控制室的啟用剪綵，他們的學校登上十大排行榜時，當地報紙還特別引述她的話。莎拉的腦海裡沒有絲毫和她有關的記憶，連她穿越劇院大廳的印象也沒有。「學校有責任為這個年齡層的孩子做職前訓練，但我們相信我們的學生——」

「這位老師的方法，我也覺得不妥當。」

「也許該說不落俗套才對，金斯利先生是很傑出的人，也是不落俗套又出類拔萃的老師，我們非常幸運有他加入教師團隊。他的方法直接取材自開創性的——」

「據我所知，那些方法是針對成人所設計。」

「我想如果妳對他的方法真的感興趣，和吉姆坐下來一起討論會更實際——」

「不！」莎拉大聲叫道。

「我們現在來聽聽莎拉的意見。」萊特納太太說。「莎拉，我們的課程是不是令妳感到不舒服？令堂很擔心，或是有任何讓妳感到不知所措的地方？」

「沒有的事。」莎拉說。

「妳是否覺得金斯利先生的教學不適合妳這個年齡的學生？」

「不會。」莎拉說。

「她當然會全盤否認。」莎拉的母親抗議道。

「這不就是我們聚在這裡的原因嗎？為了莎拉的幸福著想。莎拉，妳是否覺得課業超過負荷？壓力太大？」

「不會。」莎拉說。

「現在學校是不是出了什麼事，讓妳感到不安？」

「沒有。」莎拉說。她還是不會三段式呼吸法，還是吃不下東西，晚上還是睡不著覺。

「完全沒有。」

§

「妳很高。」大衛說，莎拉吃了一驚。莎拉和大衛兩人的重複練習具備國際外交辭令特有的不著邊際與不帶感情，他們能夠將最多數人、最大張力、最長串條件、最深沉最隱晦的索然無味，化為極為簡潔、最少意義的言語。這是在最真實的情況下演繹最不真實的情感，只是現在大衛出人意表地改變口吻。他在說，遊戲結束。甭管別人，看著我，我在跟妳說話。

「妳很高。」大衛重複說著。這句話理應是客觀性的複述。他們是全班同學中唯一不被允許做主觀性複述的人，連諾貝特都能說主觀句，不過莎拉和大衛太不成熟，太執著於他們個人的戲碼，無視全班同學的存在。他們隱藏感情卻不處理它，他們一如既往，我行我素，他們很自戀。當他們膝蓋相對地坐在椅子上，金斯利先生因為莎拉和大衛似乎心不在焉表示不滿，彷彿他們的幼稚、自戀和一意孤行的結果是他們都變成聾子。就某種程度上來說，莎拉的確充耳不聞，她為了爭取留在學校、留在班上、留在這張堅硬的塑膠椅子上的正當性而奮鬥。莎拉堅定不移、又聾又盲地盯著大衛令人難以接近、瑪瑙似的眼睛。他也盯著她看，但一副沒人在家，布幕逕自拉起的模樣。儘管如此，他今天還是身體微微往前傾地坐在椅子上。「妳很高。」他說，莎拉心神隨之一盪。她其實個子只有一般高，比大衛矮小，如果他把她攬入懷裡，她的臉剛好可以埋進他的胸膛。

「**我很高**。」她謹慎地說，怕誤解他的話。

「妳很高。」他證實道。

現在教室裡已經沒人能和莎拉和大衛在一起了，他們只是家具。金斯利先生走到兩人面前，擋住觀眾的視線，他雙臂交叉抱胸，因為生氣抿著單薄的嘴唇，他也變成一件家具。

「我很高。」說得有點遲疑：你不覺得這句話有點蠢嗎？當我們做愛，我的臉撞上你的胸膛，我偏過頭，能夠感覺你的心敲打我的臉頰。

心電感應的訊息被接收到了。偷偷微微一笑：現在不做爭論，不過儘管如此，「妳很高。」大衛仍然說。

「我很高。」莎拉繼續嘗試說著。

「休息。」金斯利先生暴躁說著。密碼不算真實感情。莎拉和大衛的表現很不光明磊落。他們似乎無法不繼續搞神祕；但這不是遊戲，而是人生啊。當他們沒有異議地回去自己的座位，再熟悉不過的譴責像雨點般落在他們的頭上。他們心裡很清楚每個人都想看他們丟人現眼，不過對他們來說，這些都無關緊要，很稀鬆平常，就好像他們在外面散步，滿樹的花朵凋謝落在頭上。三月的晚春時分，在這個炎熱的南方城市在屋外行走，紅杜鵑像一片野火團團包圍著屋子四周，還有會黏手指的樹木……大衛終於十六歲，他的母親和繼父履行諾言給他買車。大衛送莎拉回家，他們一路上相處得很不自然，兩人都不發一語，莎拉坐在散發著簇新氣味的副駕駛座上，猶如棲息在傳說中的神獸羽翼上。神獸是大衛，但也承載著他。他們有一種沒有希望的快樂，但永遠也不會承認。這就是他們原本能夠擁有的。飛越他們居住的城市卻不看它一眼，他們的雙臂讓狹窄的無底洞瞬間暖和起來，排檔桿屹立在他們之間繼續站哨。

到了用粉筆畫×的大門前，莎拉笑著道謝，大衛笑著道別。莎拉別過頭，不想看著他驅車離開；大衛試著將目光從照後鏡移開，不願看著她逐漸遠去、變得渺小。悲傷是他們現在共同的祕密，也許這就夠了。為了大膽跨出一步，他們必須對他們最初從金斯利先生那邊獲得的限制小心觀察，甚至虛張聲勢，不過在別處有數不清的拐彎抹角的方式，或者不夠光明正大的舉止。但他們心知肚明，他們沒有一次不是真實的情感。無論他們怎麼感受，全是貨真價實，這一點，金斯利先生錯了。

§

後來英國人依照原定時間抵達，他們的接待家庭都忘了這件事。金斯利先生九月就宣佈英國人即將來到，但那似乎是一輩子以前的事了。九月時馬努埃還是個無名小卒；九月時葛拉格·費爾廷還是每個處女美眉可望不可及的偶像；九月時他們剛開始做重複練習，他們對這門課期待已久，當時也沒表現得太差勁，聽見金斯利先生親口說——像他本週說的一樣——他們是他教過的高二生中最令人失望的一屆。九月時他們尚未失去寵幸，可是現在，這些早就做好的安排提醒他們昔日的自己，同時也點燃了另起爐灶的希望，在受人敬重的訪客面前拿出最好的一面，而這些訪客永遠也不會知道他們根本不是這樣。

這些英國人來自英國一個叫做伯恩茅斯（Bournemouth）的城市的高中劇團，他們一行只有十五、十六人，這也是為什麼高二生們以身為東道主感到榮幸。九月時金斯利先生叫大家到排演教室集合，他把自己的椅子反過來，上半身往他們傾斜，表現出充分信任的樣子。「他們正在做巡迴表演改編自伏爾泰的《憨第德》的戲劇，被認為是非常了不起的演出。」

金斯利先生解釋道。「你們都上過歐洲戲劇史，伏爾泰是法國最著名的劇作家。現在，有誰去過英國？」莎拉不由自主地看向大衛，但又馬上轉頭看向別處。對她來說，截至目前為止，英國只存在於大衛的明信片，現在，這些大笨鐘、皮卡迪利圓環（Piccadilly Circus）、卡納比街（Carnaby Street）以及龐克族似乎故意跟她開了個玩笑。

只有大衛的手舉了起來，不過手肘彎曲，表示他不太情願回答這個問題。莎拉依稀記得第一次看見大衛家的光景，那是高一的時候，她坐在高三生傑夫．提爾森擠爆的車子後座。當天結束指令瑣碎、混亂又反覆不清的主舞臺排演後，傑夫載著五、六位沒開車的學生回家，一夥人對誰家離學校最近爭執不休，大衛執意要傑夫先送其他同學回家，但結果住得最近的是他。他住在一個有點歷史的住宅區，高大氣派的宅邸隱藏在一群巨大的老橡樹林及松蘿形成的帷幕之後。

於是第一個下車的是大衛，車內爆發連連驚呼聲：「這是你家嗎？」大衛滿臉通紅，費了一番力氣才從擁擠的車廂抽身出來。

大衛家最大的特色是由兩棟房子組成，優雅的兩層樓房居前，新近落成的奢華型車庫公寓居後。撇開浴室不談，車庫公寓充其量只一個超大間的遊樂室，大衛的床鋪和弟弟克里斯的床鋪各據一方，中間隔著一張沙發、一個彈珠臺、一套音響、一部電視機。大衛的母親為了招待英國人又添置了雙層床架、宿舍專用的迷你冰箱以及一臺微波爐，她這麼做是為了鼓勵他們離開主棟宅邸還是為此致上歉意，反正不論原因為何，沒人想追根究底。學校起初徵召了八個接待家庭，但最後卻只需要六個，因為大衛家能夠接待兩個男孩，蕎埃爾家能夠接待兩個女孩，另外兩個男孩分別住在威廉家和柯林家，另外兩個女孩則由凱倫．沃澤爾家和潘蜜家接待。茱莉葉塔對當東道主興致高昂，但出於不知名的原因，金斯利先生最後選擇凱倫．沃澤爾，茱莉葉塔熱情微笑表示贊成。另外還有兩名大人，都是男生，將由金斯利先生和提姆負責接待住在他們美麗的宅邸。

許久前，那時九月，莎拉還是班上的一份子，當金斯利先生說英國人將在春假前抵達以便應付CAPA的課業（該怎麼說呢，對不是CAPA的人來說，CAPA是挺可怕的地方），並提前適應接待家庭，開始熟悉暫時的家……那個時候，莎拉還能跟著其他人一同歡笑；當她還是班上的「一份子」時，她知道學校裡仇恨糾葛、派系壁壘分明，但概括來說還是一個圈子，對外來者敬謝不敏，她很慶幸自己掌握這樣的消息，甚至為此暗自竊喜。莎拉還是班上的一份子時，她已經預知能從憐憫這些熱情低姿態的英國人做起，讓對方驚喜感受到他們的善心美意，然後從這些英國人的感謝中獲取莫大樂趣——不過現在，莎拉變成班上的局外人，連她自己都變成英國人了。她離學校實在太遠了。春假結束學校重新上課，因為沒參與接待活動，起初她並未察覺到任何變化：威廉的客人西蒙離開異常簡陋的威廉家，轉而投靠大衛舒適豪華的車庫公寓；柯林的客人邁爾斯被其他三個人忽略而提出抗議，馬上追隨西蒙的腳步，柯林也追隨邁爾斯的腳步；大衛原本的客人朱里安和拉夫喜歡嘲弄柯林愛爾蘭派的舉止，柯林卻自以為優越尊貴；大衛的弟弟克里斯因不明原因離開公寓，西蒙和邁爾斯因此每晚為了誰睡床誰睡沙發而爭執不休，而柯林則心甘情願打地鋪。這段期間，出人意表的，不是蕎埃爾家卻是凱倫．沃澤爾家變成女生陣營的總部。凱倫的英國客人勞拉很快就挖出上了快兩年的信任練習也挖不出來的凱倫真相，並大肆宣傳：凱倫的母親艾麗和凱倫一點也不像，人長得標緻又風趣，徹夜暢飲 Bartles & Jaymes 麥芽酒，一邊看電視一邊談天說笑，而凱倫卻把自己關在房間裡，為了央求母親放低音量時才會踏出房門。蕎埃爾和她接待的兩位客人提奧多西亞和莉莉相處融洽，有如成語所說的一見如故，她們常在排演結束後廝混到深夜，駕著蕎埃爾的馬自達四處兜風，但肯定離她那地處偏遠的房子有四十五分鐘的車程，於是她們在凱倫家過夜。事發至此，跟男孩們的情況如出一轍，第四位英國女孩，也就是潘蜜的房客珂拉，抗議遭到其他女孩遺棄，轉而投宿凱倫家，潘蜜試圖跟進，卻發現自己不受歡迎。

不到一週後，寄宿家庭和房客洗牌重組，小圈子也隨之成形，派系壁壘愈加分明。

他們第一天出現在CAPA時，英國人有如上領導人養成班。雖然就許多方面而言，他們在外形上顯得比美國同學年輕，男孩們——西蒙、邁爾斯、朱里安、拉夫——身材細長，皮膚平整，他們的臉部和胸膛都光滑無毛，女孩們——勞拉、珂拉、提奧多西亞、莉莉，胸不凸、臀不翹，個個都是皮包骨的少女體態，不過這些英國人，不論分開或合體，都看起來年紀稍長，他們也更機靈，知道的東西更多，而且難以一眼看穿。或許是因為文化差異，或許全是口音導致的幻覺，而模仿英國口音卻又模仿得四不像，這是他們高二生共同的苦惱。

他們似乎並未費心製造能力高強的模樣，但這卻是不爭的事實。無論大衛、威廉，或蕎埃爾、莎拉或他們其中任何一人，都想讓英國人刮目相看，不過這種想法現在看來很不可思議，所以最好忘掉。

兩位英國成年人——老師兼導演的馬汀和劇團明星連恩——午餐時間後首度露面，他們是成年人不是參訪學生，因此不必上課。當大家在黑盒子齊聚一堂，馬汀和連恩跟著金斯利先生坐在舞臺上，同時也像金斯利先生一樣椅子反過來跨坐著，雙手放在椅背上，而提奧多西亞、莉莉、勞拉以及珂拉，拉夫、朱里安、西蒙以及邁爾斯則和其他學生一同默默坐在升降座椅上。馬汀和連恩跟金斯利先生一來一往，談天說笑，聊著巡迴表演的生活、大同小異的旅館、回家的喜悅，兩人彷彿一個模子刻出來，神情尊貴，符合老師的稱謂。馬汀和連恩對於表演一派輕鬆的模樣，做來駕輕就熟：他們看似以為沒被注意，但卻清楚意識到自己受到密切關注。馬汀、連恩和金斯利先生完全忽視學生的存在，以不太合宜的坐姿相互揶揄，而且極盡表演之能事，雖然他們形成的不是一個派系，成年人深諳不搞小圈子的道理，不過他們形成另一種團體，也許稱作俱樂部更為恰當。在莎拉潛意識裡，俱樂部給人被排擠的絕望感受，而大衛則將俱樂部視為令人憤慨的挑戰，但他希望自己能拒絕它——這使得金斯利先生、馬汀和連恩感到難為情，卻渴望贏取他的好感。對蕎埃爾來說，這不過是三個大男人湊在一起，其中兩個她尚未鑑識。她很快就認定馬汀太老，將他打入死氣沉沉的圈子，金斯利先生也被歸成同類。相反地，連恩則位於射程範圍內。她的眼睛有如聽診器般的測量連恩的血液：體溫高，流動快速，有一股能量以令人捉摸不定的方式蜿蜒而行，流遍全身上下，彷彿一道電流流過線路沒接好的電燈。他有一雙引人注目、獨一無二的淡藍色眼眸，就像讀過的童話故事描寫得一樣，不過蕎埃爾卻隱約感到一種奮不顧身的絕望。他五官俊美，但由於欠缺某種東西或因為某種障礙，永遠也性感不起來，她不想繼續深究。蕎埃爾也對連恩打消念頭，回頭去跟提奧多西亞和莉莉傳紙條，討論她自己化妝包裡的古柯鹼在午餐時該跟誰一起分享。

幾年前連恩還是馬汀的明星學生，而這次，馬汀特別為了連恩策劃《憨第德》的演出，馬汀目前的學生似乎都欣然接受，沒有絲毫不滿。連恩現年二十四歲，高中畢業六年了。馬汀的年紀沒人說得準，莎拉對連恩的過去毫無所悉，也不清楚他的實際年紀，等到英倫月過去大半，連恩才親口告訴她。自從英國人抵達後，萊特納太太頗不尋常地頻繁出現，同時不吝表現她對學校的野心。他們擁有價值數百萬美金的劇院、高達兩百英尺的懸吊掛景[23]、四百個紅絲絨座位、二萬四千美金的燈光控制臺等，能夠接待巡迴演出舞團與樂隊，以及其他能在洛杉磯和紐約等大城看到的表演。關於這次伯恩茅斯的《憨第德》登陸美國，焦點主要放在劇團導演和一班早熟的年輕演員，但更重要的是，CAPA藉這個機會以城市舞臺之姿初登場。學校上課期間的第一場演出保留給學校師生觀賞，不過這麼做只是為了避免他們在接下來為期兩週的公演期間佔據座位，而門票早在當地報紙以全版圖文做專題報導時便已全數售罄，這也是萊特納太太運籌帷幄的證據。

第一場演出——即CAPA的「私下預演」時，這些英國人在美國的居留期已過了幾乎一半，他們給CAPA學生的感覺既熟悉又陌生，彷彿打從出生起就住在這裡，但又好像初訪此地。CAPA學生都很熟悉這些英國人的聲音和臉孔、儀態和步履，要是有哪個英國人置身於走廊人群中，或從遼闊的停車場穿越而過並低頭鑽進蕎埃爾的馬自達車，或跳進大衛的福特野馬敞篷車，CAPA學生都能認出是誰，不過他們對這些英國人其他的一切幾乎很陌生。畢竟這群二年級生對彼此的私生活都有點了解，因為金斯利先生要他們相互吐露心事，好比繳付基金費用一樣，然而他們對這群英國同儕所知甚微，甚至不知道微少到什麼程度。他們不曉得拉夫的住所是寬敞的大宅院還是髒兮兮的社會住宅，不知道珂拉是人盡皆知的處女還是不為人知的浪蕩女。他們破解不了這些英國人的穿衣密碼——如果確實存在著密碼——也分辨不出英國人的口音，因為對他們來說，聽起來都一樣。除了連恩外，他們不知道這些英國人在《憨第德》裡扮演什麼角色，不清楚這齣戲有哪些角色，也不知道「憨第德」是人還是東西。因為忙著上服裝史、莎士比亞的獨白以及美國歌曲等課程，他們都沒讀過《憨第德》。他們也許想過這個劇名會加個驚嘆號。他們甚至不曾看過排演，因為這些英

23 兩百英尺約六十公尺，懸吊掛景（Flies），是由布幔或其他裝飾緣布所遮掩，以讓觀眾看不到舞臺上方工作區域。

國人根本不需要排演。他們也沒看過佈景、道具或服裝，因為這些都不存在。這些英國人全是輕裝旅行。

莎拉一個人坐在客滿的觀眾席，掩身在樂手群之中。現在她被劇場雙重放逐，高三生也不歡迎她。一年前她和布萊特共度一夜的祕密不知怎地變成最新消息，他們甚至沒有發生性行為，她記得看過布萊特窄小、無毛的軀體和羞慚、萎靡的陰莖，摸起來瘦弱、冰冷。不過這些細節並不能減輕她的罪行，而她的自我孤立、她對忠誠可靠的茱莉葉塔和潘蜜冷眼相向、她那暗黑風格的服飾、使她顯得愁眉不展的瀏海、吞雲吐霧地抽菸，這些都無助於她做好班上棄兒的準備。她因為最近遭受的羞辱全身像著了火似，跟綁在火刑柱上炙燒的人一樣，看不到比熱氣雨雲更遠之處。

觀眾席的燈光暗了下來，葛拉格．費爾廷有一份馬汀交給他的燈控設定表。由於燈光控制員是《憨第德》需要的唯一技術人員，葛拉格．費爾廷便成了CAPA甚至全美唯一一個看過排演的人，而排演的確有在進行。葛拉格．費爾廷很期待正式演出，也許基於他個人某些矛盾情況——不論是內在人格和外在形象方面，還是社會地位和生活閱歷方面——使他對這次的演出引頸期盼。

當葛拉格．費爾廷走第一個燈控設定時，連恩悠哉出場，身上穿著舊時寬鬆白罩衫和及膝馬褲，除此之外，舞臺上空空蕩蕩。在CAPA，那些不曾得到演出機會——或者曾經得到卻再也不曾登臺——的學生經常為了製作佈景、道具和服裝忙得不可開交。就拿葛拉格．

費爾廷來說吧，他一度貴為佛雷．亞斯坦的接班人，如今卻淪為默默無聞的燈光控制員。葛拉格．費爾廷最欣賞英國人製作的這齣戲，是因為沒有滿口胡說八道。除了葛拉格手頭上的燈光變化設定表，整個團隊包括飾演主角的演員、負責扮演各類角色的八名演員；這些角色除了主角的人物外，還有幾隻動物、幾件家具、不必真的演出但有被提到的角色，而且以一種出奇的漫不經心的方式——不過葛拉格．費爾廷知道其實不是真的漫不經心。他看到重複的演出拿捏得完美精準，一個手淫的動作再次重複，力度相當，距離一致，如此一而再地，保持一種明確穩定的含糊不清，於是你永遠也不能確定這個手勢是用來表示一種物品或一個行為或者一個佈景，比方說當演員們趴在地上，他們也經常這麼做，為了扮演餐桌或羊群或南美洲的山脈或別的東西。

當連恩信步走上舞臺，葛拉格便把全副精神都投注於燈光控制上。遺憾的是他怕搞砸，不敢分心注意觀眾的反應。燈火通明的舞臺逐漸變暗，意味著切換場景，要不然可能沒人會注意到（儘管也或許是因為不停嘶吼的旁白）。「**從前從前有一個男爵住在一棟華麗的大宅院！**」珂拉大聲喊道。女孩們都跟珂拉一樣穿著及膝荷葉邊裙和貼身襯衫，男孩們都跟連恩一樣穿著寬鬆襯衫和緊身馬褲，他們情緒激動得有如一幫突擊隊員在舞臺上發動進攻，表演一棟房子、一名男爵、精緻家具、僕人、對僕人進行各種虐待，而連恩扮演著憨第德漫步於這一連串瘋狂事件組成的景象中，渾身散發著迷人又憨傻的光暈。葛拉格不知道舞臺上的連恩是什麼也不做還是天才演員。莎拉和樂手們坐在一起，她看著邁爾斯面無表情、雙手叉腰地站著不動，表示他正在扮演一堵牆壁，提奧多西亞踮起腳尖把頭探過「牆」頭，做出偷窺的模樣。「牆」後面有莉莉和拉夫。莉莉平躺在地上，雙腿張開，拉夫四肢著地趴著用力抽插。「哎喲！」莉莉意猶未盡地尖叫著。「哎！唷！唷！」

「有一天，」西蒙高聲叫道，想跟莉莉的叫聲較量，並接替珂拉擔任旁白。「當她走進花園時卻看見潘格羅斯教授忙著教導女傭科學。她想著她和憨第德也該學習科學才對！」提奧多西亞猛地一把拉起裙子及至腰際，跳到連恩身上，這時連恩原本傻愣愣的表情更為憨傻，葛拉格．費爾廷推斷連恩的確在表演，不過不同於其他演員，他的演法更細微隱晦。莎拉對陽具的抽送視而不見，對呻吟尖叫聽而不聞。這些性愛場面並未令她感到震驚；她像盯著一群小動物或一群小孩般，而兩者都引不起她的興趣。這時觀眾席傳開一種模糊不清的聲音，混合著竊笑和咕噥聲，彷彿水上飄忽不定的風。與金斯利先生一起坐在第一排的萊特納太太忽然站了起來，怒氣沖沖走到通道上，她推開劇院後面的大門走出去，留下門扉搖晃不定。

他們提早結束表演？還是這齣戲本就簡短？即便一個勁地往前衝——英國人似乎早已預料到他們會被大鐵鉤鉤到臺下，於是迅速演完《憨第德》——觀眾的目光可能變得更敏銳。這是他們生平第一次體驗到什麼叫做一語雙關，他們開始明白語言和行為的配對錯誤而造成的笑話，他們趕在它一閃即逝前理解它。還有一種配對錯誤，在於演員的行為和他們無憂無慮甚至愚蠢的表情之間，這些英國人每一個都愣頭愣腦地咧嘴大笑，像是拉夫、朱里安、西蒙、邁爾斯、勞拉、珂拉、提奧多西亞、莉莉以及連恩等，他們煞有介事地表演相互殘殺和被他人殺害，殺害方式包括斷頭臺、手槍、篝火、匕首、絞刑等；他們表演溺水和感染性病的自然死亡；他們演出強姦、被強姦以及兩廂情願的相幹，但是這一切似乎都比不上情非得已和你情我願的肛交景象。觀眾們猶豫不決，不知該笑還是不笑，從起初的低聲細語逐漸演變成明目張膽的嘩啦狂笑，笑聲此起彼落，越演越烈快要引爆全場時，卻翻了個底朝天，又弔詭地以羞愧的面目重新出現。整個情況滑稽有趣，若沒事先告知就一點兒也不，反而陷入狼狽不堪的境地，而跟滑稽有趣同時閃現的是一種荒謬的不苟言笑——但真是這樣嗎？你這個王八蛋才會這麼想吧？你怎麼會想到用「屁眼」罵人王八蛋咧？真是笑死人了！——但也許，一點也不好笑。

葛拉格．費爾廷走完最後一個燈控設定，便把注意力投注到金斯利先生身上。金斯利先生依舊坐在第一排觀眾席，後腦勺靜靜地對著全場觀眾。葛拉格因為不能從這個後腦勺得到線索，進一步揣測提姆或金斯利先生的臉部狀態而好生失望。葛拉格已經不知道自己期待什麼了，或者說搞不清自己希望看到什麼。表演已經結束——演員謝幕了嗎？既然開演時沒拉起布幕，結束時自然不必降下布幕，演員只需走下舞臺。表演一經結束，觀眾們瞬間得以解脫，卻一時不知該如何反應。有人慌張失措地衝向大門，有人杵在原地，彷彿被繩索綁在座位上無法動彈。即便那些一動也不動的人，譬如潘蜜，看起來似乎被兩股相斥的力量拉扯，一是過於震驚而變成消極的靜止不動，亦即潘蜜所處的狀態，一是極其憤怒而變成積極的靜止不動。與潘蜜相鄰而坐的茱莉葉塔卻未留在座位上找尋真相。對茱莉葉塔來說，比觀賞表演更糟糕的是談論它。

§

「嗨—噢！」一個操著英國腔的聲音呼喚著，帶點嘲弄卻又不失真誠的語氣。或許出於善意？但也可能只是想嘲弄她？

莎拉抬頭往上看。她正坐在停車場前區一角，她母親老豐田卡羅拉的引擎蓋上。她經常把車子停放在此以避開其他人，截至目前為止都很順利。但今天如果把車子停放在停車場後區，她應該也能避開其他人，因為後區空空蕩蕩，她的同學們都走了。

高二班的學生不必排演，他們直到月底都幾乎無事可做。這個月他們不用登臺表演，但必須學著做推薦的任務——負責宣傳造勢、印製節目表、引導贊助人入席、計算票房收入。可是現在《憨第德》的演出統統取消。

不管是大聲叫出「嗨—噢！」的馬汀還是坐在馬汀身邊的副駕駛座上的連恩，都沒有露出絲毫遺憾的神情。馬汀是《憨第德》改編舞臺劇的作者也是導演，而連恩不光是明星而已，馬汀為了他才決定改編《憨第德》。他們遠離家鄉，目前旅居城市四月的氣候比家鄉更炎熱，幾近相當於他們八月酷暑的溫度。他們不斷抱怨帶太多「套頭衫」和「運動鞋」，帶太少「T恤」和「涼鞋」，但這些話他們習慣用只有彼此聽懂的童言童語說著。他們是寄人籬下的過客，而他們現在受歡迎的程度大幅下降。馬汀和連恩會不會因為忽然變得無所事事而感到氣惱或者尷尬還是沾沾自喜？他們原本計畫在十天內做六場表演？答案不得而知，莎拉也了然於心，因為人心是看不透的，人只能當下做出誠實的回應。

「嗨。」莎拉小心說道。她心裡有不少疑惑。在學校碰見他們的時候，她從不主動跟馬汀或連恩攀談，他們也不跟她搭訕。她每次看見他們坐在車上時，東道主金斯利先生總是和他們一起，而且肯定操著方向盤。經過漫長的等待總算拿到個人駕照，那是全新的里程碑，這個駕照的重要性，勉強消弭不盡人意的感覺和難以撫平傷痛的遺憾，當身體和方向盤合為一體時，莎拉很清楚意識到那些時刻。她納悶馬汀在美國是否持有駕照，不知怎地她心存疑慮。現在馬汀開的並不是金斯利先生的賓士，而是一輛青少年常開的那類車子——一部時髦的二手車；那是莎拉一直夢想擁有，一部還在進行表皮修復工程的福斯敞篷金龜車。那輛車子的外殼塗了一層厚厚的藥劑，莎拉猜想是為了去除鐵鏽。有車或沒車，是年滿十六歲唯一重要的象徵。莎拉知道有這部車子但想不出是誰的，這部車最近才開始出現在停車場上，大約和莎拉母親破舊的豐田車出現的時間一致，莎拉希望她的同學不會把這部豐田老爺車和她聯想在一起，儘管她費了好大一番力氣才爭取到開它上路的權利。最要緊的是莎拉不必由母親接送上下學了，她母親准許她從母親上班地點開到學校，以及從學校開到她母親的上班地點。這也是為什麼不必排練的日子她還是待在CAPA的停車場上，她的母親要到六點才下班。

「想不想去兜風？」馬汀說，連恩一旁咧著嘴笑，希望她能答應。莎拉認出他們開的是凱倫．沃澤爾的車子，那輛車是凱倫的父親協助凱倫修繕完成。孤僻寡言的凱倫不知如何成功地讓這部車子從一堆廢鐵變成有價值的財產，這也證明她對車子有點本事。

「我要去接我母親下班。」莎拉說，萬萬沒想到會有人邀她出遊而感到受寵若驚，但她不想撒謊。

「她在哪裡上班？很遠嗎？」

「她在大學當祕書。」

「可能在那邊，我們他媽的每個景點都看過了，是不是在那些噴泉再過去一點？我們先尾隨妳，妳把車子留給妳媽後再搭我們的車，我們一起去吃晚餐。」

他說得一派輕鬆——就像駕駛這件事，當一種東西蛻變成另一種東西，比方說她在停車場前區的孤軍駐守，現在卻因為馬丁與連恩可笑的鬼臉一筆勾銷，而他們知道莎拉透過狹小的後視鏡瞥見，這兩張被凱倫．沃澤爾那部車子布滿汙點的擋風玻璃框著的鬼臉。她領著他們沿著噴泉大道挺進，大道籠罩在兩旁橡樹相連接的臂膀所形成的綠蔭底下。午後的太陽就像一盞殷勤周到的聚光燈，豐田卡羅拉渾身閃動著奇異的光芒。

莎拉知道她滿是憧憬的喜悅是因為她終於能躲過流放的命運，暫時逃離她的身分；也不全然是蕩婦，而是遭受唾棄、被玷汙的人，連諾貝特也不理她。她不再對自己有所期待，雖然她為了馬汀與連恩注意到她的存在而卑微得回以感激之情，但她也不會對他們有所期待，對她母親就更不用說了。她對母親隱瞞了大大小小每一件事，她母親並不知道她的學校接待一個英國訪問團，而且神奇地將失寵的莎拉從冷宮中救出來。在英國人自己失去寵幸前——但英國人卻不覺得有什麼大不了——CAPA的二級生在金斯利先生和萊特納太太不斷施壓下，對家人好友推銷《憨第德》的門票。莎拉不想跟母親兜售門票，她之所以能夠繼續上課，全靠她母親忽略CAPA的存在。

「妳來得比較早。」她母親說，卻沒有露出不悅之情。「妳要用珮特拉的打字機嗎？她下班了。」

關於國中那段日子，莎拉記得她和母親擠在那間侷促的辦公室度過大多數的午後時光，她倒也不覺無聊。她母親把午餐時間延後到兩點半，然後趁這個空檔去學校接莎拉下課再一起回到大學校園。在那裡，莎拉擁有別處所沒有的自由。她可以在偌大的校園四處遊蕩；校園裡有遼闊的馬唐草地、遠近馳名的老橡樹林、寬敞的鵝卵石步道、深受攝影客垂青的西班牙式建築，以及背著背包、行色匆匆的大學生，而莎拉假裝是他們的一員。她在校園書店買了《北回歸線》平裝本，但她沒時間閱讀；她一個人坐在大學雜貨鋪裡，點了一瓶胡椒博士碳酸飲料，佯裝讀著書，想要營造一種氣氛：寂寞是她選擇的狀態，有些時候，她對獨自一人引以為豪。不過通常她會在熱氣蒸騰的傍晚時分回去和母親漫無目的地打發時間，或沒精打采地坐在母親騰出來的椅子上，在母親同事關注的眼神下，不慌不忙地重新排列母親收藏的咖啡馬克杯，這些杯子滑稽可愛，都是莎拉送的母親節禮物。她和母親毫不費力地度過那些午後時光，她甚至不曾認真細想，不過現在它們就像電腦桌面的風景壁紙，既熟悉又陌生。

「沒關係。」莎拉說，取出她最喜歡的個人照，那是國一的時候拍的，她看起來比實際年齡大，擦得脂粉濃淡得宜，嫣然微笑，流露淡淡的自信。沒有塗上太厚重、妖嬈嫵媚的眼線，也沒有露出絕望透頂的眼波，她最後三張學校照片卻有這些印記，儘管她小心翼翼地露出相反的狀態。或許是因為這照片的人已成為她膜拜的偶像，她認不出裡頭那位漂亮快樂的十三歲女孩。她想找個藉口讓馬汀和連恩看這張照片。「放學後我碰巧遇見凱倫．沃澤爾，她找我到她家過夜。」越是不打草稿的謊言越有說服力。欺騙（但她寧願稱為編故事），是她唯一的靈感國度，是她錯誤信念的全部依據，而且她依此採取行動。

「誰是凱倫．沃澤爾？」

「妳知道的，她就住在南方樹林區。」

「我不知道。」

「她是我班上同學，她開車跟我過來，這樣我就可以把車留給妳了。」其實不需提到凱倫是因為這棟大樓沒有訪客停車位才沒站在這裡；莎拉在來的路上已經想好這個理由，結果準備太多細節，到頭來卻忘了說。莎拉的母親早就不打算跟莎拉起衝突，如今她們幾乎像一對老夫老妻，有一種你知我知的心照不宣，雙方都試圖維持表面的和平。莎拉絕不會走錯任何一步，她不會吸毒成癮，不會犯罪坐牢，不會未婚懷孕。

「明早她會送妳去學校？」她母親以這句問話做為道別，然後轉身繼續工作。莎拉心揪了一下——她的母親其實很高興看到她。如果她們母女之間是另一種關係，她會繞過桌子親吻她母親鬆垮的臉頰。不過即使以前同甘共苦的時候，她們也很少有肢體上的接觸。莎拉搭電梯下樓，發現馬汀和連恩在大廳中無理取鬧，雖然大樓沒有訪客停車位；透過落地門，莎拉瞥見凱倫．沃澤爾的車子停放在防火巷裡。「我們正打算出動搜索隊。」馬汀說。當莎拉回說幸好他們還沒有展開行動，她肯定露出驚慌失色的樣子，因為兩個大男生笑了起來。

「我們嚇著妳了？」連恩滿懷希望說道。

凱倫．沃澤爾的車後座幾乎稱不上座位，莎拉必須向旁邊側著身體才能坐下。「現在出發去凱倫家，」馬汀說。「我們兩個可憐的伯恩茅斯鄉巴佬。」

「船長要來操你們。」

「三個胖英國佬用約德爾法唱歌。」

「悶悶不樂的廚師亂棒敲打番薯。」

「連恩，你會在弗利特街大顯身手。這不能擊垮你的未來，但邦尼．亞尼來了。」

「尤尼是誰？」

「亞尼才對，就是那個有一頭飄逸長髮、邊彈電子琴邊唱歌的希臘人。」

「你喜歡他？」

「沒錯，他讓我想起你這個漂亮的小東西，但他應該像你一樣把鬍子刮乾淨，不是老莉莉安教你刮鬍子的嗎？你這個被母親溺愛到透不過氣但依然冥頑不靈的兒子。」

「如果你能不提起我那位德高望重的母親，我將不勝感激。」

「我是為了贏取她的芳心而迎合你。」

「你會成為我的爹地嗎？」連恩以一種古怪的方式蜷縮在侷促的前座裡，像笨拙的小貓抓著馬汀的衣袖。「你會幫我換尿布嗎？嘩！嘩！」

「我不是已經幫你換了嗎？」

「馬汀，」連恩倏地坐直身子正色道，不再貓言貓語。「現在我要讓這個女孩對我另眼相看，可以嗎？」

雙方你來我往大聲叫囂，風趣詼諧的對話飛越排檔桿，他們就像站在舞臺上，對著離舞臺最遠、票價最便宜的樓座表演般，同時間馬汀催起油門在馬路上更盡情地奔馳，他或許有駕駛執照或許沒有。莎拉不需回應連恩的話。要是他沒說這句話，她會以為他們根本忘記她的存在，但從眼前情況看來，她不能確定他想打動的女孩是她，或許他口中的「這個女孩」是凱倫。凱倫這輛疾速行駛的車子引起狂風呼嘯，把後座的莎拉孤立起來，吹亂的秀髮斷續遮掩眼睛、塞住嘴巴。在這波突襲猛攻的掩飾下，她暗中注視著連恩。他有一張雕像般的精緻容顏，眼睛湛藍閃爍，不太真實，彷彿藏著什麼不可告人的祕密——一種即興或別有意圖的安排。蕎埃爾不再搭理莎拉了（其實更早以前莎拉就不想理會蕎埃爾），因此她並不知道蕎埃爾對連恩的看法，但就算知道了也八成不以為然，然而莎拉最後還是下了相同的結論。連恩處於射程範圍內，雖然她會用不同的表達方式，不過她感覺到一種外表上的優越與精神上的不健全而形成奇怪的反差：兩者之間隔著不尋常的距離。他外表的優越條件如高大、俊美、修長、目光炯炯、笑容燦爛，髮量適當的瀏海與睫毛連成一氣，凡此種種，難以細數。莎拉想像著一隻膽怯的動物，一種光著身子、容易受驚的非人的東西，連恩像穿上一套西裝似的穿在身上。現在得保持警戒，得留心四周的人群，觀察該做什麼反應，因此它沒被人發現。那麼連恩密切注意的人是誰呢？是馬汀。

看見躲在連恩緊身連體衣底下的那頭動物肯定讓莎拉大受震撼。連恩俊俏過人，莎拉像復習功課般的複誦這個念頭。

馬汀轉動著方向盤，凱倫．沃澤爾的車子切入坡道，駛進一個小型停車場。這是個帶狀商場，有幾間臨街商店，停車場入口處的告示牌寫著中餐外帶、購物中心以及TCBY，TCBY指的不是The Country's Best Yogurt（全國最佳優格）就是This Can't Be Yogurt（這不叫優格），莎拉不確定是哪一種。凱倫．沃澤爾站在TCBY店鋪外，穿著牛仔褲和綠色polo衫，左胸上繡著TCBY四個字母。她抱著一個白罐子，大約是中型桶裝爆米花的分量。馬汀趕緊煞住車以免撞到她，然後大模大樣地揮舞一隻手臂。

「汝之愛車回到汝跟前。」

「聰明過頭了。」連恩接續道。

「暴走是青春本色。」馬汀回應。[24]

正當這兩個男人沒抬起頭、忙著玩文字遊戲時，莎拉看見凱倫的臉色一陣青一陣白。當馬汀和連恩走下車時，凱倫冷不防地對莎拉說「嗨」卻沒看莎拉一眼。馬汀對凱倫一邊彎腰行禮一邊將鑰匙交給她。凱倫把白色罐子遞給馬汀，馬汀掀開蓋子，往裡頭瞧了一眼。「這不叫優格。」他說。

凱倫坐上駕駛座，馬汀取代連恩坐在副駕駛座，連恩則爬到後座和莎拉坐在一起。「都還好嗎？」馬汀問道。因為空間狹窄，他們的膝蓋不得不碰在一起，連恩彎下腰觀察貼緊的膝蓋。「它們在談論我們呢。」他告訴莎拉，莎拉為了聽清楚連恩的話，垂下頭挨著他的頭。

「它們說些什麼？」

「我不知道，我不會膝蓋語。」

「你怎麼知道它們不是為了捉弄你才發出聲音？」

「像狗那樣嗎？牠們汪汪叫彷彿要說什麼，看來狗也把我們當成傻瓜。」

「我聽不見牠們說話的聲音呀。」

「牠們的聲音頻率較高，就像犬笛，也許狗狗能與膝蓋傾吐，不過牠們沒有膝蓋，不是嗎？馬汀，看吧！我是誰呢？」連恩在狹隘的後座彎著膝蓋跳躍，呆蠢地伸出舌頭，這時他的頭髮被強風捲起又打在臉上。「汪！汪！」他迎著風嘶吼。微微翹起的鞋頭嵌入莎拉的大腿，那是一雙以廉價或人造皮革製成、破破舊舊的黑色繫帶鞋，一雙笨拙難看的鞋子，他還像個全身衣物全靠母親打理的小男孩般的無所謂穿著。他賣力扮演興奮急躁的狗狗，口水直淌、狂吠，竭盡所能繞過馬汀座椅造成的阻礙嗅聞著馬汀的肩膀，前座的馬汀轉過身子面向後方，椅背變成屏障，讓他躲過連恩從背包取出的雜誌捲成筒狀做成狗鼻子的猛攻。

「小屁狗！小屁狗！」馬汀大聲叫道。凱倫一言不發地開車，莎拉坐在凱倫後面，朝後視鏡瞥了一眼想看看凱倫，卻只看見自己。她滿臉憂愁的模樣給了她當頭棒喝，馬上強迫自己被馬汀和連恩滑稽的舉動惹得捧腹大笑。凱倫把車子停在「媽媽的大男孩」停車場，他們魚貫而行走進餐廳，凱倫打頭陣，不看任何人也不跟任何人說話，接著是馬汀和連恩，兩人你推我擠，後面跟著莎拉，馬汀和連恩對著她擠眉弄眼扮鬼臉，而她覺得自己的表演是在反映他們的一舉一動，她因為一個不是她的笑聲笑了出來，但笑聲到頭來還是出自於她，她這麼告訴自己。她不會模仿凱倫自尊受傷卻趾高氣揚、抿著嘴的模樣。

「四人桌。」凱倫告訴老闆，老闆單腳旋轉表示歡迎。

「這邊請。」老闆喊道。「親愛的，你們需要高腳椅嗎？用不到增高墊吧？」

「我要增高墊，我要！」連恩說。

到了雅座區，凱倫率先坐下，馬汀連忙搶到她身邊，彷彿可以搶得一分，卻猛然撞擊

24 連恩和馬汀兩人的對話主要在玩文字遊戲，不具實質意義。「汝之愛車回到汝跟前。」「聰明過頭了。」「暴走是青春本色。」三句話的英文縮寫皆為TCBY。

她，使凱倫撞上雅座內牆。「千千萬萬個對不起啊！」馬汀叫道。「妳有沒有哪裡受傷？我們需幫妳量脈搏——我會很溫柔的，冷得像冰一樣。這裡有醫生嗎？或許有領有營業執照的營養師？連恩，把這些餐巾紙揉成一團生個火，我相信凱倫的心臟已經停止跳動——」

「別鬧了，」凱倫笑著說，雖然她承受不住馬汀的強勁攻勢——但是不同於莎拉試圖反映馬汀和連恩的插科打諢，莎拉知道自己在模仿，但凱倫已經重新取回她的地位了。對凱倫來說，莎拉的存在不再是個問題。

莎拉坐在凱倫對面，連恩坐在莎拉旁邊，在馬汀對面，扮演馬汀的陪襯、同謀者和弄臣角色。「你知道連恩以前有登臺恐慌症嗎？」馬汀對凱倫說道。「你知道當他有演出的日子，我得提醒他多帶條褲子？」

「他喜歡看我玩穿衣遊戲。」連恩說。

「萬一發生意外事故。」

「你指的是像上次你拉拉鍊時夾到小雞雞，馬汀？別擔心，凱倫，那次意外只造成小小的畸形。」

「我也要給你小小的畸形！」

莎拉或凱倫都不是對手，她們也未受邀請參與競爭。凱倫只需將注意力放在馬汀身上，馬汀指派凱倫扮演注視他的角色，指派連恩扮演他的多重角色，而莎拉則像一種默默無言的道具，成為馬汀數落連恩的藉口。「可憐的莎拉感到無聊透頂！」馬汀說。「她很納悶幹嘛跟著我們出門，放棄了原本大玩一場的機會。」

「我只打算去接我媽下班。」莎拉說。

「聽媽媽話的乖女兒啊，跟你一樣，連恩，但發現這個共通點的卻是我。你們怎麼不進一步多解彼此呢？需要我助你們一臂之力嗎？」

機智風趣，或任何類似機智風趣的東西，活潑俏皮的抬槓，令人費解的含沙射影，迅速見風轉舵，說話前言不搭後語的護花使者，充滿喜感的極端反應。莎拉一直希望自己擁有這等才華，她不是金斯利先生午餐時間的紅顏知己嗎？然而馬汀口才辯給——或許他有的是主導社交活動、源源不絕的活力——是她所望塵莫及。她變得沉默寡言，甚至笨手笨腳，她試圖取得凱倫被動的旁觀者身分，至少就目前看來，做個觀眾也比她躊躇不決的處境保有更多尊嚴，不過凱倫迴避她的眼神，不想承認她的存在，也不想承認跟她有任何友誼關係，似乎也拒絕用面對馬汀和連恩的態度來面對她。自從成為CAPA的學生以來，莎拉經常做一種惡夢，夢見她即將登臺卻不知臺詞為何，甚至不知要扮演什麼角色或演哪齣戲，雖然不像其他惡夢一般恐怖駭人，但同樣令人全身癱瘓。

雖然莎拉談笑風生，吃掉半個總匯三明治，甚至跟連恩打情罵俏起來——至少，鄰桌的客人大概會以為她做了所有這些事。他們大約五點抵達大男孩餐館，現在已經快七點了。

「哎呀，我們得去買個東西。」馬汀說。「喂，連恩，你到底跟他們說幾點？七點半還是八點？」

「我也忘了，」連恩說，「好像是說七點以後。」

「你這個王八蛋，你大概一直在做夢，還是個美妙的做夢人，我們都是你的美夢。」

「但你看起來倒像是我最恐怖的惡夢？」

「你做過惡夢嗎？」莎拉試著問，「譬如夢見你要上臺表演了，但是你從沒排演過，也不知道演哪齣戲。」她做著自己最不屑的事，努力模仿他們的口音，用盡全身力氣說出每句話，她甚至不能用本來的聲音。

「沒錯！」連恩叫道，好像終於想到謎語的答案。

「他媽的隨時隨地！我最恐怖的夢魘啊！」

「又一個共通點。太好了！莎拉，妳讓他露出馬腳了。我想你們兩個去買飲料，凱倫和我來買零食，別花太長時間。我們已經遲到了，我們甚至因為連恩的愚蠢，不知道七點半還是八點到。」

「我們要去哪兒？」當他們獨處時，莎拉詢問連恩，推著購物車嘎嘎嗒嗒穿越超市冰冷光滑的地面，他們好似一對年輕夫婦，推著「嬰兒車」往前走。馬汀離開後，連恩變得沉默寡言，開始對她大獻殷勤，看起來格外英俊瀟灑。他意亂情迷地看她推著購物車，她說完話後，他靜默片晌，彷彿在心裡掂一掂這幾個字的分量，似乎不知如何回應。

「要去我們那兒。」他說。

「你是說——金斯利先生家？」

「對，吉姆家，也是提姆家，可不能忘記提姆，提姆和吉姆，吉姆和提姆。妳不認為他們是因為名字押韻才喜歡對方？還有，他們穿相同尺碼的褲子。」連恩一邊說一邊咯咯笑，露出不太美觀的牙齒，他應該閉緊嘴巴就好。

「我不知道他們家在開派對。」

「妳喜歡這種拉格淡啤酒？我們來買特大號包裝，馬汀愛死美國的東西，都特別大！」

她這才明白他們要買的是酒精飲料。「你有帶身分證嗎？可以證明你超過十八歲？」

「妳想他們會要我證明我超過十八歲？」連恩又咯咯笑起來，大概因為自己竟被誤認為未成年──其實他是以榮譽高中生的身分跟隨馬汀的劇團來到美國。他不覺得自己像個高中生嗎？他的確不這麼覺得，莎拉恍然明白。在超市無情的燈光照射下，他的皮膚略顯粗糙，眼角出現細微的魚尾紋，或許不是因為超市螢光燈的關係，而是馬汀不在，沒了對照，忽然洩漏連恩的年紀。不管是哪一種，連恩彷彿讀出她的心思，說道：

「沒關係，反正付帳的是馬汀，他不會被人當成小孩。」

「他幾歲了？」她當然知道他較為年長──老師都有一定的歲數──但猜不出大多少。她認識的大人中沒有一個跟他年紀相仿。

「馬汀幾歲？我他媽已經四十歲了，不是嗎？糟老頭啊。」他用很寵溺的口吻說道。莎拉莽莽撞撞地將推車掉頭，企圖掩飾自己的詫異，但推車堆放著美樂啤酒和 Bartles & Jaymes 果汁酒飲料變得很沉重。四十歲比她想像得大多了，雖然不知道自己原本有什麼想法，也不知道她自相矛盾的想法讓自己有什麼感受。

馬汀在收銀臺付帳，買了啤酒、紅酒、洋芋片以及椒鹽蝴蝶餅，莎拉、凱倫和連恩偷偷走開，佯裝不認識馬汀，悄悄溜出超市，他們背後傳出馬汀短促響亮的笑聲、收銀員難以理解的吱吱喳喳聲，聲音一路尾隨著他們直到大門處。門自動關閉又猛然打開，馬汀推著顫動得很厲害的推車走了出來。

「這個國家是不是每個人都是同性戀？」他一面問一面推著推車穿過停車場往凱倫的車子走去。「我這輩子不曾遇見這麼多的同性戀；到你們學校上課，在漢堡店等餐、超市收銀臺結帳——」

「只有這一帶。」莎拉打斷他，因為馬汀看法有某種東西使她不由得厲聲斥責，但當她聽見自己的回應時又開始結巴。「這裡是同志區。」她試著解釋，現在她好像在道歉。「我想說的是，不光是同性戀而已——這是一個藝術社區，但住了許多同志，算是全美第四大同志社區。」不知何故她繼續說，「排在紐約、舊金山以及——我忘了第三個——之後。」

「操蝙蝠俠的屁眼，連恩。莎拉似乎對肛交有專門的研究。莎拉妳怎麼知道這**正合他的口味？**」

「我表哥是同志，他曾經住在這裡。」莎拉說著，茫然不解也不被理會，而連恩跳到馬汀的背上搶走馬汀的眼鏡，哇哇叫地揮舞眼鏡，馬汀原地旋轉，連恩像一隻陀螺，雙臂大幅揮動，強調自己看不見。凱倫在無人協助的情況下獨自把購物車的東西放進後車廂。

「妳們的媽咪知不知道妳們的學校在全國同志社區排行名列第四？小心我的眼鏡，連恩，你會打破它。」

「馬汀，那你知道嗎？我打賭你早就知道了，你還說我不必穿上臀盔。」

驅車前往金斯利先生家，他們一路高聲喧譁，但是沒人的嗓門能夠壓過吞吞吐吐的破引擎聲。他們引起的喧囂吵雜聲，彷若大隊德軍入侵金斯利先生住宅區那些隱密、昏暗的街道；一旦進入這個詭奇的水中世界，便瞬間離開燈火通明的林蔭大道。這是個無聲無息的陌生世界，一望無際的草坪全都撒下陰影的網子，一團團的橡樹和杜鵑花有如輕舟在水上漂浮。凱倫拔掉消音器的車子發狂地疾駛而過，莎拉似乎已經看見金斯利先生站在他那柔軟光滑的草坪邊，注視著他們逐漸逼近，他雙手叉腰，臉上露出莎拉最害怕的表情，不感到吃驚但滿臉嫌惡的樣子。不過當他們開到轉彎處、看得見金斯利先生的房子時，卻不見他的人影，只有幾部熟悉的車子停靠在人行道路緣的地方。有蕎埃爾的車子，大衛的車子也在。凱倫把車子停放在大衛的車子前面。

當凱倫準備下車時，看了莎拉一眼。這是今晚她第一次把視線投射在莎拉身上，但目光裡沒有絲毫善意，只有冷冷的探詢。莎拉知道凱倫想看到大衛的車子能帶給莎拉任何一部靜止不動的車子所能施展的軟暴力。「妳不進來嗎？」凱倫說。馬汀和連恩很快就卸下車廂裡的酒和零食，然後消失在金斯利先生房子後院的魔幻森林裡，林中矗立著藤架、涼臺並裝飾著彩燈。莎拉直視前方，但她卻能透過後腦勺看著大衛的車子，看見大衛和她的幽靈像兩條蛇般交相纏繞在黝黑的車裡。

「妳和他在約會嗎？」莎拉問起她和馬汀的關係，既想揮去心中的念頭，也想轉移凱倫起的話題。

凱倫走下車，砰地關上車們，這樣一來莎拉得把駕駛座往前推才能打開車門，不然得從天窗爬出車外；但不管哪種方式，都會令她顯得笨拙難堪，於是她繼續坐在車裡，回瞪著凱倫不太友善的眼神。

「約會？」凱倫得意笑道。「我們只是一起玩玩的朋友。」

「妳媽要是知道妳跟一個四十歲的英國大叔玩一定會很高興。」莎拉說道，暗自希望馬汀令人震驚的年紀會給凱倫沉重的打擊，就像她當初被連恩的話重重一擊一樣。

不過凱倫淡然回答：「她確實很高興，所以我們不能待在家裡了。」說完，凱倫轉過身穿越草坪而去。

等到凱倫走出莎拉的視線範圍後，莎拉趕緊爬到車外來到人行道上，她移開視線不去看大衛的車子，彷彿輕輕瞥一眼便能導致失明。她離大衛汽車的引擎蓋很近，甚至能把手掌放在上面，她任性地以為大衛就坐在車子裡，和她只有一個手臂的距離，他正看著她，這也是凱倫眼神冷淡的原因。接著莎拉明白過來不只有大衛坐在車裡盯著她，副駕駛座上還坐著大衛的新任女友；根據周遭的流言蜚語是英國的莉莉。大衛和莉莉安靜坐著，看著莎拉想到自己不能看大衛的車子一眼而飽受折磨——莎拉轉向他們，不屑地抿了抿嘴。車子空無一人。莎拉似乎很早以前就想這麼做了，她打開大衛車子的車門，然後鑽了進去。他從不上鎖，上鎖即表示他在乎，這部車子曾經乾淨清爽，散發簇新的氣息，如今卻因為濫用無度骯髒不堪。副駕駛座和駕駛擱腳的地方堆放著書和空瓶、香菸空盒、骯髒的棉T恤等垃圾。菸灰溢出的菸灰缸被拔出，灰白色、惡臭的菸灰撒得到處都是，車用電話線平躺著，捲成一團，發光按鍵黯淡無光。莎拉前不久才知道電話正常運作，大衛到處跟人吹噓，逢人就發放電話號碼，連莎拉都知道號碼。打大衛的車用電話已是全校共通的消遣，這個電話好像常被人敲打破裂的儀表板。莎拉搭這部車的唯一一次，車子沒有絲毫男孩隨隨便便的痕跡，如今卻四處橫流著正在長大的男孩的絕望。莎拉的手觸及座椅高度調節桿，她把座椅和她自己調降到最低位置。寂靜的夜消失不見，她現在只看見曾經愛過的那個男孩髒鎧甲的裡層。

她把臉龐埋入皮椅的車縫紋裡，握緊拳頭拼命搗碾胯下，車子伴隨著她的慾望——或是她的悲傷——輕輕顫抖，外頭應該看得見振動。然而，「莎拉？」連恩呼喚著，稍微拔尖的聲音逐漸隱沒在四周的寂寥中。他可能站在房子前面，看到凱倫的敞篷車從上到下都開著，明顯沒人在裡頭。大衛的車子看來也是空空如也。他不會穿越草坪只為了想知道莎拉是不是坐在前男友座車的副駕駛座椅，拳頭握得關節發白，膽顫心驚地來回抽插陰蒂，期能把那種似乎讓人獲致歡愉的性高潮連根拔除，給予享樂懲罰，也因此做個了斷。

莎拉渾身僵硬，心突突地跳，胸腔、頭顱、胯部也隨之振動。車子裡盤旋著她手淫的氣味，有如一種非自願的和可恥的分泌物，像因為恐懼滲出幾滴尿或因為不明原因流了幾滴鼻血。

他不再呼喚她的名字。發出一記悶響，可能大門又關上了。鴉雀無聲。大衛的車子顯示著 7:42。等到 7:48，莎拉將座椅靠背調至原先高度，然後走下車，形如離開犯罪現場。

金斯利先生宅邸的前門沒鎖。前廳不見連恩也不見其他人，只見赤陶磚和一個怪異的真人玩偶，應該稱之為「軟雕塑」，以及美孚石油生鏽的飛馬標誌，招搖地懸掛著，引人注目。莎拉走前門樓梯通到二樓鋪著奢華的長毛絨地毯的走廊，廊道兩旁掛著海報和相片。她走進盥洗室，清洗雙手和臉龐，補畫眼線和口紅。當她走出盥洗室，連恩出現在走廊盡頭，有點拿不定主意的樣子，他整個人微微往前傾，兩隻手懸垂在身體兩側，手臂太長，袖子遮不住手腕。當他看見莎拉，他那脆弱的模樣瞬間消失。他又顯得年輕俊俏，一雙美麗的眼睛光彩動人。

「妳好神祕，不是嗎？」

「我去買菸。」她謊騙。

連恩臉上依然掛著笑容，不過笑容持續得太久了點。莎拉知道他在演戲，他正等待指令卻不可得。他有一張俊美的臉龐卻有一種說不上來的詭異特質，或者說常出現一些反常的狀況，他似乎和自己的行為慢了半拍，也不知道該怎麼走下去。

「這棟房子豪華得要命，不是嗎？」她提供一個指令。

他很感激她的協助，他似乎和自己的舉動重新搭上線。「他媽的簡直是一座城堡，不是嗎？躲起來——我聽到有人來了。」他連忙抓起她的手，拉著她爬上通向閣樓的陡峭梯子——他一半當真，彷彿此舉將決定他們的生死，也一半搞笑，彷彿他們即興表演「躲起來」。那個晚上莎拉在這個乾淨漂亮的閣樓房間看到馬努埃，如今這個房間卻變得齷齪不堪，就像——什麼？她花了好一會兒才意識到這是親密行為造成的髒亂。房間邋遢的程度與她剛造訪的大衛車子不相上下。精緻又寬敞的上漆地板，低矮的斜屋頂和老虎窗形成的奢華魅力，因為一堆堆臭氣熏天的骯髒衣物、外賣食物包裝以及多得數不清的美樂酷爾斯空啤酒罐而變得面目全非，難以辨識。連恩繼續抓著她的手，拖拉著她走過骯兮兮的雜物堆，他看來若無其事，跟山羊走過自己的地盤沒啥兩樣。他們站在房間另一側的窗戶邊，緊挨著床鋪。連恩鬆開莎拉的手然後戰戰兢兢地打開窗戶，幾乎沒有發出一聲半響，他一隻手摀著耳朵示意在凝神諦聽。窸窸窣窣的細語聲伴隨著入夜濕潤的氣息飄入房間：交談中不時夾雜著笑聲，但因為隔著一段距離又有樹葉的遮掩下而變得模糊不清。金斯利先生後院修理得疏落有致的叢林裡悄悄舉行著一場宴會。打從高高的閣樓俯瞰，宴會的賓客、他們的外觀、談話等，卻因為窗外各種灌木和林木的樹葉像一堆黑羽毛般散佈在半空中而無從解析。莎拉仔細端詳，但見小飾燈這兒那兒地熠熠閃耀。有時燈火消失了又再度發光，或許是因為輕風吹拂樹梢，或許是因為人在移動，她不能確定。這時她聽見大衛的聲音了，聲音異常清晰，彷彿站在她身邊的是他而不是連恩。大衛用低沉的嗓音嘲弄地說了幾句俏皮話，隨即爆出笑聲，此起彼落。才聽見大衛的聲音，莎拉不禁被正在屏息凝視、黑黝黝的羽毛給佔據了整個胸脯：盡是支離破碎和感受不到輕重的苦痛與慾望。隔著一段距離，她聽不出他說了什麼，但她過了片刻才明白；他的聲音非常銳利，幾乎令她往後退縮。

「大家都在外面，」連恩說，「我們這群人加上大衛。」他停了片刻又繼續說，「他曾經是妳的男朋友，還是他在唬弄我們？」

她口乾舌燥，無法自如說話。「他不算我的男朋友。」

「不過他喜歡妳？」

「不知道。」

「他當然喜歡妳。」

她不假思索便衝口說：「為什麼？」連恩以為她期待獲取他的讚美，但她真正想說的是**為什麼大衛會喜歡我**（她也曾以一種懦弱的方式詢問大衛，**為什麼你不愛我了？**）——因為正對著莎拉說話，連恩自然以為她是在回問他。

「因為妳長得漂亮嘛，這就是為什麼。」這句臺詞說得煞是漂亮，她瞬間面露喜悅，大衛依舊埋藏在她心底深處，像一個懸而未決的問題。

「住口。」她說，忽然畏縮起來。

「妳真的很漂亮。妳知道妳讓我想起誰嗎？」他高興得驚叫，彷彿終於解決一個複雜的難題。「**莎黛**[25]，妳知道我在說誰？」

「我跟她長得不像。」。

「妳長得很像她。」連恩說同時貪婪地盯著她的臉蛋，直到他自己感到不好意思。他不再說下去，把手伸出窗外，手上拿著一碟菸蒂。他輕輕拍打全身上下，然後取出一盒 Drum 菸絲和捲菸紙，走到床鋪坐下。

「你不想下樓去後院嗎？」

「和其他人會合？不，我不想。」他放下菸絲，一把抓起她的手腕拉向他，讓她坐在他的身邊。

「我不想。」他呼出熾熱的氣息嘟噥著。「我只想和妳待在這裡。」他忽然將舌頭伸進她的耳朵裡，她倒抽了一口氣，感到驚訝又厭惡，趕緊扭過頭來，讓他的舌頭伸進她的嘴巴，這樣就沒那麼尷尬但也沒那麼爽快。她嚐著自己耳垢苦澀的味道，更加使勁地往他身上壓去，希望能因此抹去那股味道。

恍惚中她掙扎著，勉為其難地讓他的舌頭在自己嘴裡胡亂戳彈伸縮，但不管如何，兩人的舌頭似乎雞同鴨講，一個勁兒將對方的舌頭撥開。連恩痛苦地發出呻吟，將兩人交纏著的

25 莎黛（Sade, 1959～），奈及利亞出生的英國女歌手。

身體翻轉過來，把她壓在凹凸不平的床墊上。當連恩沉甸甸地壓在她胸脯上，同時掙扎著脫掉夾克，她的氣味忽然撲鼻而來。他像發狂似的死命脫掉束衣般的掙脫夾克的束縛，而她上氣不接下氣地填滿胸腔，她開始吱吱叫，甚至尖聲大叫起來——聽見她的叫聲，連恩用雙手把身體撐起，並對著她露齒而笑，他滿心以為她喘著息是興奮的跡象。

她的確感到興奮，但卻是一種奇怪的感覺。連恩熱情的舉止令她感到尷尬甚至震驚。他放肆擺動，兩隻毛茸茸的大腿蒼白無血色，看起來好像被釘在勃起卻有奇怪皺褶的陰莖上，他把陰莖握在手裡，把覆蓋在外的一層皮膚往後拉，對著她噴出好像紅色的東西。莎拉不曾看過也無從想像未切除包皮的陰莖是什麼模樣；她想必看得目瞪口呆，這樣一來他更是得意。除了令人失望的肉體發洩外，隨之而來的口頭發洩也令她始料未及，且聽得渾身顫抖。他絮絮叨叨地說著，大部分令人無法理解，好不容易從這些喃喃囈語抓住的隻字片語卻又猥瑣不堪。他講話急促，咬字混濁不清，音調忽高忽低，發出的聲音有如生性頑皮的男孩亢奮地高聲朗讀最新發現的黃色小說。瞧他用了什麼字眼啊！遠比幫胖寶寶擦屁股的母親叨唸的兒語更淫蕩。他呼喚他的那一根「他的小威力」——「噢，我的小威力進去啦！——它進去裡面啦！——好軟好濕我的小威力在你**好軟好濕好緊好軟好熱**的裡面——」其他的淫聲浪語只有過之而無不及——當他使勁抽插、戳捅、擠壓時，他並不怎麼觸摸她，彷彿她的身體只是一個玩偶——可是她聽見自己高呼抗議，甚至尖叫警告，「不要，不要，不要。」一股駭人的歡暢愉悅從她體內綻放出一朵血肉之花，肌肉壯碩的花蕾宛如舌頭，陷在痛苦至極的龐大洞口裡，這股喜悅排山倒海而來，她完全俯首稱臣，甚至感受不到他的「小威力」或他身體其他部位在她體內或在她身邊任何地方，彷彿他已經化為一個小黑點，被她不想要的快感高潮捲入汪洋大海中。

當她恢復意識，赫然發現自己被一具濕漉漉的肉身壓得喘不過息。胸罩、T恤和牛仔外套都褪到胳肢窩，一對乳房坦露在外；牛仔褲和內褲褪到腳踝；膝蓋張開；腳上仍套著黑色尖頭靴。她的屁股濕冷冷的，底下好像有一灘黏膩的液體。越過連恩的肩膀，她發現房門沒關，趕緊用力推開他，他瞬間掉到床鋪下的垃圾堆裡。

「妳不喜歡嗎？」他驚叫道。

「門沒關！」

啊呀，她不是不喜歡，只是有點害臊！他喜孜孜的連蹦帶跳地穿越房間關上門，雖然現在門有沒有關已經不重要了——窗戶依然敞開著，不過數分鐘前，她從洞開的窗子聽見大衛的聲音。黑夜聽到她的什麼？她一面思忖著一面手忙腳亂地把衣服拉回原位，同時躲開連恩的長手長腳和纏繞，逃避他口水直流的親吻和讚美。「天啊妳實在太正了！」他一而再地讚嘆道，活脫脫像個傻小子。她希望他能穿好衣服，遮住像洗衣板的蒼白胸膛和淡粉色的乳頭。然而他似乎很自在，盤腿坐在一堆骯髒的床單上，雄風不再的陰莖萎垂在兩腿間，像一條遭受蹂躪的蟲子。

「你不覺得我們應該下樓嗎？」她向他乞求著。

「如果妳想喝酒，我可以下去拿幾瓶啤酒上來。」

「只是——萬一有人跑上來怎麼辦？」剛才門沒關——事後回想，行跡敗露的恥辱勉強可以避免，彷彿再晚一步就會重蹈覆轍而發生可怕的事。別人會質疑她是否經常這麼做？明目張膽地嘿咻？真希望他快穿上衣服！

「吉姆不在這裡。妳以為他在這裡？他去歌劇院，提姆也去了，他們會有好幾個鐘頭不在。」

「他和提姆不在家？」

「不在！」連恩笑道。

「不過他們知道我們在這裡？」

「我們是他們的客人！我們在這裡是被允許的。」

現在他至少開始穿上衣服，赤裸的肉體幾經遮掩後又變回一枚帥哥。襯衫穿到一半，他把她拉向自己，飢渴地伸長舌尖探進她的喉嚨。「妳難道不知道我為妳瘋狂？」他啞著嗓子問道。「我經常白天夜晚一邊想著妳一邊打手槍，馬汀被我搞得快發瘋了。」

「我的天啊。」她虛偽地笑著說同時轉身離開，他試圖抓住她的手放進剛剛扣好鈕扣的褲襠裡，她邊撒嬌賣萌邊逃脫，快步跑出房間，衝下樓梯來到二樓走廊入口處。從房子另一頭傳來模糊的說話聲和音樂聲。當她追究聲音來源時，連恩追了上來，流露出深情款款的目光，而她一直期盼著大衛能以這樣的眼神看她。

「我很喜歡妳。」連恩輕聲呢喃，他們走進廚房，頭髮凌亂，身上發出刺鼻味，動作親暱大膽。

廚房聚集著蕎埃爾、提奧多西亞、莉莉、拉夫以及幾個人氣很旺的二級生，莎拉不知道蕎埃爾會跟這幫人湊在一起，他們正抽著大麻菸。蕎埃爾彷彿站在甲板上地凝視莎拉，而渡船逐漸駛離碼頭，航向燦爛輝煌的遠方。從蕎埃爾定定的目光中，莎拉看見自己孤立無助地佇立在碼頭上，變成一個小點，逐漸消失。

「哎呦哎呦，」拉夫對連恩說：「憨第德大師，你剛剛在哪兒？埋頭苦讀嗎？」

「我在研究色情學啊，有道是學海無涯。」

「喔我的天！」拉夫脫口說出，「你打算把色情學研究透澈？但學無止境呀。馬汀說他放的是費里尼的《八又二分之一》[26]，但播出來的竟是一群男人把拳頭塞進彼此的屁眼裡。」

「不會吧！」那幾位人氣很旺的二級生失聲尖叫，雙手遮掩面孔、嘴巴或耳朵。

「馬汀真是他媽的愛說謊，他明明知道播放的是什麼片子啦。」莉莉說畢，大家又笑成一團。

26《八又二分之一》或《8½》是義大利導演費里尼於一九六三年執導的電影。因為是他執導的第八部半電影，即名為《八又二分之一》。

「我好像聽見有人呼喊我的大名？」馬汀說道，現身在通往院子的門洞裡，一頭骯髒的頭髮凌亂得比起連恩的有過之無不及。「親愛的，想念我嗎？」

「我們正說到你這個大變態。」

「安分點，安分點，要抽大麻菸去外面抽，靠。」

凱倫沒和馬汀在一起，也不在莎拉目光可及之處的任何地方。莎拉走到院子裡，在漆黑中靜靜地端詳著，試圖找出凱倫和大衛的蹤影，她緊緊握住啤酒罐的手又濕又冷，而背脊尾椎凹處在連恩手底下尷尬地抽動著，連恩的手掌卻像塗了黏著劑般的黏在上面。她渴望擺脫他的撫觸，也很感激他變成一種障礙，像一張盾牌擋在她和蕎埃爾之間，擋在她和可能出現的大衛之間。當她心底浮現這個念頭時，她又怕他改變主意，慌亂中攫住他的手，並感覺到他感到欣慰地擠壓她的手回應她。後來他們和西蒙、艾琳．歐樂莉在涼亭內抽菸。西蒙和艾琳．歐樂莉這對慾火焚身的戀人愛得難捨難分，但誰也不願邁出第一步予以排解。他們大可走進屋子，選個沒人的房間嘿咻，莎拉無意間就這麼做了，他們卻完全沒想到這麼簡單的方法。他們緊張兮兮地抓著彼此的手不放。柯林和珂拉也在涼亭內，珂拉本該寄宿在潘蜜家但卻甩掉潘蜜改住凱倫家。莎拉想問珂拉凱倫人在何處，可是柯林和珂拉不像西蒙和艾琳，他們摟著脖子擁吻，發出摩擦、撫摸等刺耳的聲響，完全無視旁人的存在。拉夫忙著跟連恩開黃腔抬槓，一隻手臂從丹絲游移到凱特琳娜身上，英國學生團抵達不久後都成雙結對，這些配對不算新鮮，期間也經歷了分手和劈腿——唯有成年人像連恩和馬汀等局外人才被弄得糊塗，也因此得到豁免——「一群發情的白痴！」馬汀說。可是現在連恩看上莎拉——她從黑暗中讀到這個訊息，她的身分不一樣了，即便她不知道是就哪個方面。那馬汀呢？「我們只是一起玩玩的朋友。」凱倫曾經冷笑回答。莎拉依稀記得曾經和茱莉葉塔、潘蜜、葛拉格·費爾廷坐在涼亭裡，這三個人快快樂樂地手牽手圍成圓圈，雖然他們伸手拉住莎拉，可是莎拉從中找不到歸屬感。她本能地抗拒他們之間的情愛，那是一種來自心腸或別的地方、非常簡單、不曾發生變化也沒被翻譯過的情感。莎拉已經沒有這種情感了。現在她坐在同樣的地方，被一個男人緊緊纏抱著，她必須不斷提醒自己他很有吸引力，事實上她覺得自己除了對他有一種不太情願的責任外，根本沒什麼感覺，而他滿嘴口水地與她耳鬢廝磨，低吟著未曾稍減的濃情蜜意。

拉夫、凱特琳娜、西蒙、艾琳、珂拉和柯林不再費心拌嘴也不再勞神抽菸了，他們把全副精神投注於唇舌的活動上，竭盡所能地吞沒對方，同時磨蹭下體或對著涼亭堅硬的牆壁壁咚。當莎拉躲開連恩的親吻，連恩的雙唇順勢落在她的頸項處，然後像隻飢渴缺了牙的狗拼命舔舐著。除了濕潤、還有因濕潤導致的冰冷感覺，莎拉的身體沒有任何反應，當她凝視著黑暗，連恩一邊嗚咽一邊舔著莎拉的頸背時，她看見大衛的身影飄過、遠去，彷彿他們之間雖只相隔咫尺，卻各自位於不同的世界。自從到達金斯利先生的寓所以後，她拼命發揮直覺力，希望能聯繫上大衛。現在他從她的身邊經過，她甚至伸手就能抓住他。他張開嘴巴卻沒發出一聲半響。大衛撇過頭，目光落在她身上，而她，坐在涼亭地板上，任連恩的嘴吸吮著她的脖子，雙手撫弄著她全無感覺的乳房。大衛目光掃過她，不帶一絲感情地，然後消失在通往房子的方向。莎拉猛地挺直身子，「我要去盥洗室。」說罷便走開。

廚房流理臺上散落著許多瓶瓶罐罐和袋子，廣播音響淅瀝淅瀝地在不同頻道間轉換，不知名的人路經此地留下的吞雲吐霧依然飄浮在空氣中但逐漸在消失四散。莎拉看到每個房間都空空蕩蕩，可是她相信屋裡有人。她的身體已經甦醒過來，翻騰的情緒如潮水般泉湧而出，觸及身體表面，甚至挖出最細微的跡象，讓它明朗化。沿著一樓走廊走到盡頭處，莎拉將手掌平放在微微張開的房門上然後推開，馬汀和大衛在裡面，兩人無聲無息地弓著身子，興奮地扭成一團。漲紅著臉五官皺在一起。當她踏進房間，他們連忙挺直身子，大聲喘氣。

「哦，可惡，」大衛說，「趕快把那玩意弄走。」

她走進去的房間是間臥房，房間寬敞幽暗，一張大床蓋著華麗的紫色絲綢床罩，不過燈光昏暗下看起來幾乎變成黑色。床鋪靠牆，牆壁好像伸出舌頭，大小不一、全用紫黑色絲綢做成的枕頭宛如一堆茄子散落床鋪四處。外頭那兩盞大燈透過斑馬簾灑進來的光線不比燭光亮多少。房間的另一邊消失在窗幔之中。

「喏，看誰來了！抓住！」馬汀說，而這時走近他身邊的莎拉順從地伸出手準備接住。大衛唰的一聲把它甩開。

「天哪！別讓她碰到！」

「我確定十分乾淨。我相信他們每次用完都用沸水煮過。」馬汀倒在床上笑得全身發抖，同時打開離自己較近的床頭櫃抽屜翻找。「也許莎拉喜歡別的顏色？愛長一點、粗一點？或頭尖一點的？」

「是什麼東西？」當馬汀扔給大衛一個東西時，莎拉問大衛。

「你他媽的真變態。」大衛試圖以居高臨下的口吻跟馬汀說話，然而他越是急著以高高在上的口吻跟馬汀說話，他越是做不到。大衛不看她也不觸摸那個東西，不管它是什麼東西，他只是像個神經質的小男孩閃開，而莎拉像全身著了火似，連忙從地毯上拿走它。

「妳真的會想把它放下來！」大衛嘶吼著。

「喔唷，羞羞臉，」連恩站在門洞處探頭說道：「馬汀又在玩玩具。」

「妳想知道那是什麼東西嗎？」馬汀問她，忽然變得正經起來。

「哎呀，大衛，你不需要做什麼戰鬥部署，跟著我就很安全啦。妳真的喜歡他？」最後一句話是對莎拉說的，因為大衛已經衝出臥房，再次躲開莎拉。「我想知道他身上到底有什麼奧祕，他一定發出了某種化學物質。莉莉也為他瘋狂，說不想回英國，她要待在這裡跟大衛做愛一輩子。不過甜美可人的莎拉呀，妳比連恩成熟多了，更甭提大衛這個乳臭未乾的傻小子。過來坐下，連恩你也是，孩子們，一起坐在我身邊。」恍惚間，莎拉在馬汀身邊坐下，一起坐在茄子色的床上，她眼裡只有大衛和莉莉，大衛手指粗短的雙手和莉莉蠟黃色的錐子臉蛋以及堅定無情的嘴巴。連恩跳到床上，拉著她坐在他的大腿上，她垂下的兩隻腳搆不著地板。「我覺得我就像普洛斯彼羅，正在祝福米蘭達和斐迪南[27]結為連理。」馬汀說道，一隻手探進抽屜。「莎拉，用妳拿到的東西跟我交換，放在這裡就好。」

「你先告訴我那是什麼。」莎拉說，同時扭開身體讓他搆不著。

「淘氣的鬼靈精。」馬汀說。

她怎能突然表演得那麼好——澈底扮演一個角色，同時完全隱藏對自己毫無益處的真實自我。她俏皮又機靈地引誘馬汀，將那個橡膠玩意拋出又接住，讓馬汀搆不著，同時她感覺到連恩的大腿夾得更緊，堅挺的陽具探進她的屁股溝。她其實自始至終都和大衛在一起，但是大衛，為了逃避莎拉，笨手笨腳地在莉莉身上做了各種嘗試但終究不能如願以償。她對這些為其扮演角色的蠢男人無動於衷，對插入屁股的陰莖無動於衷，對握在手裡的東西無動於衷，對這間臥房無動於衷，她全部的注意力都集中在大衛身上。她平靜地告訴他，這樣是行不通的。

「莎拉，」金斯利先生的聲音傳入再次陷入沉寂的房間。「把那個東西給我然後回家吧。」在莎拉下面的連恩連忙站了起來，莎拉順勢從他的大腿上滑下並站起來。金斯利先生佇立在她面前並伸出手，她把東西放到他手上，定定看著他的臉，眼神穿越他的肩膀，落到他的丈夫提姆臉上，提姆像金斯利先生蒼白的影子垂掛在門洞上。

「你們運氣真好！你們看的《萊茵的黃金》[28]八成是史上最短的。」馬汀尖叫道，彷彿透過尖聲大叫就能把他們送出房外。

「提姆身體不舒服。」金斯利先生說著，同時看了莎拉一眼，但那一眼勝過千言萬語。

妳應該最清楚才是。

「我們有點誤會。」馬汀大叫道。莎拉看出來他為了反抗既有情勢才不懷好意故意這麼說。撇開馬汀的聲音，整幢房子闃寂無聲，就連客廳那部沒調好電臺而發出微弱嗡嗡聲的收音機都暫時安靜下來。「這些人來找我，」馬汀吼道，「他們的朋友又來找他們，他們都變成形影不離的好朋友。」

「莎拉，」金斯利先生再一次說，「請回家吧。」當莎拉快步衝出房門時，提姆抓住她的手。

「親愛的，妳有開車嗎？」他輕聲問道。

「有。」她答道，也許她點個頭，也許她沒說話。她趕緊抽回了手，一路沿著走廊跑到屋外。停在路邊的車子早已不知去向，開派對的痕跡也消失無蹤，就像衣服拉鍊被拉上、封口，僅剩下她在路上狂奔，呼吸急促，靴子鏗鏘作響。她深怕金斯利先生停下他的賓士，對她投以嫌棄但不意外的眼神。可是她大概極度渴望獲得這種眼神，她似乎眼睜睜看見金斯利先生用這種眼神注視她，而這道日光也緊緊追隨著她。不過看不到金斯利先生、馬汀或連恩也看不到凱倫、大衛或其他人的軀體——因為一般應該是軀體才對——乘著車衝出黑暗，給予莎拉

---

27 莎士比亞的《暴風雨》的人物。

28 《萊茵的黃金》（Das Rheingold），「尼伯龍根的指環」系列中四部歌劇的第一部，由華格納作曲及編劇。

近乎赤裸、全然迷失、未曾如此脆弱的軀體車子的庇護與馳騁的快感。莎拉沿著馬路奔跑，她通常絕不在馬路上奔跑，馬路上缺乏人行道，交通號誌不是相隔遙遠就是沒有半個影子，實在不適合步行活動。金斯利先生的社區是一座曲折蜿蜒的迷宮，莎拉看不見金斯利先生的房子後幾乎找不到方向。不久後她開始喘不過氣，對靴子發出的聲響感到很不自在，她不再奔跑，但驚恐地踩著快速的步伐。在這個城市，只有貧民和犯罪時出現過失的罪犯才會走在路上。莎拉想到母親的老爺車，既親切又熟悉，她忽然引頸期盼它的到來但又感到怨恨不平。為了擁有一部屬於自己的車子，她願意付出一切。她願意當妓女、搶劫甚至殺人，只要能擁有屬於自己的車子。打從她開始把麵包店賺來的錢存起來重新開始以後，她就不曾買過任何東西。只要存到一千二百美元，她就能買輛好車。她每週必看《汽車交易雜誌》，簡直到達強迫症的地步。很早以前她心中就有一份夢幻好車名單，依序為福斯金龜車、MG、愛快羅密歐，全是敞篷車。《汽車交易雜誌》裡常見外形拉風的外國款小型敞篷車，價格約一千二百美金左右。「那是因為要讓這些小車子跑得動需費一番工夫，所以它們不值什麼錢。」莎拉的母親扯著破鑼嗓子挖苦道。她的生活經驗雖然比別人豐富，自己卻不知如何過活。

然後，莎拉突然回到寬敞、喧擾、燈火通明的林蔭大道，遠遠看見「媽媽的大男孩」的招牌熠熠閃爍，開車的話眨眼間就能抵達，莎拉腳程快也得花上十分鐘。莎拉不沿著長長的馬唐草圃邊走，卻順著停車場邊走，看起來好像要去取車而非走在街道上。儘管如此，幾部車子經過她身邊時故意按鳴喇叭，噪音大作，幾乎將她撕成碎片。他們是警告她還是嘲弄她？她不知道，只是加緊腳步，以最快的速度走，卻又不像跑步。到了「媽媽的大男孩」的門廊處，她想掏零錢包打電話卻把銅板撒得地板到處都是。她每根手指笨拙得不聽使喚，有如黏在手掌的熱狗。她打通大衛的車用電話又害怕鈴聲中斷。現在大衛的車子八成停在某個地方，而英倫莉莉坐在他的大腿上磨蹭，金色長髮拍打著兩人的臉龐，左膝蓋抵住大衛座椅邊緣，像一只欠缺潤滑油的引擎活塞吱吱作響，而且每次一發出嘎吱聲，她差點兒就踢到車用電話支架。大衛和莉莉在車前座翻雲覆雨之際，隨時可能接起聽筒，莎拉便聽得見她早就清楚聽到和看到的畫面——但她卻只聽到自動播放的接電話語音，而大衛似乎不想費神錄製個人語音。她掛斷電話。現在還不到十一點，快到「媽媽的大男孩」生意最好的高峰時間，已經去過某地的人和準備赴某地的人在此會合，所有雅座統統客滿，她只好坐在櫃檯前，盯著巨大的護膜菜單看。「怎麼又是妳？」三小時前就在那裡的服務生雙手高高捧著咖啡杯打從她身旁經過時說道。幸好他不負責櫃檯區，所以他不會再和她搭話，不會問她「那兩個操著外國口音的男生呢？」她帶的錢只夠點一份薯條和一杯咖啡，一則平淡油膩一則苦澀，當她的嘴巴充盈著這兩種截然不同的氣味，隨即分泌唾液發出警告，她突然嘔吐起來。因為餐廳明文規定不准客人滯留，她不能在櫃檯旁的高腳椅坐超過一個小時，但她應該也待不了那麼久。一會兒後她去廁所漱洗，同時凝視著自己那張令人難以辨認的臉孔。後來她回去櫃檯，她尚未吃完的薯條和咖啡已經不在，新來的客人坐在高腳椅上研讀著菜單，當她引起櫃檯服務生的注意時，後者輕蔑地揮揮手便轉身走開。

將近子夜。她希望大衛能接聽電話，她不在乎莉莉是否坐在他的大腿上，不過他還是沒接。或許他已經睡了，或許所有人也都睡了。母親一個人睡在自己的床上，而車子——莎拉還是隱隱覺得這部車子隨時會突然出現，像隻忠犬般的趕來與她相會——此時卻仍然停在車棚裡。看戲時感到身體不適的金斯利先生的伴侶提姆睡了，連恩也睡了。她那潮濕的兩腿之間隱隱作痛，她依稀感覺得到他的抽插。金斯利先生和馬汀人在哪裡？他們會不會在房子另一頭、沉默無聲地注視著彼此？凱倫呢？莎拉直到現在才意識到自己可能得和凱倫打發這個夜晚。她本來把希望放在馬汀和連恩身上，偷偷帶走她也是他們的點子，她真希望他們能為自己的一時衝動承擔責任，就好像他們有明確的計畫而非一時沖昏頭而已。她希望馬汀和連恩也能像CAPA接待英國劇團那般照顧她，保護她的安全，安排她過夜（找個旅館住一晚？），翌日清晨請她吃早餐然後送她上學。她原先設想了這一切，因為他們是大人，可是她氣炸了，因為他們也沒有大人的擔當，到現在她還是不明白，是他們拋棄了她，抑或是她竟然愚笨到以為可以指望他們。

電話簿上出現五個凱倫．沃澤爾，但只有一個的區號很熟悉。儘管時間很晚，莎拉還是撥了電話號碼，電話一頭發出沙啞慵懶的聲音，聽起來沒有不悅的驚訝。

「凱倫？」

「我是艾麗，我想凱倫已經睡了，有什麼話我可以轉達給她嗎？」

莎拉沒有預料事情會是這樣發展。

她略有遲疑，表達歉意，強忍淚水，還是沒能掛掉艾麗的電話，艾麗並不感到意外。「莎拉，」艾麗．沃澤爾聽了莎拉哽咽說出所在地點和情況後說道：「我希望計程車到達前妳一直待在電話旁，妳將會看到一輛橘藍雙色、印著大都會出租車的計程車，妳恐怕得等一段時間但車子一定會到，它會把妳載到我家，我等妳。別放我鴿子，不然我會聯絡妳媽和警察，好嗎？妳了解我所說的？」

「好。」

「親愛的，妳喝醉了？」

「沒有。」

「吸毒嗎？」

「沒有。」

「吸毒也沒關係，我只想確定妳在計程車抵達前不會離開。」

「我不會。」

「親愛的，我要妳留在裡頭，可別一個人待在外面停車場。」

關於這一點，她沒有遵守。她待在餐廳外的停車場，不想看到那些服務生，她感覺這些服務生正在觀察她、談論她。將近凌晨一點時，一輛橘藍雙色、印著大都會出租車的車子駛進停車場，駕車的男子蓄著棕褐色鬍子和稍長的棕褐色頭髮。他問道：「莎拉？」然後招呼她上車。他透過後視鏡發現莎拉瞪著他。

「嗨，我是理查，我不會跳錶收費，艾麗會和我結清車資，她是我的朋友。」

「好。」莎拉說。她不曾搭計程車，她甚至沒有想過她居住的地方有計程車。小時候她在電視上看過一個討論紐約小黃司機的節目，計程器關係到你要支付的費用。

他們順著大道疾駛而下，所有乾枯的草皮、碎玻璃渣、隨處亂扔的垃圾、龜裂破損的人行道、垃圾、廢棄物、變化無窮的鮮豔顆粒狀走道，頃刻間莎拉便覺得筋疲力盡。車子開上高速公路，在黑夜中呼嘯而過，在離莎拉家的住宅區以西兩個匝道出口處下高速公路，四周是有點破舊的一層樓牧場式的磚房，這個城市常見這種建築，但除了大衛和金斯利先生居住的富人區，或除了莎拉和她母親居住的窮人區，或除了比莎拉和她母親更窮的人居住的地區，就莎拉的經驗，除了這些人，其他人都住像這樣的房子。莎拉和她母親也曾經住過像這樣的房子，那個時候莎拉的父母還在一起。理查駛入一棟陰暗的房子的私人車道，前門臺階上坐著一位深褐色長髮、身材嬌小的女人，她身穿鑲褶邊浴袍，抽著菸。當車子拐彎進來，她連忙站起身並走上前。「謝謝你。」她跟理查說，一隻手肘抵著駕駛座旁開啟的車窗邊，彷彿大白天的光景。「我欠你一份人情。」

「妳會收到帳單。」莎拉聽見理查說，艾麗和理查同時笑了起來。莎拉從艾麗站立處的另一側走下車，車子開走了。

走進屋裡，空氣彷彿以睡眠組成。房子裡的一切都暖洋洋的、無精打采，有點潮濕。莎拉聽見睡著的人沉重的呼吸聲，她跟隨艾麗穿越鋪著長絨地毯的客廳，在錄影機的數字時鐘微弱的光線中，她瞥見一個睡著的人面朝下趴睡在沙發上，一條修長的大腿和一隻手垂到地板上，是連恩。

「在這裡。」艾麗輕聲說著，同時掉頭走回到莎拉佇立不動的地方，她以為莎拉迷失在黑暗中，於是牽起莎拉的手。她們相偕離開燈光幽微的客廳，穿過幾乎黝黑的走廊，兩旁房間都房門緊閉，她們走向最後一扇門，門縫裡透出一絲金色光暈。「今晚全屋客滿。」艾麗一邊說著一邊走進房間把門關上。她講話的聲音沙啞，細聲細氣，茫然恍惚，彷彿天塌下來也不會心慌意亂。她們並肩站在雜亂無章的房間，衣服、泰迪熊、枕頭堆得到處都是，幾乎看不到底下的家具。電燈燈罩上罩著流蘇披巾，將黯淡的光線投射在裱框相片上，照片裡出現年紀更小、臉頰更圓的凱倫和一個身材胖嘟嘟、和凱倫像是從一個模子刻出來的小男孩。書架上塞滿玩偶、小飾物和書籍：《十二星座符號》、《塔羅占卜全集》、《營養又健康的食譜》。「這套妳應該可以穿。」艾麗一面說，一面從抽屜用力拉出一套寬鬆的睡衣，抽屜裝滿衣物，難以完全打開。當睡衣全部拉出來，莎拉看到衣服有皺褶飾邊，裝飾著有如彈珠般大的小絨球。「我買來給凱倫穿的，她打死也不肯穿，但對我又太大，我穿二號。噢，親愛的，怎麼了？是因為男朋友嗎？妳好漂亮，凱倫不曾提過妳，我猜得出來為什麼。妳先洗個澡——用沐浴乳吧。」

莎拉抓住絨球睡衣，把自己關在狹小的浴室，這裡宛如一座由蠟燭、撲粉和乳霜組成的森林，卻意外地長出馬桶、洗臉槽和浴缸，她坐在馬桶上，打開淋浴器，在嘩啦水聲中啜泣著。愛情是一種化學誤差。她一面沖澡，一面將水溫從溫水調節到熱水，直到皮膚感到灼熱，感覺到變得很微小的連恩——他正費力用胸膛抵住她的胸脯，留下一條條滾燙汗水的痕跡，同時滿嘴口沫地舔舐著她的耳朵溝槽，順沿著脖子直抵鎖骨；他用手指挑逗她，接著用她希望藉此忘掉一切的「東西」塞滿她，而他稱之為「小精」（又是一句兒語，表示「精液」，並意味著令人作嘔的惡臭、久未清洗的床單、深藏不露的汙漬，以及恥辱）——她得用清潔劑把這些像毛茸茸微生物的東西洗掉，即便它們不情不願，但終究要被排水孔吸掉。她全身上下沒有一處不希望獲得熱水和肥皂的洗禮。她找到沐浴乳，但不想用一起搭配的沐浴球，艾麗顯然常用，它看起來極為私密。最後她將沐浴乳倒入窩成杯狀的手心，盡可能抹到全身各處，把頭髮洗了兩遍，拼命扒抓頭皮。她似乎在浴室待了很久。當她躡手躡足走出浴室，艾麗已經蜷坐在床上，身邊放著一個托盤，裡頭擺滿瓶瓶罐罐。艾麗露出明媚動人的笑容，莎拉也回以微笑。艾麗的臉頰有顆痣，雖然時間已經很晚，她似乎還化著濃妝。「現在，」艾麗愉快說著：「妳看起來好多了。」她輕拍床墊，挪動托盤以騰出空間。艾麗身為母親，但莎拉無法將這個概念放在心中，更甭提艾麗是凱倫的母親這個念頭了。莎拉小心爬上床上，真希望睡衣長一點。在家裡她穿著長及膝蓋的九七世代搖滾T恤睡覺。

「我看得出來妳很傷心。」艾麗說。

莎拉想笑卻哭了起來。她一隻手遮著眼睛，感覺另一隻手塞了一盒面紙。

「親愛的，別害臊，妳該為了心傷感到慶幸，這表示妳的確愛過。我好想替妳算塔羅牌，不過我認為妳該吞幾顆營養補充劑然後睡個覺，妳有在吃營養補充劑嗎？」艾麗說。

「呃，沒有，我想我沒吃過。」

「妳應該吃。我們的身體都需要這種玩意，妳的身體更是需要，因為妳感到焦慮又苦惱。妳必須讓身體復原，妳的悲傷大部分屬於肉體上的，知道這點真的很重要。先補充一些營養品吧，明天也許能發揮功效，我們再來談妳的感受，我會視情況調整。我可以先給妳一個星期的量，寫下營養劑名，妳再自己去買。」艾麗說話的同時打開一個個罐子的瓶蓋，倒出大大小小、五顏六色的膠囊和錠劑，有一種死掉、枯萎的東西令人不安的氣味撲鼻而來，莎拉想起小時候讀過的故事裡，那些樹根隆穹底下骯髒的洞穴，洞穴裡常有事情發生，有的美妙，有的可怕。艾麗在托盤上造出顏色黯淡卻又千變萬化的丸子，看起來就像一堆沙子那般難以下嚥。

「坐直。」她說著，同時遞給莎拉一杯水。「喉嚨要完全放鬆，這樣就更容易嚥下。」

吞藥丸是個冗長又噁心的過程。有些膠囊填裝金色、米色或橄欖綠色的粉末，有些錠劑吃起來帶有霉味或鹹味，還把嘴裡的水分吸乾，像吃粉筆一樣。有藥草、礦物、孢子粉、土壤元素。莎拉不由自主弄濕嘴巴，從托盤上撿起一顆藥丸放在舌頭上，放鬆喉部肌肉然後嚥下。艾麗一旁說個不停，音樂般的嗓音似乎不知疲憊。「我常跟凱倫說女孩或女人比男孩或男人成熟多了，這是醫學證明的事實，像妳這麼一個十六歲的女孩和一個十六歲的男孩，就身體上而言，你們或許看起來年紀相當，不過就化學上而言——要知道感情和思想都是經過化學變化來的——十六歲女孩和十六歲男孩天差地遠。在感情上和智性上，女孩比男孩早熟好幾年。那個果凍狀的東西是魚油，我知道它味道不好，不過能潤滑妳的大腦，非常重要，就算妳單單只吃魚油，也能馬上感到比較鎮靜。說男孩追趕不上女孩，但也不完全是。就拿我父親，也就是凱倫的外祖父來說吧，他今年五十八歲，卻不比凱倫的弟弟凱文成熟多少。我們是男女混居的家庭，所以凱文身上有許多女性特質。當我提到男人女人或女孩男孩時，我簡化很多事情，因為我們所有人都有男性／女性的特質，儘管多數女人擁有更多女性特質，多數男人擁有更多男性特質，不過這不是非黑即白，絕對不是。我的父親渾身散發濃厚的男性氣概，彷彿野獸和小孩子交配成功的個體。凱文十五歲時將比他的外祖父成熟，我真的這麼相信。不過妳的傢伙，那個傷害妳的男孩，我猜想在他身上男子氣概佔據主導地位。我認識他嗎？是妳的同班同學嗎？噢，親愛的，別說出來，有時候說出來確實有幫助，但有時候多說無益，去睡覺吧。」莎拉一連七天每個早晨都六點醒來。此時她垂下頭顱並劇烈晃動，或許是下巴撞擊胸脯，手裡的空杯掉到地上，她感覺艾麗柔軟的小手將她的身子翻轉過來，將她身底下的床罩和床單拉起來。床鋪持續起伏搖晃了一會兒，燈光也繼續發出亮光，但莎拉幾乎感覺不到也幾乎看不見任何東西，就連燈光喀嚓熄滅，房間全然墜入漆黑，顛簸的床鋪平息下來，取而代之有一股圍繞著她的力量。「親愛的，我可以抱抱妳嗎？」艾麗發出沉靜的低語聲。「妳這個可憐的小東西，累得不成人形……」莎拉的確累得無法接腔也沒法移動，沒能掙開床伴的纏抱。

信任練習

「凱倫」佇立在洛杉磯天際線書店外等候她的老友、也是作家本人。這位作家是她的高中老同學。說「朋友」會不會言過其實？說「凱倫」又會不會太過包容？「凱倫」並不是「凱倫」的真名，不過當「凱倫」讀到「凱倫」這個名字時，她心裡清楚得很，因為指的就是她。除了「凱倫」自己，「凱倫」的真名對其他人很重要嗎？其實「凱倫」的真名對其他人來說並不重要，但對「凱倫」很要緊這個事實或許會給「凱倫」帶來不好的影響，就像透露太多「凱倫」個人訊息也是。因此「凱倫」不會堅持延用她個人或其他人的真名，不過她想強調的是，她馬上看穿自己為何被取名為「凱倫」。她想跟世上所有名叫凱倫的人致上歉意，「凱倫」這個名字並不性感；因為太時新而缺乏復刻時尚的味道，但又不夠時新到予人新鮮感。這個名字不會讓人眼睛一亮，它反而給人一種平淡的感覺，但又沒「簡」（Jane）這個名字那麼樸素，「簡」是很普通的名字，但「簡樸的簡」這句話卻讓人驚豔，恰與它的原意大異其趣，它音韻和諧又帶有浪漫的質樸率真。「簡樸的簡」這句話令人會心一笑。「凱倫」缺乏類似聯想，「凱倫」不漂亮、不聰明也不起眼，除非摘下眼鏡。「凱倫」是學生年鑑常見的名字，用來填補空缺，留著與其他人無異的髮型，有一張過目即忘的臉孔。我的名字以前不是、現在也不是凱倫，不過我將成為凱倫。我不漂亮。看吧，我已經去掉引號了。

凱倫佇立在洛杉磯天際線書店外等候她的老友、也是作家本人。她不是小心眼，她從來都不是個小氣的人，但她不夠沉著鎮定，或者該說沒有足夠的自我好讓自己變得心胸狹隘，因為人得有多餘的東西才會變得小心眼。儘管如此，她還是想強調她看穿的不只是她名字的選擇；不只是凱倫這個她甘心接受的名字，她也看出其他許多東西，她能很輕鬆地從左欄羅列的項目拉出一條線連到右欄羅列的項目，從而畫出許多相互交叉的線條，有如將兩個欄位縫合起來的十字縫。可記得你是打從什麼時候變成小孩？左欄圖像，右欄文字，然而並排的圖文未必成雙成對，它們的秩序全被打亂，你必須重新配對。這倒不難。如果你認識我——如果你認識凱倫——或我們兩人其中的一個，你就能順利完成。事實上這個架構簡直太過簡單——出於對「事實」的尊重？因為想像力不夠？密碼太容易破解是好事還是壞事？顯然莎拉和大衛就是他們，他們只有名字更動過，不過變動不大——兩人的新名字都抓住精髓，忠於它們對應的對象，事實上他們新取的名字非常貼切因此顯得沒有必要，它們與事實的差異微乎其微，幾乎可以成為被取代的事實。金斯利先生也是，顯然金斯利先生就是他；他的新名字也抓住精髓。雖然他的性格做了若干有趣的更動，但並非為了掩飾史實人物，而是為了掩飾某些東西。不過這某些東西不該由凱倫來揭穿，她在此不會毫無預警就揭發真相。潘蜜跟金斯利先生不同，她不是史實人物，卻是凱倫基督徒可笑的一面，而茱莉葉塔則是凱倫基督徒令人欽佩的一面。蕎埃爾混合了凱倫和莎拉更私密的部分，但其中的關聯卻不被承認並重新安置在一個很像蕎埃爾的史實人物身上，不過這個人和莎拉沒有交情。那麼為何讓蕎埃爾嘗到失去朋友的苦痛？為何凱倫不必承受？個中原因可能和心理方面有關。為何不乾脆讓凱倫成為基督徒，卻創造潘蜜來表現凱倫基督徒荒謬可笑的一面？由茱莉葉塔代表凱倫基督教徒令人欽佩的一面？或許有藝術方面的考量。以上純屬臆測；凱倫不是那種假裝洞察童年友人的想法，後來卻背棄不顧，最後甚至為了謀取私利隨心所欲地加以利用。沒有要指責誰，這樣的話就太小心眼了。

凱倫佇立在洛杉磯天際線書店外等候老友、也是作家本人。凱倫三十歲，和她的作家老友同年；雙方十八歲後就沒再見過面了。這十二年間凱倫歷盡人事，其中有許多經歷已經接受治療，其他經歷也會以治療的術語陳述。凱倫對自己的這種傾向有自知之明，也不覺得有辯解的必要，起碼她知道自己的語言源自何處。但是如果莎拉——舉例來說——問她這十二年來做些什麼，她的回答一定會避開治療，就像她以前老是迴避有關耶穌的話題，她這麼做是希望那些缺乏信仰的人能夠認真看待她，雖然凱倫不只不喜歡也不尊重缺乏信仰的人，她久遠的恥辱向她的信仰襲來，她對信仰的需要（她相信信仰）就像一個汙點，凱倫從過去到現在都冒充成沒有信仰的人，這一點沒啥改變。噢，做過各種各樣的事，她會這麼說：我常擔任辦公室主管、私人祕書、私人助理等職務——你高中時大概不知道，我做起事來條理分明（笑）——這就像一種詛咒，我看到一件東西就忍不住想提高它的效率。我想這大概算是對我母親的一種報復吧（笑），不過對謀生來說是件好事。別人雇用我幫忙打理事情，我能自行挑選工作對象，也能自由安排上班時間，待遇優渥，我有很多時間旅行。我弟弟和我——我不知道妳是否記得我有個弟弟——我們前不久去越南和寮國旅遊。哎呀，真好玩，好美的地方。

說出這些話——凱倫要是這麼說的話——她將意識到自己用一種貌似漫不經心的口吻去強調她的人生令人稱羨之處，她將很清楚自己為了引起他人的羨慕而費盡心思，又得處心積慮地隱瞞這片苦心。說莎拉對此毫不知情實在教人難以相信，雖有充裕的（ample）證據顯示莎拉無法領略凱倫的情緒。此處「充裕」的同義詞包含了「充足的」、「大量的」、「豐富的」，不過根據同義詞辭典的說法不包含「龐大的」（voluminosus），而後者的同義詞單上列舉了「巨大的」、「冗長的」、「寬鬆的」以及……「充裕的」。有時同義性只做單程旅行。字典告訴我們「龐大的」這詞來自古拉丁文「voluminosus」，意指「捲成好幾圈」，它又源自拉丁文「volumen」，有滾動的意思，這個詞後來改變旅行的路線，在中世紀變成英文詞彙「volume」，意指一卷書寫過東西的羊皮紙捲軸。誰都查得到這些資料，精通詞義的人未必懷有過人本領或天賦異稟，只不過手頭擁有一本同義詞辭典和字典罷了。從我們被拉拔的方式——「我們」，我指的是我和莎拉；而所謂的「拉拔」，思及那些影響我們最深遠的，我認為拉拔我們的不是父母，而是老師和朋友——事實上，才華是唯一的信仰，也是唯一不為人嘲弄的信仰基礎。才華是體現在人類身上的聖物，你要麼有要麼沒有，你要麼幸而有之要麼沒有這等好運，無論如何，你崇尚才華。假如你有幸才華洋溢，你將因為盡情揮灑而受人崇拜，再也沒有比虛擲才華更罪大惡極的了。倘若你不幸無才，你還是能因為服務有才華的人而崇尚之。你最好感到快樂而不是嫉妒。凱倫和莎拉，妳們知道的，沒有妳們，我們永遠也辦不了主舞臺表演，妳們倆是我們戲服組的奇才，有妳們負責管理戲服工作團隊是我們運氣好！有一副破鑼嗓子的莎拉每年都參加主舞臺甄選活動嗎？是的，她每年都參加。在教會唱詩班擔任獨唱的凱倫每年都參加主舞臺甄選活動嗎？是的，她每年都參加。她們其中任何一個曾經通過甄選，至少得到跑龍套的機會，或者在那四年裡起碼通過一次甄選？沒有，從未有過。她們是「神祕多數人」的永久會員，擁有的才華足以入學就讀卻不足以成為光耀校門的明星。她們必須成為襯托紅花的綠葉，她們必須為此感到欣喜，絕不能憤懣不平，縱使入學許可貌似一種保證，每年重新許下承諾卻又再度爽約。每年總有一位看似永遠的遜咖意外獲選成為主演，也因此讓人繼續懷抱希望，卻也遭受更大的挫折。高三那年屏雀中選的是我們稱為「諾貝特」的傢伙，諾貝特。這個時候，凱倫重返童年的舞蹈世界並更賣力跳舞，但不再繼續跳芭蕾而改跳現代舞，同時裝出瞧不起演戲的姿態。十四歲那年她選擇了表演：身為孩童的她揀選了一門適合孩童的藝術。高三時她滿心歡喜地為戲服部提供援手，讓戲劇班的孩子們度過美好的時光。他們當然都知道她國中時學過現代舞。莎拉也擺出同樣的姿態，不過她埋首寫作。悲傷的莎拉在她那本神聖的筆記簿上塗塗寫寫，唯一不同的是莎拉志向不高，挑了一個任何握有合適工具的人都能假裝擁有的才華卻成功了。設法即興跳個舞步，但你辨不到。真正的藝術仰賴紀律，你得鍛鍊肌肉，使之貼緊骨頭。我從大學起就不再跳舞，因為我是個現實主義者，很早就知道自己當不成專業舞者，也成不了專業演員，因為就算我很努力跳，但身材既矮又胖，或許我應該做游泳選手才對。總之，凱倫十年沒跳舞，可是陌生人一眼就能看出她曾經努力跳舞，看得出舞蹈深植於她的骨子裡，看得出她投入大量心血。

她努力自我鍛鍊，投入大量心血鍛鍊自己的肌肉和骨骼，沒有其他人能代替你創造貌似**充裕的、充足的、大量的、豐富的或龐大的**東西。

我原本打算到達書店後走到觀眾席入座。我想像著莎拉看見我的模樣，或許就在她邁開腳步走向麥克風的那一刻，或許會在她開口朗讀之後。不管如何，我想像著她認出我的時候，她的聲音產生播放唱片途中撞到轉盤的效果，唱針跳起、往後退卻，她若無其事地繼續說下去，雖然稍微停頓了一下，流暢的過程中卻出現一個小瑕疵。也許只有她和我注意到，反正我不需要別人注意到，其實我也不想要別人注意到。我不是來參加什麼公開活動，把群眾當成我的工具。當我們還是小孩子、學生或還在CAPA時，大人教我們親密時刻毫無意義可言，除非成為表演的一部分。我們之間相互愛憎、嫉妒、責怪和懲罰的方式永遠也達不到令人滿意的真實性，除非金斯利先生上信任練習課時將它們搬到舞臺上，但他只揀選少數幾個時刻。大家都應該看出莎拉和大衛的關係，他們吸引的關注力令我們每個人都好生羨慕。事實上他們擁有自己的明星地位，不過跟當選主演的那種明星地位不同，但就長遠看來更有潛力。做為CAPA的正統明星必須具備積極的進取精神，你必須擁有一口整齊的皓齒，你必須唱作俱佳，你必須符合一整套的人生理念，但當時我們都太年輕，看不出那些理念或你可能稱之為信仰系統。跟我們大多數的人不同，我在宗教信仰系統中被撫養長大，儘管如此，我在那個年紀看不出CAPA的明星地位也是一種信仰系統，而不只是生活的方式而已。大衛和莎拉不一樣的明星地位透露了平行宇宙的線索，在那裡所有事物都上下顛倒，沒有新發現、愛情和成功，取而代之的是扭曲、分離和失敗。他們是這場表演的主角。多年後我猛然想起金斯利先生要他們做的練習其實是一種色情作品。我想說的是，我決定不在觀眾面前讓莎拉嚇得花容失色。我並非出於好意而這麼做，我只是不想給予她道德制高點。

在敘述凱倫和莎拉的重逢之前還得說一件事。在莎拉的故事裡，莎拉將「莎拉和凱倫」之間真實的友情變成「莎拉和蕎埃爾」的友情。她也將兩人友情決裂的真實場景變成一場由同班同學圍觀的表演，一堂信任練習。事實並非如此。友情的死亡是很私密的事，友情似乎隔著一段距離逐漸衰亡，可當死去的一剎那卻無人與我們面對著面。那天是我假期結束後第一次返校，高三那年的秋天和冬天我都在聖經學校度過，初夏以後我就沒再見過莎拉。那個夏天，莎拉伴隨她那年長許多的情人在英國度過。她的母親不准她去英國，為此她們大吵一架，她在沒有母親的允許下開走母親的車子，硬闖紅燈，被迎面而來的卡車撞上，車子全毀，傷勢雖不到致命的地步但非常嚴重。當她出院時，便馬上辦理護照並前往英國，直到開學前一天才回來。我會知道這些是因為那個夏天我母親開車送莎拉的母親去購物、看醫生，因為莎拉把車子撞毀，莎拉的母親又沒錢買車。莎拉的母親是殘障人士，基於某種原因，莎拉對這一點隻字未提。

重返學校第一天我得早到才能把車子停在車位不多的前區，因為我想避開熟人，他們常把車子停在後區。那是一月分，冷風颼颼，潮濕凜冽，寒冷的濕氣形成一層薄霧，在我的記憶裡光線變得朦朧，讓我有種完全隱藏起來和不知怎地很孤單的感覺，彷彿我真的不必跟任何熟人打照面就能度過第一個上學日。雖然這是一間小學校，每年都是同一批人，實在不可能待了一個鐘頭還沒遇見他們其中任何一個，然而即使只消幾分鐘沒見面也實屬難得。有幾部老師的車子停在前區，但停車場還不到半滿。我打算坐在專供抽菸的小天井，這個地方和咖啡廳隔著一排玻璃門，因此不算藏身的好去處，不過起碼看得見人來。我知道我無處可躲，能做的只是看見人來。不過當我拉開沉重的前校門時，莎拉就站在我的面前。她貌似正要走出校門，時間是早晨七點四十五分，離第一次鈴聲響起還有四十五分鐘。這個時候四下無人，一片死寂，大人們都待在辦公室或教室裡。

莎拉穿著龐克風服飾，原本打算給人看似無心的龐克感覺，卻像大聲叫嚷著費盡心力。連續幾個月在麵包店賣力打工賺錢，賣力撞毀她母親的車子，好讓她母親嚇得不敢再控制她的行為，然後賣力橫渡大海跟一個年紀大一截的男人消磨整個夏天，賣力逛卡納比潮街，一心想挑到合適的衣裳但不明白挑選意味著什麼。她穿著 Dr. Martens 短靴、黑色鏤空魚網襪、漂白水洗破洞牛仔褲和白、黑、紅三色T恤，上面有個刺蝟頭的傢伙輕蔑說：「喂！」

她剪短頭髮，眼睛四周畫上粗眼線，眼線裡頭的眼睛不像她大概希望的那樣變得更大，反而從臉上凹陷下去，好像戴了眼罩。她從眼線罩底下看到我了，我是她最想迴避的人，她也是我最想迴避的人，這樣一來，我們各自的努力相互抵銷。很快地，她的眼神露出一絲怒氣而變得嚴峻起來，面對踐踏我們對自己看法的人，我們經常感到這樣的憤怒。

我不知道她從我的眼神看出了什麼，我的眼神並未出現在她的故事裡，也沒有透過其他人描述出來。或許有，但我自欺欺人因此看不出來。是有這個可能。她應該看出我純粹的譴責，沒有半點遲疑便傳送出去。我們面面相覷剛好夠久，我不覺得我們曾停下腳步，透過同一道門，我走進去，她走出來。我們對彼此的任何情感都在這個夏天幾乎自然而然地變淡，就像燭火被阻斷空氣後逐漸變弱，但此時此刻忽然熊熊燃燒並變成別的東西而不是完全熄滅。不過，我們之間的友誼畫下句點。

§

凱倫佇立在洛杉磯天際線書店外等候她的老友、也是作家本人。她的作家老友十五分鐘前開車來到書店後，就站在凱倫現在站立之處。她朝書店內瞥了一眼，然後瞥了一下腕錶，彷彿在等待某人或某事，但也像假裝等待某人或某事，以掩飾自己的躊躇不決。後來某人或某事好像到了，也可能是她的躊躇不決結束了，她踏進書店。在這段時間，凱倫從對面的咖啡館目睹這一切。在咖啡館的凱倫也在等待某人和某事，同時也感到躊躇不決。她等待她的作家老友，等著看自己再見到這位作家老友會有什麼感覺。她明確地感受到一種滿足的感覺，胸部忽然受到壓迫，壓迫的感覺來自於興奮、憂慮、期望和不情願，所有這些情緒全攪和在一塊兒，不過興奮和期望還是多一些。凱倫擅長剖析和陳述自己的感情，這是她練就多年的技巧。胸部壓迫感有如飢餓感，都需要做出行動，但又不像其他相似的感覺，儘管相似卻完全是兩回事，不僅不要求行動，甚至發出不得行動的警告。凱倫的躊躇不決一直在等待這個信號，當她接收到這個信號便結束猶豫，她站了起來，付帳，穿越街道，準備走進書店。不過快要走進去的時候，出現了新的躊躇不決；她猶豫著要不要坐在觀眾席中。就像早先討論過的，如果單純來參加朗讀會，凱倫打算坐在觀眾席間。當她站在書店外，透過大窗子看著那些早到的人在書架四周閒逛、隨意翻閱，先前提到的那些關於觀眾、玩權弄勢以及道德制高點的觀點再度湧上心頭，凱倫決定不坐在觀眾席中但待在外面的人行道上，在這裡她不會顯得過分唐突，因為這條人行道位於洛杉磯少數幾個適合步行的區域所以很熱鬧，也讓洛杉磯引以為豪。凱倫曾在洛杉磯住過幾年，不過數年前她決定搬家。她弟弟依然住在那裡，她每年會來個幾次，她仍舊把這裡當作自己的家，這裡還是她的地盤，你可以這麼說。凱倫曾經在這裡翻閱圖書但沒買過任何東西。她偶爾靠在平板玻璃窗上，雙手合成杯狀圍著眼睛試著看見書店內部。夕陽西沉，街道咖啡館這廂灑落火紅的餘暉，將天際線書店實心的店面塗成金黃色，窗玻璃卻變成令人眩目的鏡子，在書店裡投射出許多巨大的金黃色矩形圖案，散佈在堅硬的地板上和書架上。書架錯落有致，儼然形成一個迷宮。凱倫知道自己背著光，把臉壓在窗玻璃上的話，只能映照出一個黑色剪影。她萬萬沒料到會有這個優勢。透過書架迷宮，她看到舉行朗讀會的地方。那裡有個講臺，講臺前放置數排摺疊椅。有人開始入座，有人繼續閒逛，閒逛的人之中有些若有所思地抱著一摞剛發現的圖書，有些若有所思地望著掛在牆上的細長分類牌，上面列出底下書架上收集的圖書。藝術、幽默、散文、參考書、小說。分類牌上的文字形成一個系統，意味著在書店買書的人對每個單詞的含義都達成共識。前一天，也就是凱倫抵達洛杉磯的那一天，她去了藥妝店，每個通道都設有標牌，顯示該通道擺放的產品——「頭髮護理」、「咳嗽和感冒」、「彩妝」——在這些標牌之中有一個寫著「個人私密」，這家藥妝店把某些產品歸類為「個人私密」。這家書店將圖書歸類為「藝術」、「幽默」、「散文」、「參考書」和「小說」等等。凱倫的這位作家老友把自己歸類為小說家。歸類是定義的一種方式，而根據字典，定義陳述了一個字詞的確切含義。字典告訴我們小說是一種文學形式，以散文描寫想像的事件和人物，與事實相反，屬創作或虛構。字典告訴我們虛構只存在於想像裡，邏輯告訴我們只存在於想像裡的東西不存在於現實或事實裡——同義詞字典告訴我們現實或事實指的是同一回事。

等到太陽沉入對面大樓背後，書店內部看起來比較明亮，凱倫不必貼近窗玻璃就能清楚看到講臺和座椅。現在她挨著街燈站立，她知道這麼一來就不會被書店裡面的人看到。好不容易有個蒼白削瘦、臉上掛著窗簾式瀏海的男人走到講臺前，他簡短說了幾句話便步下舞臺，走出視線範圍。接著莎拉步上講臺，她的臉上也掛著窗簾式瀏海，頭髮滑順烏黑，彷彿一件昂貴的家具。高中時期凱倫和莎拉對頭髮除了保養之外動過各種手腳。與其他女孩所做的無異，她們漂白、削剃、燙染頭髮，彷彿為了證明身體是自己的，自我破壞似乎成了最好的手段。莎拉似乎也開始明白，昂貴的自我保養也能證明身體是自己的。她身上的每一寸肌膚都完美無瑕。她那旁分的瀏海恰恰短得不能固定在臉上，她不時以右手做出拘謹的小動作將一綹頭髮塞進右耳背也不是偶然。她塞到耳後，但頭髮掉落，凱倫想知道這個信號對那些在書店裡、聽得到莎拉朗讀聲的人是不是也一樣招搖，還是她的聲音讓這個動作變得不那麼明顯。

透過窗玻璃隱約傳出掌聲。接著貌似開始問答時間。莎拉不再把頭歪向講臺但直視著觀眾，因此她的窗簾式瀏海能夠固定在一旁而不必撥到耳後。莎拉專注聆聽，點頭，說話，不時微笑。她看起來不那麼忸怩做作，比較放鬆、慧詰。她的微笑，一直是她最動人的特質，似乎變得更精緻，就像她的秀髮。莎拉有這麼一張臉龐，當她不露出特別的表情時，顯得心事重重、憂愁或者惱火。你不知道到底是哪些思緒有如狂風暴雨般的掃過她的腦袋，不過很多時候你似乎能夠看到這些思緒全是充滿敵意的念頭。高中時代那些神經敏感、脾氣暴躁的老師經常叮嚀莎拉別擺出一副臭臉，卻令莎拉感到震驚甚至受傷，將一對水汪汪的眼睛睜得老大，於是你不由得心生納悶，思索著這張臭臉的背後可能沒有任何意義，不但沒有敵意，一丁點意味也沒有。當莎拉眉開眼笑，關於她在想些什麼的疑慮瞬間化為烏有，不過她不常笑，反正她不習慣笑。

再次爆出如雷掌聲，然後觀眾開始離席、四處閒蕩。那位蒼白削瘦的男子陪著莎拉走到一張桌子前，桌子上鋪著白布和幾摞排列得井然有序的書本，莎拉坐在桌子後面，帶著一種自覺的態度，意識到自己在眾目睽睽下做著坐在椅子上這類普通事，但她試著旁若無人地這麼做，只是如此一來愈加凸顯她意識到被人注視著，使她看起來像在表演——表演謙遜，就像她不斷把頭髮撥到耳後一樣。有人遞給莎拉一枝簽字筆，希望手上的書得到簽名的人在桌子前排隊，莎拉被一字排開等候與她相處片晌的人群擋住。這個時候聽到我又一次改變心意可能會讓你不耐煩，但是老實說，我決定不坐在觀眾席後，完全不知道該怎麼接近她。我原本以為她會像來到書店那樣地離開書店，我們兩人終究會在人行道上碰面。太陽已經完全沉沒，夜幕低垂，路燈發出慘淡的橘黃燈光，人行道給人私密甚至太親密的感覺。我沒坐在觀眾席，也沒有逞一時之快打破第四道牆[29]，不過排隊簽名是不錯的安排，每個人都能和作者私密會面，不過得遵照公開場合會面的規則，每個人都面帶微笑，無人拔腿快跑，諸如這類的念頭造成一陣延宕，有人拿不定主意是否排隊，有人在排隊前先買書，當凱倫走進書店時，大家已經排好隊伍，所以她排在最後一個。從燈光黯淡的人行道乍然走進滿室生光、令人目眩的書店，她一度以為走進書店是錯誤的決定。通常最單純的知覺經驗，譬如佇立在黑

29 第四道牆指的是傳統鏡框式三壁舞臺面向觀眾、假想的一道牆。在傳統的戲劇演出，演員假裝觀眾不存在，觀眾只是坐在觀眾席觀看演出，臺上和臺下不會也不能有互動。第四道牆打破了，演員意識到觀眾的存在，觀眾和演員發生互動。

暗中一個小時後走進一個異常明亮的空間而產生失明的錯覺，從而引發不正確的想法——我錯了——因而產生一種焦慮的感覺強化這個錯覺。凱倫雖不常讀小說或天際線這類書店販賣的大部分書籍但一直都在看書，而且對自己鍾愛的主題有專門研究。有位凱倫很喜愛的作家寫過一本書，凱倫讀完後便能分析自己的感覺狀態，她全部的感覺似乎通過三稜鏡，不僅變得肉眼可見而且分解成各種成分。一旦你做到了，就很難不把其他人看成瞎子。以往委身俯就於宗教信仰的經驗多少教會你不那麼自以為是。分門別類的方法讓人容易理解，物以類聚確是好辦法，凱倫擅長這麼做，這也是為什麼她的工作對她來說駕輕就熟。排隊等候時，組成隊伍的人都把注意力集中在莎拉身上，這些人甚至不肯互看一眼，因為不相信世上還有其他人也一樣能和莎拉產生特殊連結，而他們只憑閱讀她的書便有了連結。凱倫從容不迫地取出莎拉的書，一百三十一頁仍夾著一張書籤，對凱倫來說，那是接近結局的時候。假如凱倫——讀者將會發現——對母親的造訪都能毫無問題地讓後者吃閉門羹，凱倫當然也能毫無問題地闔上這本以母親為主、但在許多重要環節抹殺凱倫的書。

隨著隊伍緩緩前進，一位年輕的書店店員逐步往後退，她遞給每人一張便利貼，如果需要的話，她也能提供筆。「如果您希望莎拉在您的書上簽名，請在便利貼上寫下您想要她怎麼寫的姓名，並請用這張便利貼貼在您想要她簽名的書頁，多數人會選擇書名頁。如果您希望她只寫您的名字，請寫上您的「名字」就好；如果您希望她寫別人的名字，請寫上那個人的名字；如果是為了生日或其他場合，請在便利貼上註明生日或哪種場合。感謝您！有誰需要筆？不，您可以保留便利貼，貼在您希望她簽名的書頁，讓她能夠直接翻到那一頁。您可以隨意選擇，不過大部分的人選擇書名頁。哪位需要筆？哇，您真有條理啊！」當這位女店員對排隊的每一位隊員一遍又一遍地解說省時技巧，凱倫從公事包取出一疊便利貼和一枝筆，接著在一張便貼寫上「凱倫」然後貼在書名頁邊緣。沒錯，我在便利貼上用了一段引言，我希望莎拉簽名時也寫上它。

「我自己帶了便利貼。」凱倫告訴女店員——她胸前配掛一個寫著「艾蜜莉」的名牌。艾蜜莉努力為莎拉的每回簽名省下大約三十秒鐘，卻也證明了艾蜜莉的時間對自己而言一文不值。

「噢，您買的是精裝本。」艾蜜莉說。由於凱倫排在最後一個，艾蜜莉不必繼續發送便利貼或解說省時技巧。艾蜜莉和凱倫一起閒聊，不急著朝向白色桌子走去。凱倫沒做任何努力促成這次的閒聊。「我喜歡精裝本的封面設計，」艾蜜莉說，彷彿設計封面的人是凱倫。「哦，」艾蜜莉想進一步澄清，「平裝本也很好看。這本書無論外表內在都很美麗。您看過了？」

「看了。」凱倫說，沒有任何愧疚，因為她當成是概括性問題。可是似乎不能就這麼脫身。艾蜜莉不放過凱倫說出的每一個字。她貌似憑直覺感覺到凱倫和這本書有特殊關聯，也許這只是凱倫另一個錯覺。「很仔細。」凱倫說，為了補償一個毫無意義、真假參半的謊言，而艾蜜莉永遠也不會知道其中的真偽。凱倫因而想到自己常在無緣無故的情況下努力取悅別人；甚至是陌生人的這個老問題。她一直希望讓這個問題走入歷史——承認它並記錄下來——從而把它遠遠拋諸腦後，可是到目前為止還是做不到。

「噢，哇！」艾蜜莉開心說，「原來是鐵粉啊！」

「喔，天哪。」傳來莎拉的聲音。直到目前為止，莎拉的聲音甜美造作，有如白噪音含糊，然而現在她的聲調忽然變低，宛若唱得如痴如醉的時候忽地打起嗝來。排在倒數第二位的人轉身走開，簾幕倏地拉開，凱倫現身。凱倫一直期待著這一刻，卻被書店店員艾蜜莉分散注意力而錯過了，或者該說她雖沒看見但親耳聽到了。不過她想見證這一剎那，想親眼目睹莎拉倉皇失措的模樣。她看到莎拉慌張地從白桌子後方站起來，臉上展露極其罕見的燦爛（dazzling）笑容。人們都說「燦爛」（dazzling）意味著異常迷人、美麗、老練，也表示過於耀眼，讓人一時眼花看不見。它是動詞「daze」的反覆動詞[30]，「daze」則表示讓人無法正常思考或做出適當反應。高中時我們稱為金斯利先生的那個人，指定〈紙醉金迷〉為音樂劇《芝加哥》[31]（由約翰・坎德作曲，弗雷德・艾伯作詞）的甄選曲目，規定當時十五歲的我們演唱。不擅歌唱的莎拉在試唱會上下不了臺，擅長唱歌的凱倫唱得極好，但似乎還沒好到能夠通過甄選。〈紙醉金迷〉這首歌是在譏諷殺人不必受到懲罰……此時，莎拉從白桌子後面站起來，臉上流露極為罕見的明媚笑容而顯得光芒四射，就在凱倫打算打退堂鼓時，莎拉一把箍住凱倫的肩膀，將她拉向自己並擁入懷裡，兩人之間隔著桌子。那位叫做艾蜜莉的店員尖聲大叫：「我早該想到你們是舊識！」雖然曾經身為舞者，擁有優秀的平衡感，凱倫被這麼彆扭的擁抱差一點跌了跤。凱倫幾乎摔倒，也很難正常思索或做出恰當的反應；她幾乎覺得自己處於劣勢——不過這是錯覺。

§

我始終知道總有一天我會離開，無論憑靠的是才華還是意志力，總有什麼會帶我走，讓我遠走他鄉。畢業後你有多大的機會遷移至外地是CAPA評比學生的一種方式。大家都以為明星一定會遠走他鄉，也以為留下的都是當綠葉的配角。但莎拉打破了這條定律。莎拉演技差，破銅嗓，始終是個可有可無的舞者。不過我們知道她會離開，她自以為被人排擠，老是感到沮喪，養成自殘的習慣，加上她一身破破爛爛的龐克打扮，這些都是她對表演所做的最用心的嘗試。高三那年，當她沿著劇院走廊奔走，一邊尖叫一邊揮舞著布朗大學的入學通知書時，沒人感到驚訝。不過當我獲得卡內基・梅隆大學的入學許可時，每個人都錯愕不已。然而我很清楚我會想辦法離開，而那麼多應該離開的大明星，譬如梅蘭妮，當她笑吟吟地沉浸在自己編織的白日夢時，我拿著鉤子匍匐在地上扣牢她那雙《窈窕淑女》的鞋子；或

30 dazzling 是 dazzle（使昏昏然，使眼花）的動名詞，dazzle 是 daze 的反覆動詞。daze 有使眼花撩亂、使暈頭轉向、使茫茫然之意。

31 《芝加哥》（Chicago）為著名音樂劇，由約翰・坎德（John Kander）作曲，弗雷德・艾伯（Fred Ebb）作詞，一九七五年在百老匯首演。〈紙醉金迷〉為其中一支插曲。

是盧卡斯，他每晚把演出《音樂人》[32]穿過的襯衫扔在更衣室的地上，因為他知道我會撿起來並整燙好——這些人最後都回到原地。他們越是使勁把自己拋出，到頭來卻像回力鏢般的快速落到起點。

我不是卡內基．梅隆大學閃亮的舞星，不過當我下定決心不再跳舞時，我沒有回家卻跑得更遠，總之我去了紐約，當時那些讀紐大的同學們連朱利亞德都走了。紐約的生活「太辛苦、太昂貴、太寂寞」，不過我本來就不期盼紐約的生活會很容易或很便宜，我也沒想到我會交到朋友。我從來都不是什麼閃亮的明星，我也沒想過受到這等款待。不過我在紐約混得不錯，我找到一份工作，也有自己的公寓。有一天晚上我打開門，母親站在門口，穿著一件簇新及腳踝的人造皮革外套，那是某個男人買給她，好讓來自南方的她在紐約凜冽的天氣中得以取暖。她依靠某個男人的支助來到紐約，此刻卻像個淘氣的小女孩咧嘴大笑，炫耀自己聰明過人，在我的床墊上活蹦亂跳。我馬上離開紐約，搬去洛杉磯，我的弟弟在當地求學。我們的母親又花了三年時間離開紐約的男人，釣到一個來自洛杉磯的男人。當她再度找上門時，我的腦袋迸出一個出乎意料的念頭，我想做個改變。我想回家返鄉。我愛我的家鄉，也很想念它。我之所以離開是因為我的母親住在那裡，不過她現在不在那裡了。我直截了當告訴她要是她再糾纏著我我會怎麼做，我要弟弟跟我返鄉，他不願意。我的母親老是忘記他的存在，而用一種溫柔輕忽的方式把他拉拔長大，使他變得更加需要她，卻一直看不到她的惡毒。我的母親和弟弟仍然住在洛杉磯，當我住在洛杉磯時，我們三人都把洛杉磯當成家。當我去找我弟弟時，他不告訴我母親我來了；當他來看我，他也不告訴我母親他去哪，而謊稱旅遊或出差。雖然我因為讓弟弟感到悲傷而難過，但萬一母親找到我後果將比讓他感到悲傷更不堪設想，他們兩人都很清楚。

我回來後屢屢遇到一個我們稱為大衛的人。他的回力鏢飛得比梅蘭妮的更遠但比我的更短。他回到家鄉兩年，成立一個劇團，演出他想得到的最黑暗、最令人不安的作品，並選在和我們高中時代聆聽音樂的類似場所表演，諸如生鏽的冰屋、廢棄的倉庫或髒亂的舞廳。大衛曾在西北大學攻讀表演，後來改讀劇本寫作，又因為寫不出劇本轉而攻讀導演，沒想到他對導戲很在行。儘管他導演的戲劇晦澀又令人不安，並且專挑光怪陸離的場所表演，仍吸引不少人前來觀賞。我們稱為金斯利先生的人便是其中一位忠實觀眾，後來成為劇團的固定捐款人。那個時候大衛重新整頓劇團，申請補助並成為非營利組織，金斯利先生順理成章進入諮詢委員會。當你看見金斯利先生和大衛兩人站在募款會場一隅，金斯利先生肯定一手握著透明塑膠杯啜飲紅酒，大衛肯定一手抓著啤酒罐啜飲廉價的「藍領」酒，兩人聊得很起勁，旁若無人，不顧吵雜擁擠的房間裡正上演著大衛黑暗、令人不安的戲劇，這時你所看到的只是同一個菁英藝術兄弟會的兩名成員。

---

32 《音樂人》（The Music Man）或譯《歡樂音樂妙無窮》，百老匯音樂劇，一九五七年首演。

當我們還是金斯利先生的學生時，他屢屢通過傳授的各種事物闡釋明星概念，而我們始終達不到他的要求，但他卻對菁英藝術兄弟會的事隻字不提。我們所做的每件事——包括鍛鍊才華以及將才能發揮於世上——都按照明星概念安排，但他卻沒告訴我們明星地位是由菁英藝術兄弟會安排。金斯利先生無疑是會員，而今大衛顯然也是會員。奇怪甚至可笑的是，只有當你站在一旁才意識到，這是兄弟會的活動，牽涉到會員與規範，和天賦才華毫無關係。在大衛劇團重振旗鼓成為非營利組織與爭取補助期間，凱倫出借自己的組織技能，但別人並不知道她有這項長才。她是劇團東山再起的舵手，可是從不把功勞往身上攬或尋求報酬，她甘心情願地為大衛的成功貢獻一己之力，同學中事業有成者寥寥無幾，躍升為明星者更是鳳毛麟角。所有同學中只有憤世嫉俗的大衛靠著殘存的野心在自己的家鄉佔有一席之地。如今學戲劇的小孩從CAPA畢業後便參加大衛的劇團甄選活動，金斯利先生邀請大衛擔任學校的「客座藝術家」，教授大師講堂系列的導演課。凱倫晚上和週末都在劇團「辦公室」「作帳」，在她介入前有一堆稅收慘敗，幾乎毀掉劇團。大衛為了答謝她，邀她參加募款晚會，拉著她走到金斯利先生面前，後者頻頻微笑點頭，試圖與她攀談，即使未必成功卻雍容大方地掩飾他沒認出她的事實。

凱倫告訴大衛，她很慶幸自己放棄表演，她和他一樣感到高興。然而大概這麼多年來大衛養成給人戴高帽的習慣，他深信對借錢的債主恭維一番是他唯一付得起的貨幣，他不信凱倫的話。「噢，別鬧了，」他說，「妳念過卡內基．梅隆大學欸，不像我，妳有一副好歌喉，還有，妳的踢踏舞跳得真他媽的好啊。」

「我的踢踏舞跳得很爛。」這是實話，上文解釋過，她因為體型限制不適合跳踢踏舞。跳踢踏舞和芭蕾舞的人身材都要細長，只有現代舞能包容身材練得像游泳健將的舞者。

「媽的，只有真正的踢踏舞舞者才有本錢說：『我的踢踏舞跳得很爛。』妳很厲害。還記得我們每個人都得唱〈紙醉金迷〉的時候？妳唱得很棒。」

「可是我沒被選上。」

「我也從沒被選上。」

「如今你是導演，我是會計，我們都適得其所，你不必因為我沒被支薪而覺得需要告訴我是個被埋沒的明星吧。」

「妳在舞臺上自然散發一種暗黑氣場——別翻白眼！我還記得一清二楚，妳從不露齒大笑。」

「別說了。」

「以導演的角度來看，我也他媽不相信我們班上缺少有才人士。我們無疑把自己的才華吹捧得太高，但即使稍做調整，還是未達水準。如果稍微觀察我們學校歷史，只有一位成為世界級名人，她到學校上課的時間不到三週，嚴格說來稱不上我們的校友。不過還是有少數幾個人，在終其一生的演藝生涯中登上日落大道的廣告看板一兩次，我們大概每十年產生兩位這樣的演員。也有人成為能夠賺取溫飽的職業演員——我們偶爾在電視上看見他們，但他們不曾真正紅過，這種人也許每兩年出現一個。還有些人原本有機會爭取到固定演出，不過他們時運不濟。這樣的人每年出現幾個，我請得到他們演戲那是最好不過。可是我們班上連最後一項都沒人能排得上——除了妳。」他說。

「你把我分到時運不濟這一類？我應該算在平庸無才才對。」

「下個禮拜來甄選，來嘛，他媽的為什麼不呢？」

我原本可以一笑置之或扮個鬼臉，告訴他你真是可笑，或者我真是可笑，反正我不會把你的話當一回事。我應該馬上走下高腳椅，買單，道晚安。大衛和我就讀高中時雖從同個戲劇班畢業，我們兩人始終不怎麼熟絡。莎拉是我們的共同朋友，但她像一個楔子而不像一座橋梁。如今我們都回到家鄉定居，像今天這樣的話題經常出現在我們的對話中。大衛沉迷於過去，而且不是某一段過去。平心而論，我想我們每個人都對前塵往事有一種不正常的依戀，也許是希望它們重返我們的懷抱，也許是希望回到以前改變它們，但無論如何，執迷於過去的某些時光似乎無可厚非。大衛卻把這個癖好發揮得淋漓盡致，他耽溺於過去的一切，過去彷彿是一個家園，而他不得不離鄉背井，牽涉到過去的點點滴滴，即便是我，都深深吸引他。大衛似乎很早便認定他一生中最美好的時光已成過往雲煙。目前劇院的成就還能吸引著他，僅僅因為這一切能讓他銜接過去。他對我感到興趣僅僅因為我可以變成他和他的過去的連結。我給他機會談論過去，即便過去的某些部分當時引不起他的注意，但現在他卻非常關心。於是他開始懷念起我做過的某些事，談論著我被埋沒的才華，如此一來便給了他最渴望的東西：一條可以通往他的過去的門路——雖然不能直達目的地。他八成也這麼對待任何跟他的過去有關聯的人，其實他的確這麼做。我屢屢聽見他與兜兜轉轉又回來的當年舊識閒話家常，談的是同樣的話題。

這些關於過去的對話總是出現在我們稱為「酒吧」的那個地方——大家都稱它為「酒吧」，儘管它另有別名。這個城市有不少酒吧，因此這間還算舒適但平凡無奇的酒吧之所以被視為全城最重要的「酒吧」，其實並無特殊理由。高中時代雖然這家酒吧已經存在，當時也散發著溫馨的氣氛，但我們從未涉足，如今卻成了下班後喝一杯的老地方。今昔不同的是，那個時候它親切的氣氛顯得不太恰當的中規中矩，今天卻顯得恰如其分的中規中矩。就這方面來說，大衛打破了與過去的關係，他不泡以前喝得爛醉的酒吧，而是坐在這裡追憶往事。

跟大衛不一樣的是，我待在「酒吧」的時間不多。其實我和大衛不常見面。這些自願申辦補助、解決稅收慘敗、參加金斯利先生認不出我的募款晚會、在「酒吧」談論我不為人知的表演才華等等，其實每隔幾個月才發生一次，只能算是我生活中的零星碎片。我大部分的時間都在替花錢的顧客效勞，或者忙著打理我購買的房子。我還做心理治療，並開始接受治療師的訓練。我不常喝酒也不曾飲酒過量，有一段時間我嘗試將身外之物化繁為簡，因為有些我無法忍受，有些我並不需要，大多數的晚上我會打電話給我弟弟，通常我邊吃晚餐邊聽他說話。有時我會去看電影，我大量閱讀，最常看歷史類和心理勵志類的書籍。我喜歡孤獨。

不過有些夜晚我想和人在一起時，我便開車去「酒吧」。我通常會帶本書，雖然讀到的機會不多，因為大衛一定待在那裡。我們幾乎總是有共同處理的業務，或者我正在幫他打理差事，因此不管他在跟誰喝酒，肯定馬上拋下對方。大衛總是有酒伴相陪，通常是一小群人，裡面常有個對大衛投注全副精神的女人，她似乎以為稍後將舉行測驗；此外，還有劇場界、普羅藝術界以及酒徒界的泛泛之交，圍著大衛四周打轉，有如眾星拱月。有時大衛獨自坐在「酒吧」的吧檯上，焦慮不安得彷彿抓著狼牙棒上下揮舞，教人不敢接近。儘管如此，他還是眾人注目的焦點。我的意思是縱使他拒人千里，別人還是會在房間彼端窺伺著他，等待機會回到他的身邊，重新贏得他的關注。青春年少時，大衛自帶一股笨拙的魅力；他知道別人都為他著迷，不過不知道怎麼樣或為什麼。經過十餘年來瘋狂地自我傷害，他的外貌早被摧毀殆盡，當他感覺疲憊或酩酊大醉時，他的臉孔就像重重扔到牆壁上的一坨黏土，只是這時你不會把他的魅力和外形混為一談了。他的魅力熠熠閃耀，幾乎不受他的支配。就外表看，大衛無精打采地癱坐在吧檯上，呆呆注視著杯子，但他的迷人魅力有如潮水般的淹沒整個房間，有些人被推開，有些人被拉近。凱倫始終是被拉近的那一個，因為她不僅是他的得力助手，克盡己職又不要求支薪，更因為她有「連結」過去的特殊身分。

這一晚是一月底某個夜晚，距離與莎拉在天際線書店見面還有幾個月，萎靡不振的大衛獨自坐在吧檯上，凱倫走了進來，身上的牛仔外套扣子從底下一路扣到脖子上，流蘇飾邊圍巾在脖子上纏纏繞繞了好幾圈，兩手戴著手套，帽緣拉低，蓋住耳朵。他們家鄉始終這麼冷，對凱倫來說尤其寒冷，她總是不願承認自己從不曾習慣紐約冷冽的氣候，而只會在寒流來襲時嘟噥埋怨，跟她母親一樣，但她又不像母親穿著長至腳踝的人造皮草。當凱倫從外面握住冰冷的門把拉開大門時，她看不到「酒吧」內部，只透過大窗戶瞥見裡頭燈火通明，通常大窗戶向酒吧外的人行道展示著坐在吧檯上的人，但這個晚上大窗戶結了厚厚一層冰。當凱倫走進酒吧後馬上發現大衛卻一點也不訝異，他坐在最右側的高腳椅上，那是他的老位子。在不必排演的日子，大衛從下午三、四點便坐在這張椅子上，他會一直坐到凌晨兩、三點。也許因為凱倫戴著帽子和圍著圍巾，大衛沒有馬上認出她。她摘下帽子、圍巾，走到吧檯前點了一杯可樂，大衛這才看見她。「我靠，」他說，「我才想到妳，還記得馬汀嗎？」

凱倫覺得這個問題絕妙有趣，就像所有她最喜愛的問題，看似簡單且平淡無奇，但被大衛一問，乍聽之下卻變得很愚蠢。她還「記得」馬汀嗎？這個問題需要層層剝開來才行。首先，是以什麼方式記得呢？字典告訴我們，「記得」指的是「想起某事，回想起被遺忘的事情」。嗯，凱倫從未遺忘過馬汀，因此就這個定義來看，她不算「記得」馬汀。字典也告訴我們，記得就是把某件事保存在記憶中。不過，沒必要為了再查詢「記憶」的含義而掉進字典的無底洞，那就給這個字做個記號吧——沒錯，她的確把某件事保存在記憶裡。在這個特定的定義下也有「把某人記在心裡」的意思（沒錯）、「送某人禮物」（你可以說那要看是送什麼禮物）、「向某人問好」（不是最近的事）、「紀念某人或某事」。至於「紀念」，是儀式性地緬懷某事。凱倫覺得這個解釋很有趣，令她留下深刻印象，就像其他許多東西。大衛自己其實也有許多問題，其中一個是他對自己所處的狀態極有自知之明：他絕頂聰明地面對自己的職業人生、性人生，當然還有他的酒醉人生（這個部分佔據他最多時間）——他大概從這個有關「記得」的小學堂獲得許多樂趣，不過凱倫不想多說，只告訴他，「我當然記得馬汀。」

「看一下這個。」大衛說，將一份剪報平鋪在吧檯上。《伯恩信使電訊報》，一九九七年十月四日：「頂尖老師在一片指控聲浪中遭到解雇」。標題底下有兩小欄文字和一小欄黑白照片，照片上的男人有一張狹窄的雪貂臉、一頭淺色的頭髮，瀏海遮住眼睛和耳朵，牙齒間有縫隙，戴著十年前就退流行的大框眼鏡，穿著八成是借來、不太合身的夾克和領帶。雖不是彩色照片，還是看得出他的皮膚太白、牙齒太黃。這張照片看起來是男人很久前拍的，就像所有的正式照片都不像在刊登當天拍攝，而像是在它們黯淡的背景布幕開始覆蓋著數十年塵埃的那天拍的。這張男人的照片，凱倫猜想是從學生年鑑上找來的，或是從學校大辦公室牆面所掛的「我們全體教職員」照片上截下來的。而這男人，就是此時被稱作「馬汀」的人。他看起來酷似馬汀，卻又跟凱倫記憶中的馬汀一點也不像。凱倫盯著照片看，分不清照片上的馬汀比她所認識的馬汀年長或年輕。照片上的馬汀和「保存在記憶中」的馬汀看起來完全一致，也好像全然不同。現在凱倫已區分不出他們了。她低頭盲目地注視著這張非常怪異、認不出是誰的照片，但照片中的人又看起來跟馬汀一模一樣，凱倫搞不清自己是否真的記得馬汀，或者馬汀是她杜撰來的。她盯著照片久久不放，當大衛問她「妳看完了？」她一時意會不過來他真正的意思是她「應該讀完文章了吧？」事實上，她一個字也沒讀進去。

「好了。」她說，但她的意思與大衛想說的有所出入。他拾起剪報並擱在一旁，手指似乎還隱隱顫抖，舉止有點艱難，等到剪報確實被拿開後，他點燃一根香菸。大衛情緒激動，這個平日疲憊不堪、處變不驚的傢伙露出不為人知的一面；本該被他那件疲憊又處變不驚的衣服隱藏好的柔軟襯裡。在大衛渾然不知的情況下，凱倫逕自穿上大衛那件疲憊又處變不驚的衣服。她會去圖書館找出那篇報導。她小心翼翼記住報紙名稱，妥善「保存在記憶中」：《伯恩信使電訊報》。過兩天她將仔細閱讀這篇報導，儘管她很希望現在就能閱讀。不過她不必讀也知道基本內容。她心中有譜了。

「你怎麼拿到的？」她問道。

「吉姆給我的。」大衛說，吉姆就是金斯利先生。大衛非常激動，親暱地稱呼我們平常稱作金斯利先生的這個人，對我們來說，吉姆這個叫法專屬於菁英兄弟會。「不過我先收到馬汀的來信，」大衛說。大衛倉促地對侍者招手，急著想再喝一杯補充體力，好做進一步解釋，而沒發現凱倫出現異樣。他沒注意當他提到收到馬汀的來信時，他那件疲憊又處變不驚的衣服從凱倫身上滑落。他沒看到凱倫趕緊拉起衣服，因此錯失良機勸誘她告白，當她搬回家鄉時，儘管她曾發誓再也不回老家，她終究開著車回去，敲打著大門，因為她身上某些瘋狂的部分，經過漫長的等待後，仍舊幻想著有一封從英國寄來的信在此處等她，但是——幸好老家沒人，她再也不曾回去。

跟凱倫不同的是，大衛從沒想過會收到馬汀的信。十四年前那兩個月期間，大衛不常跟馬汀一起廝混，馬汀和其他人離開後，他們也不曾聯絡。不過由那封信看來，馬汀似乎知道大衛事業有成，也許馬汀輾轉聽到大衛的消息，從而想起他認識大衛。或許他一直記得大衛，為了某種原因聯繫大衛，想知道他是否闖出名堂。你不能根據這封信來推斷，信被寄到劇團的郵政信箱。

「你把信帶在身上嗎？」凱倫說，打斷大衛針對馬汀來信所發表的長篇大道，她的聲音可能太過尖銳；其實她寧願捧著信親自閱讀，而不必透過大衛的轉述。大衛已經記不得放在哪裡，但是這不重要，他發覺凱倫當場氣惱起來便這麼告訴她。他記得信上的每個字。當大衛和凱倫還是高中生時，大衛喜歡在班上同學面前表演《蒙提．派森》短劇的幽默臺詞和巴布．狄倫的歌折磨他們。他對字詞的記性一直很好，如此完美的記憶力在某種程度上和他對人生支離破碎的理解和諧共存。這個心理或神經現象大概有個專有名詞，假如凱倫有臨床實務經驗大概會知道。

「他祝賀我劇團的表現，」大衛說，「他真是客氣，似乎是看到評論，然後說，『終於有人搖醒這個你稱之為家鄉的古板小鎮了。很遺憾，《憨第德》鎩羽而歸，不過我很高興你做到了！你給那些衛道人士甩了一記耳光──你讓他們大開眼界。』他又說，『或許你聽說我也有一些道德上的麻煩，這種事很常見──假如你找不到邪惡來謾罵，乾脆編造一個，效果一樣好。』他接著提到他最後找到時間寫完一個劇本，打算搬上舞臺，由他擔任導演並扮演主角。『這時來了一場獵巫行動，最遺憾的是，巫師是我。』後來他委婉問我是否可以把這齣他不得已取消的戲搬上舞臺。」

我不明白他所指的「道德上的麻煩」和「獵巫行動」是什麼意思，接下來好幾天大衛把這封信拋諸腦後，忙著進行劇場計畫以及從宿醉中恢復清醒。後來他在一場會議或其他地方碰見金斯利先生，並問後者最近有沒有馬汀的消息。金斯利先生扮了一個鬼臉——那種修女聽到某個壞蛋做出令人失望、甚至不值一提的事所做的鬼臉。大衛和凱倫坐在「酒吧」，手掌平放在信封封口上，裡頭有凱倫很想看卻不願承認的一篇報導，他模仿金斯利先生的鬼臉，這讓凱倫體認到他沒有忘記演戲，因為他不知道怎麼忘記，起碼他知道怎麼裝模作樣。雖然酒醉——或許正因為醉得一塌糊塗——他把修女扮演得維妙維肖。臉像掛在鉤子上，因為太沉重往下垂（可能是有著太令人失望、不值得討論的邪惡重擔）。金斯利先生不願多說。他扮了一個鬼臉，過了幾天——也就是今天——他經過大衛的辦公室，留下這份剪報。但誰是金斯利不願討論的壞蛋？是馬汀還是控訴馬汀的人？

雖然凱倫不曾以濫交或富有幽默感聞名（其實人們八成以為她枯燥乏味又沒有性生活），她經常不吝在某些公開場合指出她不曾睡過大衛。凱倫去「酒吧」的那天晚上也來了某個大衛點頭之交的朋友——也就是他的酒肉朋友，她從不曾遇見也不打算認識這個人，因為她和這個人沒有任何共通點。在這種場合，大衛肯定會介紹凱倫給這個萍水相逢的酒鬼。

他也必然會以這樣誇張的句子描述凱倫：「我在這個世界上最老的老朋友」或「我認識她的時間比任何人要更久」或「她知道我所有的底細」。凱倫肯定會開玩笑回答：「我是這個酒吧裡唯一沒睡他的女人」或者「我是唯一認識他超過一個禮拜卻還沒跟他上床的女人」或勁道更強的一句「我是這個鎮／郡／更大的都會區唯一沒和他上床的女人」。聽到這句話，大衛一定會皺起眉頭，彷彿他對女人——除了凱倫——沒有絲毫抵抗力的說法全是無稽之談；也可能他聽了很不舒服。凱倫從不了解大衛與他自己性事的關係，他的性慾猶如他的魅力似乎逕自跟著世界走，不受他個人意圖的支配，可以為所欲為。而凱倫，每當她發表評論後，也一定會蹙緊眉頭，因為她心裡其實從來就不打算說，也希望沒說過，這些評論都是她一時脫口而出；不過也可能出於酸葡萄心理，雖說她不曾睡過大衛，但她似乎很想這麼做。或者她可能對其他女人心胸狹窄或自以為比她們高尚——但無論如何，這些話都不需說出口，可她還是照說，還是皺眉，而大衛也總是給她機會說，總是皺眉。為什麼？是什麼強迫他們這麼做？

直到大衛給她看剪報的那天晚上，凱倫都還以為他這麼做是出於對過去的依戀；她也以為自己是因為被他這份依戀激怒才一直發表這類評論。不過看剪報那天晚上，凱倫開始懷疑這一切是否真的跟過去有關，包括大衛老是提到的事情（除了和性有關的以外），以及包括凱倫老是提到的事情。或許凱倫堅稱她跟大衛的性生活無關，其實意味著凱倫對大衛的性生活很感興趣；跟他上過床的人都異口同聲指出，他的技巧出神入化，好像爆紅的某個電視節目明星——而凱倫，就像看了幾十年電視卻沒有把它關掉的選擇。

那天晚上在「酒吧」，當他們開始談到對馬汀展開的「獵巫行動」，凱倫馬上就猜測到令大衛感到震驚的，不是因為「馬汀是個色魔」這個想法，反而是因為想到許多女人捏造有關馬汀的謊言感到震驚。後來這些年，大衛視馬汀為效法的榜樣和精神上的同僚，馬汀是大衛心目中職業劇場藝術家的典範。自從大衛和凱倫上一次看到他至今這十四年來，馬汀一直任教於同一所學校，他始終是個傲慢無理的模範老師，頻頻獲獎，老是差點被炒魷魚。但他依舊是男學生口中「對我的人生影響最大的人」或「學校裡唯一能跟學生打成一片的人」或其他浮誇的說詞。他不只在很久以前帶著學生到CAPA，足跡更遍及世界各地，提供學生難能可貴的機會，拓展他們的視野，教導他們相信自己等等。這篇報導透露出這些訊息，而大衛似乎不認為這篇報導為真實的他提供可供參考的版本，而比較像是一扇窗，讓人得以窺探這個大衛幾乎不認識的人的人生，此人的過去神奇地觸及他的過去——換句話說，此人神聖不可侵犯。凱倫知道大衛一直認為當年小鎮取消《憨第德》演出，就證明了它的偽善（或者用馬汀的話是「古板」）。而這裡所指的「小鎮」，被大衛和凱倫稱之為家園。凱倫進一步猜測，除了貝克特和西北大學，《憨第德》的取消演出也影響現在的大衛對自己的看法：戲劇界的叛徒、對付費觀眾的不適應以及引以為傲。馬汀為後人鋪路，對大衛來說，那篇報導見證了世界陷入瘋狂，復仇心切的謊言獲得讚揚，實話實說的老師和藝術家卻遭受迫害。

「你不相信他和他的學生上床嗎？」凱倫終於問道。在這一瞬間，凱倫頓時明白她說出的每一句話都能將這件貌似波瀾不驚、她好歹穿在身上既疲憊又處變不驚的破舊衣服撕成碎片，每一句話都能將它撕成碎布條。這種時候，最有幫助的法子是問對方問題，但可別拋出引導性問題，不過我們得承認，凱倫的問題有點偏頗，我們只能說那個房間有點傾斜，我努力在高腳椅上坐好，我努力繼續當大衛的老朋友。

「我確定他和他的學生上床。我確定她們和他上床。她們都知道自己在做什麼！我們都知道自己在做什麼。別忘了我們是誰？」

「我們只是小孩子。」凱倫戰戰兢兢說出這幾個字，彷彿該小心呵護的是大衛，害怕他因為他們的對話受到傷害。不過雖然做了防範，凱倫還是冒犯了大衛。大衛輕蔑地大笑起來。

「**我們從來都不是小孩子。**」他說。

§

細心的讀者或許會納悶馬努埃究竟發生了什麼事？凱倫會透露他的命運嗎？我自己也想知道。在天際線書店見到莎拉前，看完莎拉的書後，我取下擱在書架上的高中學生年鑑。是的，讀者，我還保存著它們。這套學生年鑑裝幀精美，年鑑標題為《聚光燈！》並加了驚嘆號。當我翻閱堅挺、光滑的書頁時，我並非毫不在乎。卷首空白頁出現幾句題詞，短短幾個字蘊含的情感並未洩漏意料之外的東西。題詞的作者要求空白頁和彩色筆，想必覺得年鑑主人是個「很迷人」的「甜姐兒」，肯定會有「精彩」的未來。打開年鑑，翻了前面幾頁沒看到什麼，除了一張人衛的照片，他留著一頭短髮，穿著毛澤東夾克，轉頭瞥著鏡頭。翻到行政人員，讓人心緊緊揪了一下，這些職員辦公室的小姐比你母親更照顧你。翻到舞蹈班和音樂班（器樂組和聲樂組），翻到冬季芭蕾舞團和爵士樂團佔領曼哈頓！戲劇班是這裡的重頭戲，不僅壓軸登場也佔據最多篇幅。綜觀全部：每年有四個戲劇班，總共四個年級，很有可能「馬努埃」的DNA含有其他組別的染色體。我們透過各種來歷探索馬努埃的命運，儘管我不敢鐵口直斷沒有馬努埃這個人，但我保證不只一個馬努埃而已。從握有的明確訊息，我認為至少有三個。

第一個馬努埃是戲劇班的學生，就外形來看是「西班牙裔」，沒有任何出眾的才華。C演不了戲跳不好舞，五音不全也不知怎麼把釘子敲進木頭，他甚至把羽毛黏到帽子上都做不到。他幹嘛讀這所學校？這並不是我想追究的問題，不過不論理由為何，還是符合我的猜測。C是我們四年的同窗，他來了又走，平凡無奇。他沒有傲人成就，也沒有太早憑空消失。在學校的時候，他沒有女朋友或男朋友，最後我聽到的消息是他已經成家立業，生了幾個小孩，過得還不錯。

第二個馬努埃是聲樂組的學生，就外形來看也是「西班牙裔」，如果你有聽歌劇，大概聽過他的大名。他是我們學校史上最飛黃騰達的人，他的聲音，就像馬努埃令人驚豔的試唱，足以感召各路天使。他在學校時雖沒有出櫃，不過他一定是同志。P的才華並不是在就讀我們學校時被發掘，早在幼年時就已經展露頭角。他也沒受到金斯利先生的特別照顧（或者比照顧更多），他是聲樂組的驕傲，打從十三歲起就參加職業歌劇演出。他不曾屈尊參加學校主舞臺的甄選活動。畢業後他進入伊士曼音樂學院，然後展開輝煌的事業。當我住在紐約時，我看過他的演出一次，他扮演《蝴蝶夫人》裡的夏普萊斯。表演結束後，我一度打算跟著幾個滿眼星星、手裡捧著鮮花的粉絲到劇場後門等他。我沒有資格獲得他的接見。我認識他但他不認識我，所以最後我決定回家，沒去見他。

第三個馬努埃不是某個人而是一種觀察。他跟金斯利先生的特殊關係不就是這個人物突出的一面？他們的關係難道不會激怒莎拉，讓她蒙受難以形容的創傷，使她走上一條不尋常的報復之路？

細心的讀者也可能會想知道凱倫對於莎拉詭異的報復行動又知道些什麼？我自己也摸不著頭緒。我是否看到什麼我不能理解的東西？我是否知道什麼但又不知怎地忘了？對於第一個問題，不大可能，對於第二個問題，絕不可能。我從未忘記任何東西。不過莎拉在書中重建的燈光、佈景和背景都跟我的記憶十分吻合，只怪我自己對那些事件不甚清楚。是莎拉把我完全帶回到那個戲服間和那個不勝負荷的衣架，還有用皺巴巴的T恤包裝襯板做成告示牌而勉強做成的區隔，以及熨斗、燙衣板和被扔在地上的帽子。沒錯，完全一樣，全部都像那樣。這也讓我以為我不清楚的事件像是真的發生過，只是我沒注意到罷了。但其實也不全然是這樣，畢竟戲劇班除了我以外，沒有人莫名其妙消失不見；也沒有人像莎拉一樣，跟我們都稱為金斯利先生的那個人有過異常特殊的關係，或說太特殊、特殊到足以激起莎拉復仇慾望，沒有這種人。

所以你已經聽過所有關於那段異常特殊關係的事情了，是嗎？

我的治療師常用的術語之中有兩個我特別喜歡：「投射作用」和「約束力」。我喜歡這兩個術語是因為它們可以具體運用於治療，又能廣泛應用在生活情境中。投射作用：即便你不做心理治療，你還是會贊同投射作用雖然惡名昭彰但富有創造力。投射作用是把某事或某人放進去，而這個人可能擁有的感情其實是你的。而約束力與創造力恰恰相反，雖未必具有毀滅性卻能夠抹殺創造力。不思、不覺、不做。投射作用或約束力，即有事或無事；赤裸裸的謊言或沒有說出口的殘酷真相。或許沒有馬努埃這個人，或許有好幾個。或許莎拉沒做過那些事，或許她做了每一件事，甚至包括那些她推諉給其他人的事。凱倫或許什麼也不知道，或許什麼都知道，除了現在這個逐漸顯露的故事。莎拉敘述這個故事為的是揭穿一個不為人知的事實——或者將事實隱藏在貌似真實的謊言底下，像是依循夢的邏輯、貌似雜亂無章、難以辨認的故事。

莎拉是否以為這個故事能把她塑造成好人或壞人？一方面她是個教人心碎的自私婊子，但另一方面，她大概自以為在拯救某人。

不過莎拉的故事到底是真是假，她想坦誠相告或者假意杜撰，背後的動機良善或邪惡，我們不想追究也不願揣測。在此，我們為脫離正題致上歉意。

§

那天晚上在「酒吧」和大衛見面不久後，凱倫到公立圖書館總館找到《伯恩信使電訊報》報導。文章讀罷，凱倫發現她相信馬汀有罪是完全正確的。奇怪的是，她同時能夠理解，大衛認定馬汀無辜也情有可原。這篇報導利用一樁當地頗受爭議的事件來審視更廣泛的「文化戰爭」問題。任職於伯恩市這間備受好評的高中，馬汀每年因為戲劇課的表現獲頒教師獎，同時破除他從事「不符教師身分之行為」的謠言。這些謠傳均未經證實。對於這些謠言的包容度似乎因為每個人如何看待藝術教育的實用性而異。保守派家長認為戲劇課是浪費時間的一堆廢話，需要展開調查，並控訴學校校長（一個藝術界的常勝軍）包庇性罪犯。革新派家長則認為藝術基金兵臨城下，四面楚歌，呼籲各界捍衛馬汀的清白，譴責這場獵巫行動——其中最遺憾的是，巫師是他。孰是孰非，莫衷一是，而學生又讓釐清真相雪上加霜，他們拒絕說出實情，少數幾次願意坦誠告白又造成眾說紛紜。最後是一年前，有一位十六歲戲劇學生告訴她的父母她和馬汀相愛，在兩廂情願下發生性關係並懷有身孕。馬汀矢口否認，堅稱自己除了是女孩的老師外跟女孩沒有任何關係。女孩父親雇請律師，要求馬汀做親子鑑定。馬汀拒絕後被校方炒魷魚，但因為學生撤回控訴，所以沒有受到犯罪指控。儘管英國自十九世紀末最低合法性交年齡為十六歲，但報導指出，舉凡年滿十八歲或十八歲以上、擔任信任角色（譬如教師）的人與年滿十八歲或十八歲以下的人發生性關係都被視為犯罪行為，因為濫用他所擔任的信任角色。學校或許為了補償先前未採取行動的疏失，在校友網路上發佈消息，找尋更多遭受馬汀侵犯的受害人。因為不想流於道德批判，該報導最後引用馬汀戲劇班同事的話做為結語：「此人才華洋溢，一生貢獻教育，但最後卻遭學校解僱，淪落身敗名裂的下場，而這一切源於一場流言蜚語。你還在納悶為什麼有才華的人不肯擔任教職！」

讀了這篇報導後不久，凱倫拿到馬汀的劇本，馬汀原本希望搬上舞臺，由他本人導演與演出，不料竟發生以他為目標的獵巫行動。凱倫懷著讀那篇報導同樣濃厚的興趣閱讀劇本。劇本是大衛提供的。大衛聽到馬汀的遭遇後先是受到打擊和驚愕，然後覺得受到屈辱和憤慨不平，最後開始譏笑諷刺和投入戰事。譏諷的鬥士是震撼驚駭的對立形式，「酒吧」本是閒坐、飲酒、咒罵全世界「真他媽瘋狂」的理想之地，如今上演著驚駭與震撼，譏笑諷刺和鬥士則登上大衛劇場的舞臺。從坐在高腳椅大受震撼到走上舞臺發動攻勢的演變過程其實是大衛的一個週期，也是他的輪子轉動的方式。首先，大衛被動地受到震驚，後來震驚到了某種程度就好像充足了電，便開始發動戰爭，反過來使別人大受震驚。等到他感到筋疲力竭或者懊惱自責或者兩者皆有——因為在戰鬥階段，他鐵定出動攻擊，激怒他人——大衛將再度感到震驚和痛苦。涮洗、擰乾，再來一遍。如果我真的成為治療師，大衛也有錢，我很想治療他。我對他感到興趣，每個人都對他感到興趣，他吸引的不只是大多數的人而已。我曾經在「酒吧」聽到一位爛醉的客人發表意見，他以為大衛討女人歡心是因為他令人捉摸不定。不過這只是酒醉的人的看法。大衛完全無法預料，他有一半的時間抑鬱消沉，一半的時間活潑好動，一半的時間遭受折磨，一半的時間折磨別人。我打算留給專業的心理人員判斷他是否得到躁鬱症之類的疾病，不過對我們來說，你只需知道大衛對馬汀的遭遇的「譏諷」——很貞切的兩個字，搜索一下——促使大衛投入戰鬥，將馬汀的劇本搬上舞臺。大衛找到馬汀寄來的信，那封信不知是遺落在車子的腳墊上，被踩得稀巴爛，還是掉進床單或咖啡壺底下。他回信給馬汀，痛罵世人的愚昧和荒唐，並央求馬汀提供劇本。你大可相信，當馬汀收到信時有多麼欣慰。長期分隔兩地的菁英藝術兄弟會的兩名會員於是展開橫渡大西洋的魚雁往返。

那一天信件送達時，凱倫恰巧在大衛的辦公室。你可以說她其實暗中窺伺這個劇本，密切追蹤它的動向。她也隨時掌握大衛或馬汀的各種動態，諸如大衛的震撼逐漸發展成一場戰事、大衛重新找到信件等。凱倫因為成為大衛不可或缺的助手（這是件很容易辦到的事）而能輕易掌握他們的最新發展。大衛經常需要行政上的協助，也經常快速答應別人的支援，無暇思索此人為何提供援助。我相信大衛的自尊心低，然而始終堅信自己的工作有無與倫比的重要性，這也是菁英藝術兄弟會會員的一大特徵。大衛同時相信，其他人也跟他一起分享這個信念——他的工作有舉足輕重的重要性。當你提出要將數小時的人生奉獻給大衛的劇場時，你絕對不會遭遇被大衛詰問為何這麼做的危險。由於不幸遺忘防火牆密碼，大衛最近必須重置辦公軟體，凱倫自願協助大衛全面檢修他的文件系統，那是她早幾年協助建立，不過無人持續維護。這樣一來，凱倫便拿到大衛／馬汀的通信內容，同時抽空閱讀馬汀的劇本。他們的通信內容毫無驚奇之處，不過劇本倒是有幾個出人意表的地方，至少對凱倫而言。

第一個出人意表的地方是劇本寫得很好。至少對凱倫來說，這個劇本似乎很好。她從不曾自詡為戲劇專家，不過她能夠很快就讀完它，這似乎是一個好劇本的跡象。此外，讀完後她對這個劇本念念不忘，似乎也是一個好劇本的跡象。這個劇本令她驚訝同時又出奇地熟悉。這是第二個出人意表的地方。劇本裡出現的許多事件似曾相識，彷彿凱倫真的經歷過；不過，是在另一個人生——一個她不知道自己曾經活過的人生。因此這個劇本就像一場夢境，全部亂成一團卻也留下一些提示，像是一抹氣味或一個斑漬。

這齣戲以酒吧為背景，儘管酒吧裡全是英國人喝著英國酒操著英語腔，但背景應該可以設在「酒吧」，就是那種每晚會去喝酒聊天的地方。酒吧的老闆兼酒保，叫做「先生」（馬汀原本打算扮演這個人物），是個沉默寡言的角色。開場時，幾個老主顧爭論著一個熟人喝到醉死，是否該視為自殺。他們一再慫恿先生發表意見，但先生不置可否。這個時候有個女孩走進酒吧，似乎在乞求施捨。她全身髒兮兮，看不出性徵（觀眾甚至會以為是個男孩），身材孱弱矮小。儘管如此，她的出現惹得先生火冒三丈，終於說出幾句話。他破口大罵，把女孩攆出去。其他人顯得有些尷尬，但是過了片晌一切恢復正常，大家繼續爭論，這場戲在此結束。

接著出現許多場戲，先生和主顧們侃侃談到許多社會問題和道德難題。這些對話雖了無新意但寫得十分出色。凱倫看得渾然忘我卻不覺得有取出便利貼做標記的需要。因此我直接跳到快到最後一幕的段落。

酒吧昏暗無人，看來已經打烊。時鐘顯示清晨四點。我們卻聽見鑰匙轉動的聲響。先生走進來。出人意表的是，後面跟著那個女孩。之前他們似乎頂多是敵對的關係，一個是店家老闆，一個是流鶯。現在看來他們的關係顯然更為複雜。在登場人物表上，這兩個人物皆未註明年齡。先生被描述成「不再是壯年之身，假如過的是另一種人生，或許就不那麼彎腰駝背，也不那麼愁眉不展」；女孩被描述為「無論活了多久，她永遠都看起來像個流浪兒」，身穿骯髒牛仔褲和T恤，應該難以跟男孩區分開來，這也意味著她平胸平臀，不過是否讓她看起來像十歲、十二歲或二十歲？女孩坐在吧檯前，先生在吧檯後面來來去去，並在一扇門裡進進出出，我們可以透過門縫瞥見後面有個簡陋的房間：斑駁的亞麻地板、裸露的燈泡以及一張摺疊床，看起來像先生的起居室。先生將一盤菜放在女孩面前，她開始吃了起來。他們似乎延續先前中斷的話題。先生對女孩的生活方式氣憤不平。觀眾應該能了解這份憂慮：並非指責，而是他稍早對她大吼大叫的潛臺詞。女孩說，先生也可能跟他自己生氣。先生說：「我們每個人都得自己做決定。」女孩說：「真的嗎？」先生說：「我們可以的時候，就會自己決定，但妳知道我不能。」女孩說她也不能幫先生做決定，誰都不能幫他人做決定。這時先生「大崩潰」（可能是肉體上的崩潰，也可能是精神上的崩潰，或者兩者都有——此處引用舞臺指示）。算帳的時候到了——但要算什麼帳？「妳不知道嗎？」先生對女孩說。「難道妳看不出來我很努力地補償妳嗎？」「一如往常，用很自私的方式。」「寶貝，拜託妳，」先生說：「請為我做這個。」沒有提示走位，但女孩似乎用完餐並站起來。先生像是從吧檯後方走過來，或者女孩從吧檯前方走過去，因為這時候先生「狂暴地抱住女孩」（此處引用舞臺指示）。先生是女孩的父親？情人？還是兩者都是？這個劇本並沒有回答凱倫心裡的疑惑。

先生和女孩走進後面的房間，房門在他們身後關上。

後臺發出一聲槍響。

女孩從後面的房間走出來。退場。

不過戲尚未落幕。燈最後一次亮起。告別式。覆蓋著黑色彩旗的吧檯，一張先生的裱框相片，一瓶枯萎的花。一樣的顧客，全都穿著看起來很廉價的西裝外套加領帶，大家坐著喝酒聊天，跟第一個場景一模一樣，不過如今談論的是先生的自殺。他們對於先生為何這麼做議論紛紜，並就人生意義大放厥詞。忽然鴉雀無聲。女孩走進酒吧。她穿得比較正式，如同要上教堂的打扮，只是看起來像二手衣，而且不太合身。儘管現在她換了一身打扮，儘管她想致上敬意，在場每個顧客卻開始攻訐她。有的說：「妳這個小妓女，給我滾出去。」有的說：「滾開，妳這個手腳不乾不淨的臭婊子。」女孩沒有接腔，但似乎也沒有退場。戲本似乎以女孩站在原地結束。她進場；辱罵聲從四面八方落在她身上，徒留「**全劇終**」這幾個字。

不過凱倫讀著這幾個字時清楚看到結局，一如馬汀寫下那幾個字時，想必也清楚看到結局。馬汀是導演也是劇作家，從讀劇的角度來看，這個劇本欠缺的其實是給予導演和演員的提示。凱倫曾經很努力地當好演員，她還記得如何填補這個空缺。

凱倫讀得恍惚出神，不知過了多久。她想起金斯利先生有一次告訴他們，只要照著表演莎士比亞戲劇演員的速度閱讀莎劇，他們就能在幾個小時內讀完整個劇本。這該是頗有建設性的建議，但實際上卻危險且潑學生冷水，而金斯利先生經常給他們這類意見，儘管他從來不曾（凱倫敢肯定）在兩個小時內讀完一部莎士比亞的劇本，甚至一輩子都不曾讀完一部莎士比亞的劇本，然而這個忠告卻深深烙印在她的腦海裡。這給了凱倫一個錯誤的概念，以為閱讀的時間相當於演出的時間。但這一次不然，她好像花了幾分鐘便讀完劇本，不過這個劇本有一百多頁的篇幅，包含許多隱形的沉默，而且不只是舞臺上的無聲時刻而已。有許多在臺上演出的沉默可能歷時數分鐘或數小時，另外還有一種別具意味的沉默，拒絕說出真相。凱倫覺得這個拒絕是一種挑戰，儘管她花了些許時間而有所感覺並試著為它們命名，後來才猛然想起這種感情的稱呼。非常私人的挑戰。但這並不意味凱倫覺得這個劇本是給她的專屬挑戰，隱含著馬汀要傳遞給她的訊息，就像一封他承諾要寄出卻遲遲未寄的信。凱倫並沒有失去理智，她沒有聽見燈罩在說話，或者讀取藏在雞蛋裡的訊息。更確切地說，她是打從心底感受到一種**強烈的挑戰**，她必須領悟劇本的各種沉默並說出它們的意義。

§

許多字詞既是名詞也是動詞，present/present（禮物／贈送），insult/insult（侮辱／辱罵），object/object（物體／反對），permit/permit（允許／許可證）。我的佈告板上釘著一張這類字詞的清單，專給英文不流利的商務旅客使用，這不只是要展示字詞擁有多種用途，也想指出每個詞彙以相同的方式轉變重音，由第一音節轉移到第二個音節，其含義也從物體轉換成行動。「我有一件禮物（PREsent）要送給（preSENT）你。」「我希望你不會反對（objECT）釘書機這種東西（OBject）。」「這個許可證（PERmit）允許（perMIT）我開除你。」這些都是我自己造的句子。我很喜歡這份字詞清單，因為它就像一首沒有抑揚頓挫的詩，也因為這個「遊戲規則」只適用於這些字詞，除此之外毫無意義可言。而像「甄選」（audition）這個字意即試演、試唱，既是名詞也是動詞，不過發音完全一樣。這個字詞字面上的意思是「聽力」或「聽覺」以及「進行試演、試唱」。這個循環定義[33]的確出現在我的字典關於「試演、試唱」做為「動詞」的第一條。而在最能忠實反映字源 audire（聽）的動詞形式下，發出動作的其實是傾聽者：大衛為劇中角色甄選演員，「聽他們試演、試唱，

33 循環定義（circular definition）亦稱「同語反覆」，意指在下定義時，定義項直接地或間接地包括了被定義項，「甄選就是進行甄選」，它的定義項裡直接包含了被定義項，故稱為循環定義。

聽他們說完臺詞」。不過，儘管演員或許是教育水準不高的極端自我主義者，卻深諳權力遊戲。因為演員的關係，甄選——進行試演、試唱——變成鼎鼎大名的循環動詞：我這個週末要參加甄選、我要參加甄選看能否獲得那個角色、我要在他面前進行試演、試唱等等。「甄選」戲劇化地成為主體和客體、主動與被動之間的較勁。

我憎惡演員，始終反對成為他們的一員。我在讀過劇本後確信除了自己別無他人能演出「女孩」這個角色，要做的決定也因此變得更加複雜。我希望不必以演員的身分表演，更不必演得像一名演員。但不亞於對演員的憎惡，我也討厭那些自以為優秀只要張口就有戲演的人。因此一直到甄選之前，我從未告訴大衛我會參加甄選，也沒有央求他讓我演出這個角色。我不選擇甄選段落、不排練、不接受「被人甄選」這個事實——也不接受不參加甄選。

甄選當天一早我印出一段獨白，但我沒有記熟，也未稍加琢磨。我開車到大衛充作劇院的夜店，坐在外面車子裡，直到甄選差不多告一段落，我知道是因為我安排甄選排程，才會一如既往地成為這次甄選無可取代的得力助手，大衛完全沒想到我會出現，他八成早就把我們之間許久以前關於我有驚人的表演才華的對話忘得一乾二淨，因為他當時醉得神志不清。我坐在車裡，驚訝於自己不知道該做些什麼。我聽著自己試唸臺詞，我努力傾聽但什麼也聽不見。後來凱倫感覺甄選差不多結束的時候，她就像接到登場提示般的步出車子，迅速走進劇院，卻看見一位非常年輕、嬌小甜美的女演員和大衛說著話。顯然大衛跟她剛結束甄選，從大衛微微泛紅的臉龐看來，或許他放棄主觀性而允許她試演一段。凱倫知道舉行甄選會讓大衛感到焦慮不安，彷彿需要證明實力的是他。也許知悉這一點讓凱倫膽子變大，她隨手抓了一把椅子對著大衛坐下，硬是把自己插在他和女演員的對話之間。女演員囁嚅結巴陪笑臉，最後朝著她放背包的地方走去，這時大衛的導演助理拿起寫字夾板，傲慢地瀏覽凱倫列印出來的簽名表。「大衛就快好了，請稍待片刻。」導演助理說。不過凱倫不理會他，只是定定看著大衛。「你不認為我做得到。」她說。

「做得到什麼？」大衛說。

「你不認為我做得到。」她把一樣的話再說一遍，大衛突然明白過來。

「我不認為妳做得到。」大衛說。

「你不認為我做得到。」凱倫說。

「我不認為妳做得到。」大衛說。

「你不認為我做得到。」凱倫說。

「我不認為妳做得到。」大衛說。

「你不認為我做得到。」

「我不認為妳做得到？」

「你不認為我做得到。」她肯定說道，因為你把我的話當耳邊風，你鴨子聽雷，你耳聾了。

「我不認為妳做得到？」大衛憤怒說。

「你不認為我做得到！」

「**我**不認為妳做得到？」

「你不認為我做得**到**！」

「到底他媽的怎麼回事？」導演助理大叫道。

「給我閉嘴，賈斯汀！我**不**認為妳做得到！」

「你不認為**我**做得到？」

「重複的目的，」金斯利先生說，「在於掌握來龍去脈。人會哭會喊叫、會抓對方的胯部、脫掉他們的衣服……重複同樣的話……」

凱倫和大衛沒有抓住彼此的胯部，也沒有脫掉衣物，但的確尖聲大叫，越叫越起勁。凱倫的確哭泣，掉了幾滴眼淚，不過是回到家的時候。重複／重複（REpeat/rePEAT）並不在凱倫名詞兼動詞的清單上，不過應該加上它們，因為它們具備相同的運作方式：已經做過的行為、事件或其他事情再做一次／把別人說的話再說一遍。「你不認為我做得到」重複一遍也意味著「有些事情我想要重做」。

§

我曾說過我對大衛很感興趣，對莎拉不感興趣。我為莎拉著迷。我很斟酌使用這些字眼。這兩個詞彙並不意味程度上的不同。字典告訴我們，對某人感興趣即表示我們會「關心、擔憂或好奇」某人。好奇心是一種友善的情感，甚至是一種道德立場。對於那些引起我們好奇心的對象，我們不會加以批判或撻伐。我們不會畏懼或憎恨他們。我的治療師，當我們還常在一起的時候，經常鼓勵我「保持好奇」，他覺得這是件好事，他自己也試著保持好奇，雖不太成功，但希望我這麼做，因為好奇是一種通往感覺的好方法。

對大衛感到好奇，對大衛產生興趣，我感覺到是我自己走向他，是我自己做了決定。相反地，對莎拉深感著迷（obsess）是一種束縛。obsess 源自拉丁文 obsessus，obsessus 則是拉丁文 obsidere 這個動詞的過去分詞，obsidere 由字首「ob-」（反或面對）＋ sedere（坐）＝「坐在對面」（字面意思）＝「佔據、經常出入、圍困」（象徵意思）。當我們說我們被迷住，我們會說我們被某事或某人支配、控制並心神不寧。我們有如受到圍困，感到苦惱。但我們無法選擇。我對莎拉深感著迷，也就是說我被她迷住心竅，她的存在奪走我身上的某種東西，而我需要這種東西感覺完整並成為自己的主宰。可是如果你問莎拉，她會說她對我什麼也沒做，那些令我們心神顛倒的人當真這麼以為。他們迷住我們，可以支配我們，但他們卻萬萬想不到自己有這股力量。

所以到底是誰引起——痴迷？別的事我的確怪她，但這件事我不怪她。我也不怪我們兩人。痴迷是偶然間出現的鬼魅，只是鬼魅卻沒察覺自己是幽靈。我知道莎拉是我的幽靈，但她忘記我甚至還存在著。

凱倫和她的老友作家莎拉離開天際線書店後，來到一家昂貴時髦的墨西哥餐廳，那間餐廳以巨大白麻布搭建而成，宛如蘇丹王浩浩蕩蕩的駱駝商隊——如果蘇丹王吃墨西哥菜的話。洛杉磯從不下雨，造訪的遊客印象最深刻的是店家不必費心建造屋頂。盆栽棕櫚樹、柔軟的長椅、員工服務臺，高腳玻璃杯和牛排刀流光四溢。全部的人坐在暗橙色的夜空下，兩三顆星辰若隱若現發出微光。飛機用鋼索在頭頂上相互交叉成格子網，垂吊著玲瓏小巧的燈泡和圓鼓鼓的紙燈籠，還有巨大的白麻布，應該是想將黑夜劃分成不同的「私人」進餐區，但不喝酒的人卻自覺有如被巨人待晾乾的衣物包圍著。凱倫看得出來莎拉焦慮不安，即便凱倫擺出殷勤體貼、準備開私人診療室的「傾聽臉」，仍然無法緩和莎拉的情緒，只好換成低檔慢速行進。莎拉面前那杯黛綺莉調酒即將見底，凱倫在莎拉侃侃而談之際示意服務生再送一杯黛綺莉調酒和自己還在啜喝的飲料，那是一種花稍繁複的無酒精萊姆汁，發出割草機駛過覆蓋著樹根的落葉草屑腐植土的味道。因為不喝酒的人擁有異乎尋常的觀點，尤其是有閱讀習慣的人，容我再插句話，就我個人經驗，愛喝酒的人和不喝酒的人為伍時肯定照喝，他們其實喝得更凶。不喝酒的人讓愛喝酒的人感到不自在，愛喝酒的人最害怕的情況是在不喝酒的人面前喝醉，但這也正是他們自己造成的。

「我說得夠多了，妳過得如何？」莎拉細數巡迴簽書會期間發生的各種意外後，莎拉大聲叫道，然而這些意外都比不上小說中的人物本尊出現在會場，證明莎拉對她的記憶是錯的。「過去這十幾年來妳在忙啥？」

「噢，就忙這個忙那個，」凱倫說，臉上堆滿笑容，想展示她不覺得這個問題來得太晚而顯得不得體，也不覺得這個問題不夠誠懇。「我大部分的時間都在做行政主管、個人助理、私人管理專員等這類工作——高中時妳大概不知道，我可是很有條理的人。」她們同時放聲大笑，然後跟凱倫預計的一樣，她談起不久前和弟弟一起去越南旅行，暗示她手頭寬裕，過著輕鬆愜意的生活。

「噢，我的天，妳弟弟！」莎拉說，因為還記得凱倫的弟弟而洋洋得意，她問：「他過得好嗎？在哪裡高就？」

凱倫就像跟隨便一個陌生人提到她弟弟一樣地回覆莎拉的問題，她舉出所有最符合期待、最平凡無奇，可能發生在任何人身上的事。單身、住洛杉磯、擔任法律顧問。凱倫和弟弟除了五官相似外，還有許多不那麼顯著的共通點。凱倫知道莎拉不能說那些關於凱倫弟弟不為人知的事實完全不出她所料或根本超出她的期待，因為她過去始終認為凱倫的弟弟不值得她注意，現在她卻試圖延續這種狀況，甚至以為凱倫會為了她的叫聲大吃一驚：「凱文，凱文，凱文，喔我的天，」莎拉不停說著，彷彿凱倫弟弟的名字只是一件瑣碎的玩意。「我好像記得……喔我的天！他有一條剃刀項鍊，他覺得酷斃了，妳還記得嗎？」凱倫是否記得她與弟弟共享的童年風景中的每一粒砂？而在這片風景裡，信不信由你，那條剃刀項鍊怎麼會是那麼重要的地標？凱倫笑著點頭，彷彿她和莎拉肩並肩繼續走在回憶之巷共同回味凱文，那條剃刀項鍊在她們頭頂上旋轉並發出萬丈光芒，就像一輪燦爛的太陽。

到底需要多少個房間收藏過去？在他們的家鄉，空間便宜，連窮人的房子都寬鬆大方，但就是造得窘迫寒酸。莎拉和母親同住的公寓，凱倫、凱文和母親一起生活的房子，結構窳劣，黴菌滋生，蟑螂橫行，水龍頭把手、拉門拉手脫落，窗戶、房門打不開或關不密，但房子並不狹小，空間寬敞，你永遠也填不滿。父母離婚之前和之後，凱倫和凱文有各自的臥房，房間奇大無比，汙漬斑斑的低矮天花板，髒兮兮、起毛球的長絨地毯，脫離軌道的手風琴式衣櫃門，鋁框拉窗卡住，推動時會發出刺耳的聲響，同時產生詭異、灰白色的鐵鏽，有點像鹽垢，會弄得你滿手都是。像這樣的房間一個已經夠糟了，兩個會要人命。整個童年時期，凱倫和凱文不停地從一個房間遷徙到另一個房間，他們拒絕擁有自己的房間，在他們體內（要不，在他們心裡），他們深知兩個身體在同個房間能戰勝房間，但是一個身體一個房間註定失敗。於是他們偷偷溜進彼此的房間——偷偷溜進去，是因為他們整個童年時期，總是有人明示或暗示他們不該共享一個房間。父母離婚前，是他們的父親和祖母持有這個意見，父母離婚後，母親短暫交往的男友持有這個意見。高中時，莎拉也持有這個意見——不過無意識下，因為莎拉甚至不知道凱倫經常和弟弟共用一個房間。她可能會覺得凱倫住在三人、四房的屋子卻跟弟弟共用一個房間很奇怪。為了不讓莎拉感到奇怪，凱倫和凱文撤回到各自的房間。凱倫知道，她自己和凱文一樣痛下決心不想嚇跑莎拉這個珍貴的朋友。凱文很可能下了更大的決心，畢竟他認識莎拉時已經十二歲，仍穿著「哈士奇」牛仔褲，一副溫順、蒼白、矮胖、笨拙，還有一種不太討人喜歡的靦腆。當時的凱文，總是躲在門後呆呆盯著莎拉看。他很可能用攢下來的零用錢，去賣吸食大麻用品的雜貨店買了那條可笑的剃刀鍊子，盼能贏得莎拉的讚許。

因此，沒錯，在莎拉眼裡，凱文幾乎不存在於凱倫的童年時光。不過在凱倫和凱文眼裡，莎拉隱約存在於他們的童年時光裡。莎拉驚訝自己仍記得凱文，凱倫卻很清楚，要凱文忘掉莎拉是奢求。當凱倫預訂這次到洛杉磯的機票時，她故意不告訴凱文她將參加莎拉的巡迴簽書會。她不相信他不想跟她一起來，她不相信他不會質疑她對莎拉的看法，那是她花了一番心血、大量分析的結果，而凱文對莎拉的看法卻密封在童年暗戀形成的琥珀中。不過至少凱文對莎拉有自己的想法，不像莎拉對凱文沒有任何想法，於是她酒後猛然回想起他的名字便成為另一件發生在她身上的意外之喜。「凱文！喔我的天。所以你們一起搬到洛杉磯嗎？太好了。我記得你們感情很好。」是的，他們感情很好——才不，她不會記得這種事。凱倫為莎拉叫了第三杯黛綺莉調酒，再度淡淡一笑。

「我們姐弟住在這裡一段時間，我度過十分快樂的時光，但現在我搬回家了。」

莎拉花了片刻才反應過來。「妳說的是我們的家鄉嗎？」

「我的家庭真可愛的那個家。」

「**妳住在那裡？**」莎拉高亢的聲音瞬間降了八度。她終於忘掉自己，而她喜歡包打聽的尖酸性格（未必是關心，而是想知道）凱倫一直銘記在心，現在又出現了。莎拉似乎都知道，但不是知道你，而是知道你想知道的某些事。現在她似乎看到她們的故鄉，像一堆骯髒的酪梨醬碗疊放在隔壁餐桌上。「我想像不出妳住在那裡的模樣，我也想像不出我住在那裡的模樣。一切還好嗎？」

「很好。跟我們小時候住的地方不一樣，我的意思是，景物依舊，不過我沒花很多時間待在那裡。」

「我痛恨那裡，我始終覺得自己沒有半點權力。」

「當時的我們只是小孩子呀，本來就沒權力。」

「妳有呀，妳有車子。」

凱倫高中的那部破車是如何出現在莎拉筆下啊？凱倫對莎拉書裡有個細節感到著迷，那就是莎拉對凱倫擁有這部車子心有不甘。凱倫為此對莎拉始終感到相當好奇，而不光是憤怒而已。如果凱倫稍微偏向佛洛伊德學派的方向思索，任自己淺嚐帶有罪惡感的歡愉，她可能會得到如此結論：這裡面除了有明顯的陰莖羨妒（還是陽具羨妒？凱倫其實對佛洛伊德只略知皮毛，別忘了她大學是主修舞蹈），也有明顯的父親羨妒，凱倫的車子代表凱倫父親在她生命中扮演的角色，儘管微不足道，但仍然比莎拉父親在莎拉生命中扮演的角色重要，因為莎拉從未見過父親，連他住哪兒也不知道。這裡我們可以把「父親」的意義延伸為各種形式的男性保護：譬如莎拉與我們叫做金斯利先生的特殊友誼，以及他們友誼神祕地戛然而止；譬如莎拉對大衛車子的描寫，那通他沒有接聽的電話、凌亂的副駕駛座，還有莎拉因為大衛不在而透過自慰達到高潮等等。關於那部車子的所有描寫都指向大衛違背照顧莎拉的承諾，彷彿大衛不只——或者應該不只——是一個搞砸一切的青少年屁孩。大衛為什麼得對她負起責任？他們生命中的大人又怎樣？彷彿得到提示似的，莎拉問凱倫：「妳有見到任何人嗎？」

這裡的「任何人」，凱倫心知肚明莎拉指的是大衛，她頓時感到心滿意足，因為這對話依她的期望終於來到她希望抵達的地方，彷彿火車終於進站。

「我常看到大衛，事實上我們一起工作。」

關於喝酒的人，凱倫觀察到另一個現象是他們的醉意不似雪層層堆疊、越積越厚，而是忽高忽低，時而混淆不清，時而相對清晰。儘管混淆的情況每況愈下，相對清晰的狀態也越來越混濁，如此繼續下去終於到達巔峰，酒醉的人仍執拗地自以為看得一清二楚，堅信自己沒喝醉。聊到大衛這個話題時，莎拉便處於這種狀態。她不再亢奮或尖聲大叫，也不再粗魯誇張地做出激動的反應。現在她完全軟化。她一定覺得躲在厚厚的城牆裡才感到安穩。假如看著一個人被只關心自己與好奇他人的兩種心態撕扯，看到她的向內凝聚性與向外開放性這兩種特質發生衝突是有可能的，那麼我的確在莎拉身上看到這些。我看到她渴望提起大衛，渴望從我的口中得知大衛的近況。剛才她已經忘了自己，現在，為了大衛，她把自己擱到一邊。

「跟我聊聊他吧。」她說。

§

我在做心理治療時，有一個必須面對的考驗是我什麼都記得。我這輩子一直擁有完美無瑕的記性，許多人也注意到，但都不及我的母親。在我還很小的時候，我母親喜歡炫耀我的好記性，有的輕鬆好玩，譬如她去雜貨點買日用品時帶著我就不必列清單。想像四、五歲的我和塞在推車嬰兒座、胖嘟嘟的凱文，我們走過一條條通道的同時，我總能不假思索地說出廚房缺少了什麼，連茶匙也不放過。家裡沒牛奶和麵包了，家裡只有三顆雞蛋，冷凍櫃還有一片冷凍雞胸肉，小蘇打粉用完了，只剩下一條蘇打餅乾。她會趁旁人還沒走遠時問我糖罐還有多少糖或萵苣是否新鮮，暗自希望他們發表評語。當他們真的這麼做時，她會興致勃勃地跟對方攀談：「相信我——她也知道我上一次用吸塵器吸地毯是什麼時候。」（對方發出讚賞的笑聲。）「相信我——當你的孩子沒忘記你去年答應過她的冰淇淋時就不太好玩了！」（對方讚賞的笑聲更熱絡。）但她讓我夾在她和我父親；或者後來和她的男友之間的爭執就不好玩了。「你當真要對我說這些話？凱倫正在聽哦。」「凱倫，請妳提醒保羅他答應過要做什麼。」但是隨著我年紀漸長，我母親不再炫耀我的記憶力，她不再吹噓我的記憶力，也不再利用它來打擊死對頭了。相反地，她開始詆毀它。我的記憶曾經是檢驗她的主張的最後明證，卻神奇地反駁我自己的主張。我確實記得幾次事件，不過我不能理解；滿腦子塞著諸如牙膏管還剩下多少牙膏這類索然無味的芝麻小事的人，是不會知道這些事情代表什麼意思。我的母親起初濫用我的記憶，後來汙衊它，不過我的結論自始至終都一樣。我的記憶是我內心深處的自我，我必須保護它。

心理治療可能是記憶的校訂，就像你摧毀原來的經歷版本，重新寫一個來挽救你的生活。看來心理治療可能不會把它的髒手從你身上挪開。往好的方面說，它會讓什麼都記得的人在記性上讓步而感到不舒服；往壞的方面說，它讓我想起母親——不同的是心理治療要的是情緒真相，然而我的母親卻因為不是她自己的情緒和真相而拔腿狂奔、失聲大叫。莎拉也是這樣嗎，是否跟我猜想的一樣？打從高中起，有件事我記憶猶新，那就是莎拉的記憶力低於平均水平。事情不論類別她一概忘光；她記不得把包包、夾克或唇膏放在何處，東西一旦離手就忘了擱在哪裡。她忘記有什麼作業，也忘了是否寫好。她想不起來為何跟這個人大吵一架，也忘記說了些什麼。她健忘的結果——或者該說健忘的原因？——可能是她「富有想像力」和改寫過去的「天賦」，不過這是否意味著她大概比較能覺察到別人情緒真相？如果她忘記我的情緒真相——假設她起初知道——現在她還會密切注意我的情緒真相嗎？或是她會把她的情緒真相出借給我，像我母親常做的那樣，卻不知道其實不適合我？

凱倫應該認為是後者——或者她應該認為她認為是後者。可是當莎拉開始啜飲第四杯黛綺莉時，凱倫發覺莎拉變了；但改變的不只是血液酒精濃度。凱倫出現在書店的時候，莎拉明顯感到震驚與恐慌——那一刻，無論是有意還是無意，莎拉跟那個處境下的情緒真相完美搭上線，而那個處境就是凱倫鄙視她——但如今，莎拉卻假裝像個純真無邪的嬰兒，對凱倫絕對的信任，並且對她的版本有新的理解：意即她們兩人的友情不曾破裂，依舊是好朋友，也未曾停止相親相愛，只是各奔東西而已。儘管莎拉集美貌、魅力、博學多識（但不代表她什麼都能理解）於一身，凱倫了解到自己一直很清楚莎拉基本上健忘、沒安全感、骨子裡不信任別人、渴望得到讚美和得到認可。凱倫也意識到自己一直很清楚情況允許的話，莎拉可是會忽視凱倫的情緒真相，要是有人提供她一種情緒假相並讓她好受一點。凱倫知道她可以倚仗莎拉這個弱點；儘管對自己毫無計畫就跑到天際線書店而忐忑不安並試著自我解嘲，但終究還是得承認，自始至終她都是有計畫的。

「我真想看他發現妳出現在甄選現場時的表情啊。」莎拉熱切地說著。截至目前為止，莎拉聽說了馬汀的新戲（但沒聽說關於馬汀的獵巫行動），以及大衛把它搬上舞臺（但沒聽說大衛投身馬汀的支援行動），以及凱倫調皮風趣地決定接受大衛敷衍搪塞的甄選邀請，還有甄選採取的方式。當聽著凱倫描述大衛如何狡詰地利用個人魅力當作付款方式，莎拉笑翻了。噢，她記得這一點。大衛有這種天賦異稟，他讓你覺得世上只有他看得到你的才華。那一夜天氣雖然涼爽，莎拉雙頰酡紅，一方面因為她幾杯黃湯下肚，但更大的程度上是因為追憶大衛和閒聊往事的喜悅。不過，雖然在她與凱倫的友誼中找到令人愉快的簇新信任感，她並沒有忘記強調凱倫確實才華洋溢。「我說真的，大衛說的沒錯，妳很厲害。」她說。「不過我覺得妳說的也對——他喜歡表現慷慨大方、懂得激勵人才要妳參加甄選。這也是為什麼我很高興妳真的去了。但後來怎麼樣呢？」

凱倫做了一個搞笑的震驚表情——她還沒有說嗎？「我拿到了。」莎拉驚喜尖叫，兩隻手臂高高地舉在半空中。

「我猜他為我被埋沒的才華說了那麼多屁話後，不得已只好讓我演了。」凱倫說。其實這是虛情假意的謙卑詞令；別忘了這個角色是個女人，是整齣戲唯一的女性。她又說：「而且這角色無論年紀多大，永遠都看起來像個流浪兒。」別忘了這個角色設定，是個很容易被誤認為小男孩的女性，但凱倫嬌小、身強體健，打從十歲起就不曾「看起來像流浪兒」或小男孩。倒是那位年輕貌美的女孩像個流浪兒，但凱倫讓大衛遺忘這個女孩。大衛最後選擇凱倫，連凱倫自己也大吃一驚，不過既非出於憐憫也不因為內疚。只能說，她那不太理想的外形證明了她有其他長處。「妳和馬汀有點那個什麼嗎？」大衛在「酒吧」告訴凱倫，他自己也很訝異選擇她扮演那個角色後提了這個問題。凱倫垂下眼瞼，似乎沒料到大衛會這麼問，但又覺得他的問題很膚淺。「好吧。」大衛說。「但幫個忙，第一次排練前別跟他聯絡。我想看到時他會有什麼表情。我打賭這個在『女孩』初次踏進『先生』酒吧時就能派上用場。」

「所以他是『先生』？」凱倫漫不經心問道。

「他媽的沒錯，我告訴他如果他不演『先生』我就不導。我等不及想看他看到妳會有什麼表情。」

「我也是。」凱倫說。

在墨西哥露天餐廳時，凱倫沒有跟莎拉透露這些細節，對馬汀要演出也口風很緊。不過當莎拉問：「妳想馬汀有可能來看戲嗎？」凱倫說：「大衛似乎相信他會來。」然後看著莎拉先是極力抵擋誘惑但終於俯首稱臣。

「如果他能從英國過來，我也能從紐約過來。我必須來。我不曾看過大衛任何一部戲。」

「妳是認真的？」凱倫驚訝問道。「離演出不到三個星期了。」

「我是認真的。」莎拉說，整個人閃閃發光，彷彿已經全神貫注於大衛因為她出乎意料的出現而大吃一驚並流露愛慕之情。「在這張餐巾紙上寫下日期。我一回飯店就馬上訂飛機票。」

「妳真的是認真的嗎？」凱倫再問一次。

「我當然是認真的！我不能不認真。是大衛的戲啊！妳還參與演出！」

「因為——如果妳是認真的——」

「什麼啦？」

「噢，我瘋了。」

「妳就告訴我嘛！」

「我腦筋閃過一個瘋狂的念頭——我無意冒犯。不過，還記得我們在服裝組共度的那些時光嗎？不過這次的角色只需換裝一次，而且不必快速更換。」

莎拉連忙用手捂住嘴封住尖叫。她放下手後接口說，「我要當妳的服裝員！我要幫妳穿衣服！」

還有母親在熨衣服嗎？或者應該說，還有人在熨衣服嗎？可是我們得承認，熨燙衣物不是每個人、而是母親的專屬工作。就連凱倫的母親穿著荷葉邊領口的拖地長袍、有跟的拖鞋，也會拿著熨斗整燙衣物。家裡的熨衣板固定架在X型腳架上，緊緊套著銀色鬆緊帶布套。躺在熨衣板底下的地板上，凱倫看著這些鬆緊帶皺褶，回想起自己穿過的尿布，在記憶中還是不久前的事。凱倫當時可能才兩、三歲，躺在熨衣板下，盯著這些鬆緊帶做工，光滑的銀色布套因此才能牢牢固定。凱文當時還是嬰兒，坐在圍欄裡踢腳或躺在嬰兒車上打盹兒。凱倫的父親仍住在家裡，凱倫的母親幫他熨襯衫。她會先用一個金屬罐子在襯衫上噴點東西，做晚餐時，她也用同樣的方式先在平底鍋噴點東西，不過經熨斗燙過的澱粉漿發出的氣味比做菜發出的氣味讓凱倫更加飢腸轆轆。熨斗在噴過澱粉漿的濕漬上一路滑過，彷彿吃掉它，同時發出細碎的爆裂聲和心滿意足的嘶嘶聲。那個時候的母親，從做些瑣碎乏味的家務編織夢想，彷彿再也沒有比這些事更浪漫的了，卻非常符合凱倫心目中好母親的形象，也是她未來將一直試圖尋找的母親。當凱倫在CAPA的服裝間發現熱騰騰的燙衣漿，它發出的聲響和氣味足以讓她滿心愉悅地參與每一場演出，包括準備服裝以及為上場表演的人穿好戲服。熱騰騰的燙衣漿使她心情平靜，讓她重回遺落在她童年裡的古老安全港。它緊緊聯繫著她和莎拉，兩人一起愉快地熨燙戲服。那些在服裝間度過的午後讓凱倫對自己還是小孩子的光景充滿懷舊之情，如今這些午後時光本身也成為一段古老的童年回憶。懷舊之情（nostalgia）是「一種對過去多愁善感的嚮往或充滿依戀的孺慕之情」。這個詞彙源自希臘文「nostos」：返鄉；以及希臘文「algos」：苦痛。

§

距離馬汀第一次來訪已經過了許多年，現在他又回來了。大衛去機場接他，並讓他住在自己簡陋雜亂的寓所。凱倫知道對菁英藝術兄弟會而言這是理所當然的安排，不過她懷疑，曾經住在金斯利先生豪華客房的馬汀會喜歡大衛的沙發床。身為大衛不可或缺的得力助手，凱倫趁馬汀抵達前僱請了一家清潔公司為大衛的公寓熏蒸消毒，大衛一如往常卑微地表達感激之意。凱倫也提前安排馬汀的行程，準備文件向州政府申請訪問藝術家補助，撰寫新聞稿，宣佈舞臺劇製作，更新劇場官網。凱倫處理這些工作時都沒提到訪問藝術家帶著鬧得沸沸揚揚的醜聞過來。大衛劇團裡無人談論醜聞。就凱倫所知，除了大衛、她自己和金斯利先生外，沒人知曉此事。馬汀涉嫌犯下的罪行並未跟隨著他來到美國這個十餘年前他曾經度過一段時光的城市。然而他們不必知道——凱倫平靜地想道——作家或許希望放鬆一下和專心寫作。沒錯，凱倫想到馬汀時感到很平靜，同時迎接他的到來。「平靜」意味著「冷靜、不被擾亂、安寧」，常用來形容海洋的狀態。馬汀飄洋過海，至於大海是否平靜，我們不得而知。馬汀在機場見到大衛時很可能對大衛容貌上的巨變大感意外。三十歲的大衛很容易被誤以為即將邁入五十歲。大衛頭髮稀疏，額頭、面頰和肩膀似乎不敵地心引力作用變得鬆弛下垂，他臉上有永遠也來不及刮掉的鬍渣，全身腫了一圈，有老菸槍兼酒徒專屬的灰白膚色，而他人在戶外的唯一時光是走進車子、走出車子的時候。見到大衛這副模樣，馬汀大概會感慨過去比他所想像的更為遙遠。他看到凱倫時是否也有同感？他認得出凱倫嗎？

這齣劇會在一間前身是倉庫的地方演出，這棟倉庫如今前半部改建成一間酒吧，後半部變成「表演空間」，但其實只是簡陋搭建的看臺和數條管子用鏈子高高掛在天花板上；天花板上有各式各樣的二手舞臺燈，以磨損的管線和皺巴巴的膠狀物固定住。從某個熄燈的劇院搶救回來、破爛不堪的黑色舞臺幕布，讓灰塵滿佈的偌大倉庫變成一座迷宮，但在邊緣處肯定有通路，只是你看不出在哪裡。人們在尋找化妝室或走出劇院的途中迷失方向，他們屢屢被黑色舞臺幕布困住，以為瞥見了出口或入口但其實不然，最後必須呼喊救命才能脫困。酒吧的吧檯像一個巨無霸的膠合板馬蹄鐵，幾乎沒有座位。出於某些原因只有若干張高腳椅，每一張都坐著一位寡言駝背的酒徒。還有一些手扶椅和沙發，顯然從垃圾堆打撈起來，散落在混凝土地板上。第一次劇本閱讀的夜晚，也是馬汀在城裡的第一個全天的那個晚上，凱倫到得早，將座位排成圓形，桌上放了數個菸灰缸，他們還央求酒吧侍者提供一壺水和數個杯子。好吧，凱倫很焦慮，不再感到平靜，不過還算是意料之中、控制得住的焦慮。雖然歷時很短暫，但原因很明顯。當生命讓我們和某人冉次重逢時，我們永遠無法得知，彼此對於曾經共有的故事版本記憶，會有幾分相似。和他們第一次相遇不同的是，當時凱倫自覺年紀不小但其實青春年少，如今她的年紀已經大得足以明白，對於馬汀來說，他們之間或許什麼故事都沒有。他很可能對這個被他觸摸過而因此發生變化的女性，根本沒有任何接觸的快感。他可能認不得她；也可能認出她，只是想不起他們曾經有過的關係裡頭的任何細節。或許他想起來，但記得的細節跟凱倫的不同。如果他記得一樣的細節，他也可能不是以同樣的方式記住。不過凱倫只需一些蛛絲馬跡便能看出彼此的差異，然後調整自己的心態。

其他四名演員率先抵達酒吧，與凱倫尷尬攀談。他們年紀不到二十五歲，對凱倫小心應付，因為不清楚她在演出者之中處於何種地位。凱倫一點也不在乎去解釋什麼，她不費吹灰之力就能和他們閒聊。對她、對這個故事和這齣劇，他們完全無關緊要。他們會在這個時候出現全因為大衛遲到了。大衛請他們七點半到，但告訴凱倫他和馬汀七點到，大衛希望能在不受干擾的情況下從旁觀察馬汀和凱倫的重逢。不過大衛一如往常遲到了卻不知道。他不太自在地踱步走進寬敞、布滿灰塵的黑色空間，儘管黑糊糊一片，卻更凸顯他意識到自己身為劇場經理的角色，他一方面興致高昂地促成事情發生——現在要發生的事情是馬汀和凱倫的重聚——結果可能造成尷尬不安也可能皆大歡喜，不過無論如何，他真的讓事情發生，並將它投入表演，促成更多事情發生。這是大衛慣有的態度，以自我為中心，但也不全然不可取；這一刻他才是關注的焦點。他抱持的態度正合凱倫的意，她因此能保持隱形的狀態。

「嘿嘿嘿，看看誰回到美利堅合眾國的懷抱啦。」大衛說，而馬汀奇怪地變得格外矮小，雙手插在口袋，雙肩聳起，跟著大衛的步伐走，倒三角的臉上露出沾沾自喜的笑容，嘴角叼著一根菸。大衛看到演員們說：「媽的，你們怎麼會在這裡？」

「你叫他們七點半到。現在七點四十五分了。」凱倫說。

「這位是凱倫嗎？」馬汀喜出望外地驚呼道，他把香菸從嘴裡抽出，猛然停下腳步，不過身體其他部分似乎向她傾斜，尤其是那張齜牙咧嘴的笑容。不過，他的雙眼卻違背了他，眼瞳閃過一道微光和震顫。他惶恐不安地掂量著各種選項，當即選擇熱情以對。大衛的眼神此時從那四位演員身上彈了回來，卻已錯失良機。

「正是在下。」凱倫微笑道。

「妳看起來他媽的氣色好極了！」馬汀說。

「多謝。」凱倫接受讚美，同時散發一種她在《傑作》[34]裡一位扮演英國王室成員的女演員身上見過的雍容傲慢，不過只有短短幾秒而已。凱倫的母親很著迷《傑作》這齣連續劇，幾乎是以盲目膜拜之情在觀賞，不知情的人以為她有文化修養，卻不知真正令她瘋狂的是劇中的戲服。有很長一段時間，凱倫雖然對母親的盲目崇拜不屑一顧，自己卻也養成收看電視劇的習慣，她的母親就像住在她腸子裡的寄生蟲。有個晚上凱倫看的那一集，裡面有個女演員扮演英國王室成員，對某個讚美她的男人露出高高在上的姿態，同時小氣地應了一句「多謝」。她像是捏著鼻子說出這兩個字，彷彿給了男人天大恩惠，而男人似乎表達出感激之情，讓她露出尷尬為難的表情；然而她說這句話的時候，卻流露出那樣微妙又複雜的憎惡感。當時凱倫大概還在讀大學，她馬上想起馬汀，是的，她的確想起他。她想起他的「英國

34 Masterpiece Theatre，一九七一年在美國首播的電視連續劇。

差異」，懷疑自己是否不了解其中暗藏的某些密碼。現在，她不苟言笑地說出「多謝」二字，並暗自觀察他的回應。她看見了什麼？他的眼神像陷入乒乓球之戰飛來飛去，他似乎知道出口不易找到。凱倫的焦慮不安像發出劈哩啪啦聲的沸滾氣泡，但逐漸轉化，終於變得冷淡、僵硬，表面波瀾不驚。你或許會稱她後來的變化為「自信」（confidence）——這個字來自拉丁文confidere，意為「擁有充分的信任」，而我們應該也沒有誰會看不出此刻的她想展現出的自信。馬汀的目光游移不定，但他有充分的理由提高戒備——畢竟他帶著一樁鬧得沸沸揚揚的醜聞過來。可是他也有各種原因粉碎自己的直覺，只要找得到，他肯定立即抓住自信的理由。馬汀當然想看起來正常，哪個罪犯不想呀。凱倫一小句絢爛的「多謝」其實蘊含彼此心裡都有數的輕蔑，卻不知怎地像在打情罵俏，你還能看到她淡淡笑著。凱倫看著馬汀重新振作，並衝著她露出一個黃鼠狼／浪蕩子式的奸笑。大衛雖發現得有點晚，還是以為他們之間有點 frisson 而感到高興。「frisson」是法文，意指「顫抖或激動」，在美國，這個詞彙一直要到一九六〇年代末才比較常見。當時發生了一場性革命，人們需要這個詞彙或覺得應該需要它。喜歡大白天穿半透明睡衣的凱倫的母親，就非常喜愛 frisson 這個詞彙。

凱倫依然面帶微笑，等著馬汀在她兩頰輕啄一下，他也這麼做了，並且急於責備大衛：

「你他媽竟沒告訴我會看到凱倫！」

「他有告訴你我也軋一角？」

聽到這裡，馬汀不得不表現得異常熱情，熱到簡直要衝破天花板——但那是他太過緊張，只好說服自己相信：凱倫是在跟他調情，其實一切都沒事。而凱倫儘管滿腹疑慮，但她看得出來馬汀的故事版本和她的很一致。

接著，他們雙雙都裝作若無其事，然後各自就座，述說過去十二年的人生，但都信口胡謅，而其他年輕演員除了原本的那壺水外則又恭順地添上幾壺啤酒。

然後，每個人就座完畢，開始劇本圍讀。

「第一幕『先生』幾乎沒有開口。」大衛後來覺察出來。「不過觀眾必須對他有些認識，才能接受他後來情緒爆發。」

「由於扮演這個角色的真他媽是我本人，我倒樂意給自己加幾句該死的臺詞。」馬汀說，引起年輕演員們哈哈大笑。

大衛又繼續談論「先生」這個人物充滿了顛覆性，馬汀打斷他的話，說：「他不就是個討人厭的可憐蟲？」在一群仰慕他的年輕演員和大衛面前，馬汀輕而易舉地掩蓋他有一種神經質的需要，他需要旁人對他角色的複雜性格大肆讚揚，可又故作謙虛，轉而開起自己的玩笑。馬汀演技精湛，流露出一種情感狀態，大家都很吃這一套，並回以他恰恰想要的東西：眾人引發更多笑聲，夾雜著幾句不滿，抗議他的角色只是個普通人，才不是什麼「可憐蟲」，搞不好還是耶穌呢。

凱倫一面暗自剖析馬汀的高階屁話，看著他這一席話倒也產生令人愉快的效果，讓她對自己以前曾經覺得他超群不凡不那麼羞恥了。她悠遊自得地尋思著，這些男人多久以後才會留意到她坐在一旁，但她始終一聲不吭，沒有參與談話。他們每個人都啜飲啤酒，只有她滴酒不沾，因此他們不在同個頻道上。「我認為我們應該在第一幕就看到槍。」她打斷其他人的話。「像契訶夫說的，如果我們將在第二幕聽見槍聲，我們就必須在第一幕看見槍。」

「的確，他說如果我們在第一幕看見槍，第二幕前就得開火。不過意思差不多。凱倫，很酷的意見。」

「我想到『先生』在吧檯底下四處翻找某種東西，然後啪的一聲把槍放在吧檯上，以免發生危險。」其中一位演員說道。

「每個酒吧老闆都有一把手槍。」另一位演員說。

「真的嗎？」馬汀說。「美國真他媽血腥。在英國就不是了。」

「歡迎來到血腥美國。」

「也許當女孩第一次出現時，他拿出手槍，像是放在吧檯上之類，同時說滾開，否則要妳好看？」

「我喜歡。」大衛說。「我們需要一把道具槍，我們無論如何都得弄到一把，錄製的槍聲很假。」

「交給我。」凱倫說。

由於四位年輕演員打算續攤，稍晚將有樂團登臺表演，因此大衛、馬汀和凱倫三人結伴離開來到殘破不堪的街道上，龜裂的水泥板雜草叢生，還有許多尚未改建成酒吧／表演場地的老倉庫。數條街道外有鐵道經過，這整個區域就像它字面的含義，位於錯誤的一邊[35]，至於「右側」，一片荒蕪，但數英里外可以瞥見井然有序的鬧區，交通號誌燈熠熠閃耀，使鬧區看起來好像豎立起來。大衛原本可能把車子停在任何地方，這一帶除了停車場外別無他物，不過他卻停在凱倫車子後方，在一條荒涼的街道上，因此為了回去取車，他們一起散步。大衛裝有電話的跑車早已不在。他目前駕駛的車子的駕駛座側車窗套著一個黑色垃圾袋。凱倫那部令人羨慕的敞篷車也早已不在，她現在開的是一部實用型、毫無瑕疵的車子，大衛認得出來，僅僅因為他時常看到。殘破的人行道和杳無人跡的街道綿延不絕，直到看不見的地平線。頭頂上方是廣大無垠的漆黑夜空。到這裡，就字面含義位於鐵道錯誤（左側）的一邊，光害不嚴重，不至於讓鮭魚橘色的霧霾更暗沉，他們城市的夜空總籠罩著一層霧霾，猶如一張毯子蓋在他們身上，撫慰他們。大衛把車子停在凱倫車子的後方是一個友好的表示，就像薄暮時分放牧的羊群悄悄挨近彼此，讓漆黑的感覺不那麼黑暗，讓冰冷的感覺不那麼冷峻。這一切讓凱倫開始納悶——就在他們開啟車鎖時——大衛對馬汀的評價是否不如他所聲稱的那麼有自信。「即使他和學生亂搞，」大衛前幾個晚上說，「這也不是什麼他媽的罪大惡極，我們標準實在太高了。沒繫安全帶就不能開車，除非政府允許，否則我們就不

35 指左側。

能嘿咻？我們很清楚她們都同意的。」

「我們怎麼會知道？」凱倫帶著「我不是要爭辯只是感到好奇」的口吻問道。

「他說她們都同意——告我啊，不過截至目前為止還沒有人給我任何不相信他的理由。現在過幾年了、甚至十年都過去了，她們卻說她們當時不同意。為什麼搞這齣？」

「我不知道。這不能證明她們說謊。」

「那妳呢？不管妳和他是怎麼回事，妳不是無助的受害者。妳給了他車鑰匙，他搬到妳家。」

「一點也沒錯。」凱倫說。

「妳不是無助的受害者。」大衛再說一次。當他們談起馬汀，他的聲音隱隱流動一種熱情。「你大可一走了之——妳也可以攆走他呀！金斯利先生就把他趕出去，妳卻接收了他。當真要說誰是無助的，應該是馬汀啊。」

「我沒有要和你爭論。」凱倫說。不，她不是無助的受害者。這件事不該由大衛來定奪，不過他說的確實是對的。儘管如此，那個晚上他還想證明什麼，但今晚當他們打開車鎖，馬汀站在一旁深深吸了一口菸，假意欣賞四周醜陋的景象，凱倫感覺到大衛不能肯定他是否成功證明了什麼。當大衛覺得沒把握時，他將一刻也無法休息，除非獲得保證他才會感到安心。

「一起去『酒吧』吧？」大衛說，幾乎不掩飾心中的渴望。

「汽水的價格太高，我要回家。」凱倫說。

「來嘛，凱倫，我們還沒促膝長談呢。」馬汀說，幾乎不掩飾內心的不願意，他顯然希望她離開，她留下來只會刁難他。其實不然。

§

我的父親會木工，「跟耶穌一樣。」他是這麼說。他也跟耶穌一樣，身懷其他絕技，電路、水管，打造一棟房子所需要的技能，他都會。他和我母親分開後，每個禮拜還是會回來，一手包辦大小事，翻修屋頂、清理雨水槽、替吊扇換新電線、疏通馬桶等，我母親連最後一項都做不來。我母親有了朗，也就是她一系列男友的第一個，我的父親就不再來，不是因為朗知道怎麼修理房子，而是我母親不希望朗因為我父親高強的能力感到難堪。需要修理的東西瞬間變成我從旁觀看學來的東西，不過我修理的速度永遠跟不上房子敗壞的速度。到了我讀高中的時候，我們的房子已經回歸自然狀態：庭院裡的雜草長得齊腰高，橡樹根延伸至排水溝。當我們的房子逐漸被庭院接管，我父親的房子則逐步佔據庭院。他蓋了一個露天平臺並擴建廚房，把車庫改成電視休閒室，更打造一個能夠蔭庇私人車道的超大停車棚。每個週末，我把我的老爺車開去我父親家，我們兩人一起修修補補，沒什麼他不會做的：引擎、車體，他甚至整修車子內部的皮革椅。我們話不多，也不太分享感覺或想法。我的父親和我——這是我自己說的故事，誰知道他的故事怎麼走——因為太相似所以難以親近。我們都很能幹，也都喜歡獨處，我們都很愛我的母親，又恨自己那麼愛我的母親。不過，如果你問我的父親他和我的關係，他也許會說出大相逕庭的內容，但更有可能的是他一句話也不說。

我還小時，我父親常陪著我們做木工或勞作，稍後他開始為歌劇搭造佈景和控制舞臺燈光，加入舞臺技術人員工會，多虧他有工會的工作，對我們又宅心仁厚，凱文和我才能衣食無虞，縱使我母親——從過去到現在——幾乎不曾工作，而且把贍養費花在每一任男友身上。我的父親參與搖滾樂演唱會和電影的拍攝工作，只要需要照明設備的他都做，不過他最穩定的收入來源是歌劇、市區劇院以及公園舉辦的夏季表演活動，而大衛瞧不起這些走溫和路線、安於現狀的表演。大衛的成長過程遠比其他同學優渥，因此對這種場合不屑一顧，他可能會說那些都是提供給利己主義的富人的文化消遣。不過我的父親從貧窮中長大、沒念過大學，對大衛那些妖言惑眾的表演嗤之以鼻，假如他有機會費點心神去觀賞它們，但他沒有。當我告訴我父親——他認識城裡每一位工會道具師——為了大衛的表演我需要一把能發射空包彈的手槍，他發出氣吁吁的聲音讓你知道他在笑。「做什麼表演？馬克思主義的大革命？」每次我在文藝版看到那個小鬼的訪談，他一定辱罵富人，但是我留意到他還是乖乖收走他們的錢。他有他的天使，跟其他人一樣。雖然我的父親是基督徒，他說的「天使」並不是上帝的使者，而是那些捐錢讓大衛的劇場繼續營運的有錢人。

「是啦，這是個複雜難解的問題。我在想或許能找李奇幫忙。」李奇是我父親的道具師朋友。

「妳要道具槍還是空彈槍？」

「空彈槍，要開火射擊。」

「那就用道具槍吧，另外配上好音效。」

「爸，我不是導演。」

「我無法交給這個傢伙一把空彈槍，誰是他的道具師？妳怎麼會知道他們要怎麼做？」

「我就是他的道具師，我知道該怎麼做。」

「雖然槍沒有子彈，不過還是很危險，裡頭還有彈匣和火藥。不必胡搞瞎搞，李小龍的兒子就是這麼翹辮子。」

「他的槍裝了實彈。」

「因為道具人員是飯桶。妳必須很清楚自己在做什麼。」

「爸，我知道。」

「妳的確知道，我擔心的是那群飯桶。」

「放心，我不會讓他們碰槍。」我說。

為了安全起見，我決定跟李奇要一把道具槍和一把空彈槍，我們也對此達成共識。我甚至使用不同款式，因此不會搞混。道具槍是仿柯爾特（Colt）木柄手槍。跟任何道具槍一樣，它只是一枝外型逼真的玩具，不具危險性。空彈槍是全黑的貝瑞塔（Beretta），我一直到彩排才把它帶去劇場。排練期間我們用的是道具槍，當馬汀和我在後臺表演觀眾聽得見卻看不見的動作時，我會拿著道具槍。馬汀坐在椅子上，我站在他的身旁，手裡拿著道具槍，槍口朝下，偏向外側。為了安全起見，我建議暫停後臺一切活動，這類細節正投大衛所好，他也相信這樣才能傳達真實感。「先生」陷在椅子裡，女孩站在他身旁，雙腳分開，準備開火。

她挨著坐在椅子上的馬汀身邊站著，因此居高臨下，目光總是落到同個地方：馬汀的腦袋。腦袋上長出耳朵，但腦袋和耳朵的連結似乎太過鬆散。她已經失去原始的馬汀，那個先前被她完美記憶保存下來的馬汀，連他指甲表面淡黃色的溝槽都記得清清楚楚。劇本圍讀的那個夜晚，當她看見低頭垂肩的馬汀走到大衛身邊坐下，有那麼一瞬間，兩個馬汀的頭頂都發出光暈，雖然相似之處勝過不同之處，時間到底留下印記，讓人看出今昔之別。現在的馬汀和過去的馬汀因為差別細微而顯得非常奇怪。由於現在的凱倫和過去的凱倫迥然不同，大衛的今昔對比更是令人咋舌，使得馬汀過去與現在的差異微乎其微，唯有內行人才能看出當中的區別，顯得格外怪異，怪異到你以為以前你根本不認識馬汀。本來的馬汀原已難以證實，又被現在的馬汀吞噬，凱倫擁有完全記憶也無法喚回他。

每一件事、每一個人都聯合起來協助馬汀取代馬汀。每個人都面露微笑，認為《伯恩信使電訊報》所報導的醜聞肯定沒發生過，也沒有莽撞地用言語表達出來。金斯利先生曾經將馬汀攆出家門，現在卻臉上堆滿笑容地出現在排練場上，與馬汀握手言歡。馬汀看起來正常、有趣，就像大多數的人一樣，假如你給他們一個機會，而且這種感覺很不錯。我完全願意接受他的正常化，也完全願意跟隨主流意見，我不想成為憤憤不平的魯蛇，也不想獨自變成變態故事迷。我喜歡排練——我很高興排練給我機會不再想到馬汀。跟馬汀對臺詞，被馬汀「狂暴地抱在懷裡」，排練後去「酒吧」跟馬汀和其他人續攤……這麼多年來，我終於第一次不再想念馬汀。他終於離開我的腦海，走到房間彼端坐下，掛著鬼鬼祟祟的笑容以及他那黃指甲、骨節突出的膝蓋、亂蓬蓬的頭髮。我看著他坐在那兒，但他真實的存在不會困擾我。

§

一年前當莎拉的書剛出版的時候，大衛像個狂熱的戰士大力宣傳，彷彿寫書的人是他，更正確地說，他彷彿有了一個小孩，結果，這個小孩智力遠超於常人，具備了大衛的所有優點，而且全為大衛鍾愛、沒有一個被大衛唾棄。這個小孩，宛如從大衛身上萃取而來的天才，是他寫了這本書。大衛投入的第一波宣傳活動是在CAPA的天棚上推廣這本書，通常主舞臺的演出活動才能登上這個天棚；他同時把書放在學校前門內側的大型玻璃展式櫃、上傳到建置中的全新官網。你可能以為他做的這些努力吃力不討好，因為莎拉對CAPA的描述，有人可能覺得負面，有人可能覺得洗白，孰是孰非，我們不想追根究柢。不過結果是，CAPA的行政人員聽說事關一位「有出版經驗的作家」，興奮得暈頭轉向，沒看過書便決定做宣傳，大衛於是如願以償。接著，大衛繼續宣傳攻勢，聯絡《論壇》和《審查人》，他們不僅刊登書評，更大手筆在主要版面做焦點特寫。大衛雖然開著一部駕駛座側窗套著黑色塑膠袋的破車，不過也是精明能幹的自我推銷好手，這麼多年來與這兩家報社的藝文版主編發展出絕佳關係，這一次他又成功造勢。你可能以為是莎拉雇用大衛幫忙宣傳，但其實大衛和莎拉自從高中畢業後就不曾見過面，凱倫和莎拉自高中畢業後也同樣不曾見面，而凱倫和大衛也一樣，不過當凱倫搬回家鄉才知道大衛也回去了。凱倫起初是因為大衛才知道莎拉出書。他從背包拿出書並塞給凱倫，臉上掛著那種自鳴得意的笑容（嘴巴抿得很緊，難以掩藏內心邪惡的喜悅），每次證明自己的眼光是正確的，他必然露出這種笑容。大衛對莎拉的書有哪些看法是對的？她的寫作「才華」？也許他相信是他慧眼獨具，也許他鼓勵她走這條路？還是他對她的重要性，可從貢獻給影射他的虛構人物的篇幅來衡量？或者從書寫其他虛構人物的頁數極少可以瞥見端倪，而他與真實人物的相似度卻被認為更高？凱倫猜測原因應屬後者。不過有一個晚上排練結束，大衛告訴凱倫他沒有看莎拉的書，讓凱倫大感意外，那時書已經出版一年，就在凱倫突然出現在莎拉巡迴簽書會場的幾天前。而當時，大衛似乎對凱倫的反應覺得不可思議。「我又不看書。」他提醒凱倫，彷彿在說她應該很了解他。「我只讀劇本和看報紙。」

「但你是那麼引以為榮，感到如此興奮。你呀，為了宣傳，到處騷擾別人。」

「我當然要宣傳，事關莎拉的書啊。不管妳有什麼遠大的抱負，只要妳完成了，我也會一樣盡心盡力。」

「我沒什麼遠大的抱負。」

「胡說八道。我可是透過甄選挖掘妳呀！」大衛照例話鋒一轉，又把話題導向自己的成就，他的自我滿足與他的缺乏安全感和自我憎恨共存著。凱倫起初以為，他沒看書的原因應該是他的缺乏安全感和自我憎恨。只有害怕發現令人感到羞恥的事情才能產生足夠的力量，抑制炙熱的孤芳自賞的好奇心。大衛一定感覺到莎拉寫了那些年他們在CAPA的事，因此想必和他有關。結果是，他甚至不知道那些可能讓他害怕、覺得丟臉的事情，假如他真的有自知之明，莎拉卻放過他、略過不提，原因到底為何，凱倫不想追究。而且就算書中公開那些事情，凱倫還是覺得大衛津津有味地讀著有關他本人的描述比略過不看可能性更高。

「你不想知道你在書中的結局嗎？你不想知道她怎麼描寫你？」凱倫問道。

「那個人並不是我。那都是虛構的故事。」

「輪我說你胡說八道了。小說描述的整件事不是真的話，那就是撒謊。」

「那我猜妳看過書了。」

其實凱倫只看了一半，但他們的對話不會因此受到影響。重點是，自律的凱倫無法抵抗誘惑，而衝動的大衛卻成功抗拒誘惑。「我當然看了。」她沒好氣地說。「我還是不敢相信你竟然不看。」

「那麼妳得到什麼下場？妳被描寫成什麼樣子？」

你大概會很訝異，她竟然沒有立刻接腔。她自己也感到訝異。這麼多年來，她付出大量心血為她的感覺命名，從字典的定義梯子拾級而下，鑽入黑黝黝、塵埃滿佈的墓穴尋找文字來源，現在卻抓不到一個字給大衛。「不太完整。」她停頓良久後說道，大衛或許已經忘了他的問題。他忍俊不住地噗哧大笑，彷彿她說出一句很幽默的話。

在墨西哥驛站餐廳那個晚上，凱倫告訴莎拉，大衛興致勃勃地宣傳她的新書，而凱倫原本無意這麼做。前面有提到，凱倫去天際線書店時並不知道會做什麼，除了因為重逢而感到莫名激動以及看情況接話。她雖然不知道自己會做什麼，但她知道有些事她確定不會做。她不會詳述大衛為了宣傳莎拉的新書如何貢獻心力，讓莎拉更加堅信自己的人生戲劇曲線攀上高峰。然而當她們一致同意莎拉出任凱倫的服裝員時，凱倫說：「我想如果妳來看大衛的戲，將對他意義非凡。妳新書出版的時候，他非常高興，就像有了小孩一樣，他還在CAPA的天棚做宣傳。」

「真的？」莎拉說，看起來有點不安。在她新書巡簽會期間又多了一件瘋狂的事蹟：一個她不想要的證據，證明她所寫的地方的確存在。

「沒錯！他卯足勁奔相走告，『一定要讀這本小說，一位CAPA校友寫的，佳評如潮，各大書店熱銷中！』他沒跟妳說嗎？我以為他寫信告訴妳了。」

「我不知道。我完全沒有他的消息，我倒希望有呢。」聽起來沒什麼說服力。

「妳可以寫信給他。」

她像孩子般的扮了個鬼臉。肯定是醉了，她的焦慮和無緣由的喜悅全寫在臉上，使她的臉蛋格外光彩照人。她害怕知道大衛的近況，卻又非常想知道大衛四處奔相走告的更多細節。「我不敢。」她用娃娃音說。想到要寫信給大衛她就怕。

凱倫給他一種「妳別傻了」的眼神，然後問：「為什麼？」

「這本書大概讓他很不高興。」

哪裡會？這本書做了許多刪改，似乎就是不想讓大衛難受。不過凱倫沒說出來，更是隻字不提大衛沒看過書。「妳是在說笑吧？他對自己能成為小說的人物引以為豪。」

「他喜歡嗎？」

「他很喜歡，要說有什麼地方他不喜歡的話，那就是妳沒有留給他更多篇幅。」

莎拉的笑聲越來越小，最後聽不見。她不再顧左右而言他。「妳覺得怎麼樣？」

「我？」

「我擔心妳讀的時候會覺得怪，因為太熟悉。」

「妳竟然擔心那個？」凱倫用很詫異的口吻說。「妳真的擔心？」

「真的，我很擔心，我是說我現在就很擔心。」莎拉突然又爆出不安的笑聲。

「嗯，我一點也不覺得熟悉。我是說，妳做了大幅變動，可不是嗎？如果妳擔心的是我在這本書認出我自己，我並沒有。」凱倫略過不提某些事實就是撒謊嗎？她只是如實說了出來。我說過我在莎拉的故事裡輕易認出我自己：此處的認出有點像是自我「認同」。不過我並沒有認同到「承認描述的正確性」，我也沒有認同到「接受」。

莎拉不能理解我所謂的認同，我已經知道她無法理會。她現在因為如釋重負而更加容光煥發。「妳不知道我鬆了多大一口氣。」她說。

§

那段期間，出人意料的，不是蕎埃爾家卻是凱倫・沃澤爾家變成女生陣營的總部。在CAPA小孩和英國小孩當中顯得突出，也跟馬汀和連恩兩人截然不同，凱倫冠上姓氏，還是個醜陋的姓氏，聽起來像德國食物，在故事中確實發揮效果，讓她變得陌生、冷漠、不受派對歡迎。然而撇開「沃澤爾」這個姓氏不談，書中描寫的情節大多屬實，但有若干處省略不提而造成錯覺，就像大多數莎拉所寫的東西。許多地方恐怕除了凱倫沒人會真的在乎，諸如凱倫母親把他們的房子變成臨時住所不只是因為放任縱容，更是歷盡艱辛、四處奔走掙來的。剛開始她只接待凱倫的正式客人，凱倫指派招待的學生——至於這位學生的名字，包括其他人的名字，我們就不特地從勞拉一一置換回來——她和這位學生抽菸聊天、熬夜看電視，讓這個人跟凱倫關係疏遠。當其他的英國女孩開始走動，我們這位名為艾麗的母親——艾麗這個名字很適合她——繼續相同的手法，在冰箱塞滿淡酒飲料和餅乾生麵團。艾麗忙著提供愛情和性的建言，出借化妝品、頭飾和衣服，解釋占星運勢、塔羅占卜。不久後在凱倫的臥房舉辦深夜睡衣派對，她的母親被奉為上賓，而她自己則被列入不受歡迎的人物。凱倫只得睡凱文的房間，致使她被其他女孩嘲弄和唾棄。於是凱倫下課後上更多的輪班，定鬧鐘起得更早，在英國女孩需要搭便車時，她早已出門、不見人影。

艾麗則試著化解問題，每天早上開車上班時順道送女孩去上學，不過學校放學時，她不能丟下工作去接她們。於是有各路人馬——大衛、英國女孩們開始交往的二、三年級學生，甚至還有一位艾麗老是敷衍的運將怪咖（這名運將幫了艾麗不少忙，只求能跟她打上一炮），他們幫忙在放學後，將女孩從學校送往任何她們想去的地方，黑夜結束時再送回凱倫家。大夥兒在車子後座擠成一團，屁股痛得半死也氣得半死。假如凱倫不是那麼敏感、愛生悶氣的臭婆娘，盡可開她那輛差強人意的車子，送英國女孩去她們要去的地方。

就是在這種情況下，有一天快到下班時間，凱倫走出儲藏室卻看到馬汀佇立在螢光燈對面。她嚇了一跳同時也感到難為情。像她這般邊緣化，這般被同學漠視，雖然經常在CAPA看到馬汀，她也始終不曾跟他說過話。她感到羞愧，馬汀應該知道她每個下午都待在那裡，把糞便模樣的霜凍優格裝進放太久而走味的煎餅甜筒中。前一年她剛滿十五歲時，凱倫鎖在教堂裡跟一個男生親熱，男生用他的褲襠在她赤條條的大腿上磋磨著，因為力道太大擦傷她的肌膚，事後有個女孩揶揄她被「插錯地方」。那是凱倫的初次性體驗。走出儲藏室看到馬汀，凱倫假定他是碰巧出現在那裡；她假定他喜歡吃霜凍優格。一聽他說是為了見她而來，她可能過於震驚而忘了掩飾地張嘴結舌。接著他說明來意。「女孩們要我和妳談談妳幹嘛不讓她們搭便車。」他說。當凱倫還在為了馬汀來看她而陷入意亂情迷的喜悅雙頰暈紅時，她全身的氣血卻不得不轉換跑道，改成惱羞成怒而滿臉通紅。

不過他猛地拉動操縱桿，改變方向。「我告訴她們別鬧了。妳又不是她們他媽的司機。我告訴她們：『如果妳們連待在原本指定的寄宿家庭都做不到，妳們就不能因為不能搭便車鬧脾氣。』」

「你這麼說？」凱倫驚叫道。

「早知道她們那麼機車，我就不會帶她們來了。這就是你們最好吃的優格嗎？我應該嚐嚐看？」

就這樣，他不把這些女孩的抱怨當回事並與凱倫站在同一邊支持她。凱倫擠了一杯霜凍優格，她打工最初幾個星期都吃優格填飽肚子，但現在光是聞到味道便令她作嘔。他打算付帳時她搖手阻止他。這個時候，她的同事從商店後面走著出來，同時繫上圍裙。她可以下班了。「你怎麼來的？」他們一起走出去時她問道。他已經吃完優格。這個沿著公路一字排開、小規模的購物中心停車場上只停著她和她同事的車子。

「我走路。」馬汀聳聳肩膀說。

「你走路？這裡沒人走路。」

「我就走路，而且走了很久。希望回程我不必走路。」

「所以現在我是你的司機。」

馬汀頑皮地咧嘴一笑。「這讓我想到一個好法子，我會告訴女孩們妳不能讓她們搭便車是因為妳得載我。這樣一來她們就不能生妳的氣了。」

「我不在乎她們生不生我的氣。」凱倫口是心非說著。

「但是我在乎。」

快轉跳過。想像凱倫變得十分機靈，因為受到這個很機靈的男人的關注，這個男人以為她和他一樣機靈。但她的確很機靈！或者至少和他在一起的時候，她自以為很機靈。想像他們開車兜風，日復一日開著車子四處遊蕩很久很久。只要他們締結同盟，要躲避那群復仇心切的女孩和她那位足智多謀的母親，便像玩一場穩操勝算的遊戲。凱倫帶著馬汀參觀城裡每個她認為很特別的地方。馬汀沒讓她意識到自己太天真，因為她並未察覺這些地方都位於公司企業的園區。這個城市有的只是人工化的美景：人造「水池」，水池上橫跨著混凝土澆鑄的橋梁，橋下有神奇沒入水底的聚光燈，因此水面發出一種刺眼、陰森的綠色亮光，不過住在池畔的水鴨卻沒被電死。將灌木修剪成字母並拼寫成跨國企業名稱的綠雕花園，企業總部被樹籬和水池層層包圍，並在修剪得整齊美麗又宜人的草坪上投下光線無法穿透的陰影。一座企業大樓高聳立在半空中，頂樓有個射燈，徹夜不停地旋轉，彷彿一千英里外有個海岸以及需要指引的船隻。在馬汀的身體底下，凱倫的身體以一種前所未有的方式活了過來，和在教堂後面房間那個男孩用包著丹寧牛仔布勃起的陰莖、把她的大腿削掉一層皮不一樣，也和裹著棉被一面讀《刺鳥》性愛鹹濕橋段一面自淫不一樣。在她上面的人是馬汀或優格店的那位同事——書中並沒有保留他的名字——可能沒什麼差別。儘管引起狂亂不安，初戀可能最契合我們執著的念頭。回憶告訴我們，馬汀瘦骨如柴，聞起來、嚐起來都有菸灰缸味，而且十指發黃、滿口黃牙、眼白泛黃。他的內褲──凱倫的手被催促伸進去──裡面有一朵濕漉漉的蘑菇生長旺盛。儘管籠罩在綠雕幾近全黑的陰影下，馬汀的陰莖顯得蒼白和潮濕，似乎不太健康。不過這就是愛，瘋狂嚷著要得到認同。打開凱倫水閘的人年紀比她大一截，甚至比她以為的更年長，很重要嗎？他是個騙子，重要嗎？他經驗老道，而她毫無經驗，重要嗎？他打開凱倫的水閘後，凱倫的「湖泊、河流、水庫等」──為了配合水閘的暗喻──卻不能重新填滿，重要嗎？這些凱倫都有想過，真的。她知道她不是特殊受害人，就因為她獲得一個比自己年長的男人指點，後來卻發現這個男人不在乎她。她知道這一切再平常不過，看看所有的小說／戲劇／電影就會明白。她想要他。由於她無知又缺乏經驗，以為他英俊帥氣、善於世故、真誠可靠。但是現在，她累積了一些知識和經驗，卻覺得他醜陋、過時、表裡不一、不可靠；甚至殘酷。但這些都改變不了她想要他的事實。「她想要他」意味著是她做了選擇。她沒有理由指責他，她很清楚；這也是為什麼她始終守口如瓶，把這個問題當成自己的祕密。對馬汀展開「獵巫行動」的女人都堅稱握有充分的理由，不過說到底，她們又有什麼不同？凱倫對她們感慨良多，心中五味雜陳，她可以當著大衛的面捍衛她們，不過她骨子裡卻鄙夷她們，這群年輕女人做出錯誤的判斷，現在卻打算怪到別人頭上。

在莎拉的故事裡，凱倫和莎拉幾乎互不認識。莎拉每次淪落到凱倫的車子、凱倫的家甚至凱倫母親的床上，都起因於一場意外。就友情倫理的觀點，這意味著她不欠凱倫人情，因為他們不是朋友。不過事實上，一如先前說過的，其實不然，她們是朋友。莎拉曾經是凱倫最好的閨密，那個時候，凱倫是莎拉唯一一位有車子的朋友，這麼說並非暗示這是莎拉想維持友誼的理由。在莎拉的故事中，凱倫怨恨莎拉跟連恩有性關係，並視之為一種侵犯。從心理學的層面看，可能有幾分道理。女孩很複雜。她們很少喜歡彼此的同時不憎恨彼此。她們經常因為彼此間的差異而心生嫉妒，即使這個閨密有、她們卻沒有的東西，她們起初並不想要。當莎拉開始跟連恩約會——實際發生的方式比莎拉故事中所描述的更簡單也更自然，因為莎拉和凱倫老是泡在一起，馬汀和連恩也老是混在一塊兒，因此當凱倫和馬汀在一起時，莎拉幾乎被迫跟連恩在一起——凱倫的確感到心如刀割。乍看之下，連恩比馬汀好看。莎拉總是有一些風流韻事而凱倫從不曾有過。不過心如刀割的痛苦轉瞬即逝。首先，連恩不如莎拉描寫得那麼俊美。的確，他有一雙迷人的眼眸和優雅的骨架。不過他牙齒難看，由於牙齒長不好，喉結就太過突出。他散發一種古怪的氣質，跟小說描寫得如出一轍。關於連恩氣質古怪這點，請參考莎拉的書。在這方面，她的描寫無可挑剔也毫不避諱，她其實承認連恩是她失戀後馬上交往的新對象／替代品，因為她更綺麗／少年老成的風流韻事已經崩壞。於是凱倫感到心如刀割，因為她喜歡當一個有風流韻事的人（只持續一時半刻也好），只是心如刀割的感覺不是消失，而是被與閨密雙情侶約會更大的愉悅消滅和抹去。凱倫不只心甘情願而且興高采烈地開車載著馬汀、莎拉和連恩四處兜風，凱倫不只心甘情願而且興高采烈地和馬汀看著莎拉伴隨連恩漫步在企業園區，隱沒在綠離陰影中。

那一晚從園區開車回家時，凱倫的衣服被草皮弄髒，眼裡噙著淚水、視線模糊。翌日早上，沒有照原定計畫舉行朝會，你見過的萊特納太太擔任的校長沒有在朝會上感謝英國人「跨海分享他們的藝術」，英國人終於要打道回府了。金斯利先生安排他們分乘三部計程車並目送他們離去，不過除了照舊擺出雙唇緊閉、嘴巴發白的笑容外連揮手都免了。出發前夕，車子停在金斯利先生房子外，馬汀把凱倫的頭摟在懷裡，用被尼古丁熏黃的手指輕撫著她的頭髮，說：「啊，可愛的寶貝。」這句浪漫的評語依然是凱倫性生活的地標。翌日凱倫和莎拉意識到自己的悲劇，翹課去市區辦護照。因為她們已經滿十六歲，雖然申辦護照「必須家長知情」，但這個證明很容易造假，遠比造假購買啤酒的合法證明容易。真奇怪，政府竟採取一個無關緊要的立場。凱倫的母親不僅知道凱倫的計畫，她甚至為此欣喜若狂。她因為情緒激動而差一點搞砸它。莎拉的母親則是欣喜若狂的相反，不過我們已經敘述過這個部分。莎拉自行負擔機票，凱倫的母親負擔凱倫的機票，並警告她要保密，絕不能告訴她父親。她們預定六週後出發，剛好就在學年結束的時候。莎拉幾乎每天收到連恩的來信，每封信都寫得熱情又愚蠢，充滿童言童語，拉拉雜雜寫滿好幾頁，不厭其詳地細數各種芝麻小事，像是車子衝破圍籬，因為前車門卡在樹幹裡，車主必須從後車門爬出來。沒有東家長西家短了就瞎說莎拉有多麼美麗，連恩有多麼期待兩人的重逢。凱倫看出莎拉每收到一封來信，對連恩的興致就少了一些。即便凱倫，起初一字不漏地讀完信，不想遺漏任何有關馬汀的描述，後來也受不了，只是大致瀏覽一遍。同一時間，凱倫只收到馬汀的搞笑卡片，這些卡片零星寄來，不像回覆她寄去的信，雖然他顯然都有收到。「嗨，妳好，凱倫！感謝寄來的卡帶。混音超棒。美利堅合眾國的每個人都好嗎？」

搭機前幾天，莎拉搬到凱倫家。她說她母親把她攆走，但凱倫半信半疑。莎拉的母親行動不便，凱倫傾向相信是莎拉自行離開。莎拉的母親不斷打電話來，艾麗把電話拉到臥房並關好房門，不過凱倫不必親耳聽見也知道她們說些什麼。艾麗扮演同是家長的共情角色，為她女兒的一意孤行表示惋惜，並承諾會說服莎拉，但一掛上電話便把莎拉的母親拋到九霄雲外，直到下一次電話再度響起。艾麗滿腦子只想著怎麼協助她們打包行李。她向她任職的房屋仲介公司請病假——她在那裡當總機人員——然後帶她們去採購所需物品。一條好圍巾：她們兩人都應該有一條真正美麗的絲質圍巾，好把頭髮綁成馬尾或圍在脖子上。凱倫長麼大還不曾用過漂亮的絲質圍巾。她們也需要一件輕薄可愛的小外套，因為英國天氣冷，不像這裡，還記得英國人帶來的衣物都太厚？一件輕薄的小外套，艾麗指的不是凱倫破舊的牛仔外套，而是莎拉的男士西裝外套，是那種捲起衣袖時會露出褐色絲質襯裡的外套。莎拉有一種艾麗非常喜愛的經典復古風格；在軍用剩餘物資商店待了數個小時，艾麗幫莎拉試穿衣服，搭配不同款式，權衡孰優孰劣，西裝外套、老爸開襟衫、蘇格蘭裙、放克風格卡其褲都試了。帶一個行李箱就好——艾麗對她們說，就學當個見多識廣的旅人輕裝旅行。艾麗不曾出國，她可能不曾搭過飛機。凱倫不清楚她從哪兒得知關於絲質圍巾、輕裝旅行等這些規矩。凱倫也不曾搭過飛機。莎拉在父母離婚後不久曾飛去看她父親幾次，直到她父親完全消失不見才作罷。「妳自己一個人去嗎？」艾麗叫道。

「他們好像就直接把我交給空姐……我連班機名稱都記不得了。」

「妳很幸運，能和經驗豐富的人結伴旅行。」艾麗告訴凱倫。

在機場裡莎拉顯然對自己稱得上經驗老道的旅人耿耿於懷，她變得令人無法忍受，千叮嚀萬囑咐凱倫不得遺失登機證，確認把化妝品放進隨身行李，因為她們到降落倫敦前都拿不到託運行李。今天重新追憶這些往事，凱倫願意相信莎拉當時可能感到焦慮，和凱倫一樣焦慮。莎拉的焦慮可能體現在對閨密的頤指氣使，她要閨密該注意的事連不懂英語的人都能弄明白。等到飛機在空中飛行後，莎拉跟凱倫聊著她僅靠幾張明信片而了解的倫敦。「龐克族都聚集在卡納比街，那裡有硬石咖啡和超酷的皮卡迪利圓環。我對大笨鐘不感興趣——它不過是個時鐘罷了。」她們的計畫是和連恩和馬汀在希斯羅碰面——「希斯羅」是機場名稱，但你不會稱之為「希斯羅機場」而只以「希斯羅」帶過，老鳥莎拉這麼告訴菜鳥凱倫——然後四個人一起住青年旅社或其他可能連莎拉也不太確定的地方。參觀完倫敦後他們就搭火車南下伯恩茅斯，那是馬汀和連恩居住的城市。接下來會怎樣都還不清楚。

凱倫坐在靠窗邊的座位，臉頰貼著窗玻璃。冰冷的玻璃，一碰觸它凱倫便兀自流下眼淚。她看著漆黑的夜空，黑得她完全無法想像，她們家鄉的夜空總是蒙著一層霧霾。飛機飛行中不斷地振動、發出轟隆聲，凱倫憂心飛機飛得太吃力。她不會向莎拉尋求慰藉，莎拉也不能滿足她。莎拉不停地抽菸，聽隨身聽，佯裝看書。我低頭凝視著莎拉自顧自地一手拿書一手夾著菸，像個年紀大她三倍的女人；我也凝視著凱倫啃拇指甲，沒有察覺額頭有個紅圓圓的印記，她無法克制自己地將額頭壓著冰冷的窗玻璃，我心有戚戚焉。我有如幽靈般的空服員在走道上漂浮著，我低頭看著這兩位少女，看著不愛連恩的莎拉，看著馬汀不愛的凱倫，我心中滿是憂傷，幾乎變成同情。兩人的情況同樣令人悲傷。然而當凱倫定定注視著漆黑一片，儘管令人不寒而慄，她還是無法把視線移開，凱倫心底只有對莎拉強烈的怨懟。因為從出發前幾天起，凱倫沒有馬汀的隻字片語，連一張搞笑卡片也沒有。他不可能不知道她就要來了，她不止一次寫信告訴他所有細節，連恩也知道她要來了，連恩知道的事，馬汀也都知道。莎拉和連恩一起擬定計畫，凱倫和馬汀也這麼做，不是嗎？凱倫這麼相信，因為莎拉也這麼相信；莎拉這麼相信，因為凱倫也這麼相信。凱倫沒給莎拉任何理由不相信，她絕口不提馬汀的緘默。凱倫任隨莎拉產生誤解，現在卻感到氣恨，甚至怪到莎拉頭上，當然這並不公平，不過凱倫感到恐懼又丟臉，而且在這個有難同當的關鍵時刻，她們的友誼卻出了差錯。她們的關係有毛病、不正常。事實上這種情形已經持續幾個星期了，不過凱倫以為是艾麗讓許多事情變得不對勁，可是現在艾麗不在了，情況仍然不太對勁。飛機起飛一個小時後，凱倫一句話也不說地越過莎拉，衝進電話亭般大的盥洗室，對著菸灰缸般大的洗臉槽吐得到處都是。凱倫盯著鏡子裡頭青灰色的臉龐。她把架上的捲筒衛生紙全數用光才擦掉嘔吐物。她把沾滿嘔吐物的衛生紙丟進馬桶，壓下把手後嚇得往後退縮，因為猛然抽吸的聲響告訴她在飛機上打開洞孔，讓她的嘔吐物墜入大海。回憶簡化了那九小時的旅程，也放大所有不祥的跡象。年僅十六歲的凱倫當時坐在飛機上真的知道發生了什麼事？並肩而坐但冷漠以對的凱倫和莎拉意識到她們的友情已經結束？可能沒有。有時一些念頭想法會引發感覺，有時感覺能引發一些念頭，不過也有很多時候只是咯咯笑、抽菸、在報紙上隨意塗寫、一起聽隨身聽。我們幾乎不知道自己知道什麼，得等到知道了以後才明瞭。黑夜飛也似的從小圓窗邊掠過，當東方出現一道曙光，莎拉貼近凱倫身邊，她那粗糙整燙過的頭髮搔得凱倫的臉頰發癢。她們一起看著太陽升起，直到陽光強烈到讓她們睜不開眼睛。飛機上的最後一個小時，她們慎重其事地為自己化妝。

在「希斯羅」，她們大排長龍，讓護照蓋好章——所有事情都順利完成，真是教人激動，直到今天，凱倫仍能感受到那一刻的顫動與興奮，她體認到她讓自己的人生比母親的更加寬廣；如果她能夠不落人後，如果她能夠繼續前進，她將永遠遙遙領先——一排興奮的人潮隔著圍欄嘶吼、揮舞牌子，連恩也在裡頭：那魚肚白的膚色、滿臉粉刺、如蜘蛛般的擺動手腳、喉結突出得好似喉嚨裡有勃起的陰莖……這一切將他在舞臺燈光照射下或照片上偶然乍現的上鏡與俊帥模樣，全都抹殺殆盡。他發狂似的東張西望，同時揮舞著一小塊寫著「莎拉」的板子。當他猛然瞧見叫做這個名字的人時，他全身僵住，驚訝得張大嘴巴，彷彿不相信她會來。他看起來像個拿到糖果的小孩子。他的快樂純粹、不尷尬。儘管那個時候凱倫還沒學過讀心術，但引用凱倫認識過的一位機智風趣的治療師的話就是：那一刻，凱倫打賭莎拉的心思全放在顯得又醜又白目的連恩身上，縱使他有一雙迷人的眼睛和優雅的骨架，但她苦惱著他遠不及她心目中的浪漫理想型，而她一直說服自己他完全符合。還有她很不想讓他的舌頭伸進她的嘴巴，她也看不到他臉上純粹的喜悅，而她卻是引起喜悅的源頭。這真是可惜，我們大多數人從不曾被這樣地注視著。

剛開始她們在一片混亂中走出閘門，好不容易穿越人群來到連恩面前，這個時候仍不能確定馬汀沒來。他有可能正在停車，或去買咖啡，或去化妝室。連恩摟著莎拉的腰際跳上跳下，最後笨拙地跌撞在一起，連恩順勢把舌頭伸進莎拉的嘴巴，莎拉連忙將他推到一臂遠的地方。「等等！讓我好好看看你！」她說，彷彿她想要看著他的臉龐而不是不讓他的舌頭放進她的嘴巴。這時連恩總算看到凱倫。

「喔哦，凱倫！妳來了！」連恩說道。「我以為馬汀有寫信告訴妳他拿到很重要的角色？他要在夏日劇場演出。」

「你是說他不在這裡？」莎拉說。「你到底在說什麼鬼啊？」

「他有告訴我。」凱倫說她本來打算要說的。「我想說的是，他說他可能有表演。他寫到他確定演出的那封信大概還在寄到我家的路上。」凱倫感覺連恩滿臉困惑地看著她。馬汀顯然很久以前就拿到角色——如果真的有這個角色的話。不過連恩太笨，看不出來凱倫在說謊。他比凱倫更蠢。

「不管怎樣，妳能來實在太酷了！」連恩誠摯說著。「我們一定會玩得很開心——」

「馬汀到底去哪裡了？」莎拉問道。「凱倫不能去找他嗎？」

「他在做巡迴演出，莎拉，我不能跟他一起巡迴演出！」

「他真的告訴妳他可能會做巡迴表演？妳怎麼都沒告訴我呢？妳大老遠跑來，他卻不在這裡？」

「我媽一定不會介意凱倫住在我家。」連恩試圖緩頰。

「你媽？」莎拉說。

有趣的是，每個人把原始的情感狀態都偽裝成另一種情緒。莎拉對重新見到連恩感到反感，卻把氣出在馬汀身上，連恩對莎拉的熱情表現成對凱倫的關懷。凱倫難以忍受如此恥辱和難堪，那是她總能料到但又從未期待的情感，卻轉化成她一副滿不在乎的模樣。「我還是想看看英格蘭。」她對莎拉憤怒說道。「別大驚小怪了。我要去化妝室。」

在化妝室裡，凱倫又開始嘔吐起來，不過因為在飛機上不斷作嘔，她沒吃任何東西，因此只吐出惡臭透明的黏液。她不在廁所隔間裡，當她在洗手臺前噁心嘔吐、用冷水潑灑在臉上，她感覺到迴避她的希斯羅旅客對她行注目禮，她也聽見他們的腳步聲。馬汀知道嗎？她懷疑。儘管他性格上有明顯的缺陷，在她的心裡，他一直是奇怪的小丑神，惡意傷人又無所不知。凱倫總算離開化妝室，她感覺眼睛彷彿用鹽巴刷洗過，肚子被狠狠打過一拳。凱倫、莎拉和連恩後來投宿青年旅舍，他們的房間就像一間囚房，凱倫面壁躺在下鋪，她把行李箱放在大腿上，假如有人想偷行李箱她能馬上察覺。她全身發燙，昏昏欲睡。而莎拉和連恩做想做的事，嘗試想嘗試的冒險，製作風景名信片，在莎拉心中那是她生命的一部分。後來莎拉提到特拉法加廣場（Trafalgar Square）和卡地夫（Cardiff）的U2合唱和香腸以及馬鈴薯泥。後來莎拉跟著連恩回到伯恩茅斯的家見到他的母親，他的母親喜歡看BBC、在吐司上塗抹瑪麥醬，無微不至地伺候連恩，彷彿把他當成國王，也無微不至地伺候莎拉，彷彿把她當成新婚妻子和皇后，他的母親似乎不知道莎拉還在念高中。後來莎拉聽說連恩成年後始終靠著失業救濟金生活並過得怡然自得。後來莎拉和連恩分手，獨自回到倫敦，再度住進青年旅舍，在一家夜店當雞尾酒女服務員。後來莎拉在夜店遇到一個男人，這個男人帶她搭火車去卡地夫觀賞U2的演唱會。演唱會場前排座位爆發觀眾踩踏意外，她和這個男人走失。後來莎拉不再捎信給凱倫，不再報告近況，因為凱倫不曾回信，而莎拉寄出的每封信件都貼著各種顏色的皇后側身像郵票。凱倫多年以後才閱讀這些信，但她不知道自己為何閱讀。在倫敦，凱倫躺在青年旅舍囚房似的房間的雙層床上，跪在走廊盡頭貼著「盥洗室」的門後的馬桶前嘔吐。她坐在青年旅舍辦公室骯髒的塑膠椅上，一個宛如機器人的德國佬好不容易搞明白怎麼幫她撥打對方付費的國際電話。雙層床鋪、抽水馬桶、電話，這就是她所認識的全部倫敦。

凱倫和艾麗對這次去英國的事守口如瓶，她的父親並不知情。不過當她父親接獲電話，得知他女兒人在倫敦、生病、身無分文、孤零零一個人時卻不感到詫異或困惑。他的聲音，不帶感情也不完全冷淡，不過稍微拉長。凱倫以前並沒留意到，這個聲音從電話筒冒出來傳進她的耳朵，而她坐在倫敦青年旅舍的椅子上，後來都變成開啟她成人生活的印記，假如這些事情可以成為印記的話。凱倫希望可以。她發覺這種歷史清晰感很有幫助。當時的凱倫無法解釋為何決定打電話給父親而不是母親，不過這一刻正式揭開她成人生活的序幕。弔詭的是下定決心不再選擇，但尋求更高的評判，並承認後者的存在。凱倫真正的成人生活從她體認到她還是個小孩的那一刻畫下起點，而且不像她的母親，她的父親也把她視為小孩。打電話給她父親意味著按照他的方法辦事，至少他有方法；至少他有方法而且會貫徹到底。凱倫把自己交付到他的手上。返回美國的整個旅程，凱倫什麼都記不得，什麼都沒放在心上，什麼都想不起來。她成了旅行行家，腦筋空空地旅行。她的父親在機場等她，穿著一件工作襯衫，肚皮繃得緊緊的，兩隻毛茸茸的大手放在褲襠前十指交扣。艾麗有時會滿臉鄙夷地叫凱倫的父親「真是他媽的土包子」，不過凱倫的父親很有手段。第一個晚上，他沒說一句話，只是讓她睡在那間黯淡的小房間。這個房間是他為她和凱文難得幾次的造訪所準備的，房間沒有特別裝潢，但掛著他們學生時代的大頭照，每年一張但缺了一年（凱文國小一年級／凱倫國小三年級——是艾麗忘了打包），每一張都框好、掛在牆上，整齊排成一列。牆上鑲護板，地板鋪粗毛地毯，都是凱倫的父親親手用鐵釘釘牢或用大頭釘固定。軍事化的鋪床風格，塞在床墊底下的床單太緊實，凱倫幾乎鑽不進去。此外，床單濃烈的洗衣精氣味嗆得她頭痛欲裂，徹夜無法入睡。以前這些都不會困擾她或令她不舒服。翌日去診所報到。看完醫生回家，凱倫的父親用皮帶抽打她光溜溜的屁股，就像他在離婚前對年幼的凱倫和凱文所做的一樣。這一切都在預料之中也受到期望。事後凱倫的父親讓她躺回床上，拿了一張摺疊椅到床前然後坐在上面，盯著自己的手指看，直到凱倫不再哭泣，他才開口說：「那個傢伙是誰？」

「從英國來參訪的其中一個。」

「他知道嗎？」

「不知道。」

「妳去了那裡沒找到他嗎？」

「沒有。」

「還有哪裡可以找到他？」

「不知道。」

這些問答不過是例行公事。凱倫的父親不想跟這個傢伙有任何瓜葛，凱倫也不想。「那個地方開車要一個鐘頭，是一個以上帝為中心的機構，他們會處理一切。包括領養。」

「好。」凱倫說。

「那裡不豪華，不過很安全、很乾淨。妳不需要旅館。」

「我知道。」凱倫說。

「價格不便宜，也不該便宜。為了寶寶。妳不是要去度假。」

「我了解。我感到很抱歉。」凱倫說，這是她的真心話。

奇怪的是那是個向上帝告別的完美地方。不知打從什麼時候起，凱倫也沒覺察到，自己不再相信上帝。因此，住在一個大家開口閉口都是上帝的地方，對她來說令人愉快也有點感傷。「凱倫，非常感謝妳為了孩子的未來願意遵從上帝的旨意並展現無條件的愛。」這一席話，從數學老師、社工人員到警衛，每個人一有機會便掛在嘴邊。雖然她心知肚明，這些人為了她沒有墮胎而委婉恭維她，但是每時每刻被人感謝、受人稱讚還是令人愉快，彷彿你真的是「上帝的禮物」——這句話也經常聽到。正如她父親說的，那裡並不「豪華」，不過卻比凱倫住過的其他地方更像旅館。花瓶裡插著真正的鮮花、空氣中流瀉著令人心情平靜的耶穌音樂，供應的蔬果比凱倫知道的更多。比方說，她在這裡吃到生平第一個奇異果。許多年後——其實直到最近——凱倫才知道她在療養所被照顧得無微不至，是因為那是一座專門培育毫無身體缺陷的白種基督嬰兒的農場，在領養市場上這個品種的嬰兒極其珍貴，需求量也很大。不過就算她當時明白這些，大概也不會影響她度過一段美好時光。

耶誕節過後一個月，如同從產科醫生到負責照顧她的社工等人所指的，凱論似乎在這方面特別聰穎，她順利生下嬰兒，而且是個女嬰。分娩的情感狀態她無法銘記在心也難以回想起來，儘管最後滑溜溜地脫離——有如魚躍出水面——的確令人終生難忘。當寶寶洗淨、保暖、擦乾、用毛毯包好，凱倫抱著她、嗅聞她並暗自思忖著，我將永遠也記不得這股味道。她是對的，她永遠也記不得這股味道。這味道，它就是搆不著，像一場夢。不久舉行了一場祈禱式，凱倫受到更隆重的表揚，為了她無私的基督教精神和選擇生命。接著凱倫的寶寶被帶走，和她永遠的家庭在一起，無論這些人是誰。

兩個星期後，凱倫回到CAPA。她開著她的老爺車去學校，她到得很早，所以能夠停在車位不多的停車場前區。她想迴避每一個熟人，這些人都把車子停在後區。天氣冷冽潮濕，因為濕氣的關係而出現一層薄薄的霧靄，在記憶中，光線變得黯淡，她因此覺得自己被掩藏得很好，同時感到一種莫名的孤單，她似乎真的能如願以償，不必遇見任何人便能安然度過返校首日。但那是一間小學校，每年同一批人，不可能一小時內還不看見他們任何一個。不過幾分鐘沒看到他們也好。前區已經停了幾部老師的車子，但還不到半滿。凱倫打算坐在吸菸天井，這裡和咖啡廳只隔著一排玻璃門，並不是藏身的好地方，不過至少看得見人來。她知道她無處可藏，她能做的只是看得到人來。不過當她推開沉重的前校門時，莎拉卻出現在眼前。凱倫和莎拉面面相覷剛好夠久，兩人都沒有停下腳步。經由同一扇門，凱倫走進來，莎拉走出去。

§

按照馬汀編寫的劇本，「女孩」不必迅速換裝。如果你還記得的話，在倒數第二場戲，女孩和「先生」走到後臺，進入後面房間（先前我們經由微微打開的門縫瞥見過，也知道是先生骯髒的房間）。「先生」和「女孩」隨手關門，停頓片晌，忽然出現一聲清脆的槍聲。燈光熄滅。燈光重新亮起。「先生」的老主顧一起在酒吧追悼他。他們說了幾句臺詞後女孩出現，她穿著喪服。這個地方需要快速換景：舞臺上所有的燈光熄滅。扮演老主顧的演員們各就各位。舞臺工作人員把「先生」的遺照、一些枯萎的花和彩旗擺放在吧檯上。「女孩」從跟著「先生」走進後面房間到重新現身有充裕的時間換裝，因此凱倫請莎拉當她的服裝員，不只是心血來潮的餿主意，也是一時愚蠢的失言。凱倫根本不需要服裝員，莎拉不必多問也能料到。不過從凱倫在天際線書店見過莎拉，一直到莎拉抵達劇場，給予凱倫友情協助（這雖然是凱倫提的，但實際上沒什麼好協助），讓兩人重溫過去的美好經驗——在此期間，其實這齣戲又發生了一連串的變動，讓人甚至懷疑凱倫擁有超能力。首先，大衛的佈景設計師在酒吧後面房間的門上開了一扇窗，並裝了百葉窗簾且讓葉片開啟著，所以當「先生」和「女孩」走進後面房間並關上門，聚光燈會把他們的影子投射在百葉窗簾上，因此開槍射擊能以剪影的形式瞥見。其次，大衛改變主意，決定當燈光重新亮起，「女孩」就站在舞臺上，雖然老主顧看不到他，但觀眾能夠隱約看見她，當她走到燈光下，老主顧這才明白她偷聽了他們的對話。如此一來，凱倫需等到燈光熄滅才能開始換裝，而當燈光重新亮起之前，她必須換好裝。於是她必須做快速換裝。「妳需要有人幫忙換裝。」大衛說。凱倫等到「酒吧」的夜間排練結束後，才告訴大衛莎拉會幫她換裝。「莎拉要來？」大衛大聲說道。

「上個月我在洛杉磯看到她。我們覺得演出時她來幫忙的話會很有趣。」凱倫的謊言編得很拙劣。大衛坐了起來，背脊挺得稍微太直，目光炯炯地注視著前方，把香菸擱在一邊。

大衛覺得被冒犯時，會讓你想起十八歲的他當時俊美得多麼有威脅性。他的眼睛突然亮起，似乎在提醒你不該忘記。

「莎拉從來沒看過我導的戲。」

「這就是為什麼。她覺得必須來看戲甚至幫點忙。」凱倫繼續即興敷衍搪塞。她不喜歡自己挖坑給自己跳的處境，她必須為莎拉找藉口自圓其說，她也必須撫平大衛的情緒。凱倫再一次回想起莎拉和大衛那令人透不過氣的自尊心，這兩人始終以為他們在表演絕妙好戲，雖然彼此失聯了快十三年。

「為什麼偏要看這齣？因為妳在裡面？」

「才不，只是因為她體認到是該看你的戲了。我在裡面不過是附加價值。」

「妳什麼時候和她重新取得聯繫？我記得，高中快結束時妳們甚至不講話。」

「那是高中時候的事。」凱倫不以為然地說。

或許凱倫把莎拉和大衛看成一對孤芳自賞的雙胞胎並不公平。他們都太依戀彼此過去的形象，從那個不幸的青春戀人身上看到他們已經失去、但依舊想找回的某些東西。或許凱倫這麼看待莎拉和大衛並不厚道，因為伴隨而來的是焦急、怨懟、不屑等情感狀態。凱倫無法容忍他人的未了情、意難平，因為她連自己缺乏寬宏的胸襟都無法容忍。凱倫自己也深受其苦，她希望自己對別人的感受有點共情能力卻做不到。她傾盡全力所能做的是維持健康的分手，但就連這一點她也屢屢做不到。凱倫完全沒辦法與人感同身受，當大衛走出他那輛破車，莎拉走出凱倫的車子，兩人同時站在酒吧／表演空間外殘破的人行道上，兩人面面相覷，而今晚終於要舉行第一次彩排了，她發現自己無法直視大衛和莎拉。在機場接到莎拉後，凱倫一路上任由莎拉唱獨角戲——神情激動地拼命大笑、毫不遲疑的擁抱、話說個沒完、不斷尖聲驚叫——凱倫不予理會，但暗中冷冷剖析莎拉旺盛精力底下的每一次脈搏跳動、每一個砰砰聲響。不過在莎拉當著大衛的面穿越殘破不堪的人行道，凱倫發現自己撇過頭不看。那一瞬間，他們之間所有的悸動給莎拉重重一擊。親眼目睹這一刻，凱倫覺得難為情。

等到那一剎那過去了，大衛才邁開大步緩緩跑動——在新近的體重加持下，步伐依舊清晰可見——他穿越他們之間的空間，以一種過於熱情、過度親暱的方式將莎拉摟入懷裡。莎拉發出喘不過氣的笑聲，幽默地誇大窒息的模樣，說：「小心！別抱得太用力。我懷孕了。」大衛像被燙到往後退縮。

「我和妳在洛杉磯見面後才知道。」莎拉對凱倫說。「隔天的宿醉真的是——喲，拖得比平常更久。」

「我想妳已經回答妳要點什麼飲料的問題了。」大衛說。「我想說的是表演空間有個酒吧。」

「噢！水或果汁就好。」

「太棒了！好吧。」大衛說，連忙轉過身，流星大步地穿過街道，走進樓房，彷彿莎拉點了一杯飲料，需要外帶到人行道給她。

「恭喜妳。」凱倫說著，同時和莎拉相偕走進樓房。

「才八週而已，我本來不想說，但還是脫口而出啊。我真怕自己說了不該說的話。」

「我相信大衛早就原諒妳了，他這輩子老是被甩。」凱倫說。

到了裡頭，大衛卻不見蹤影。凱倫留下光芒四射的莎拉和忙著巴結奉承的馬汀，逕自在迷宮似的黑布幕裡前進，穿越倉庫漆黑、遼闊的隱密地帶，她走出後門來到舊時的卸貨平臺。大衛坐在平臺上，倚靠著牆，抽著菸，兩眼盯著靴子的鞋尖。

「你還好吧？」凱倫說。

「不好。」大衛說。「我其實不太好。」

凱倫在大衛身旁坐下，並肩坐在平臺上，她本來不打算這麼做；原本打算走進倉庫，讓大衛獨自靜一靜。她告訴自己別想太多，但兩手還是忍不住圈住大衛，大衛一碰到她就沉重地倒在她懷裡，身子猝然抖動又活了過來，他有如落入陷阱的野獸發出淒厲的叫聲，整個人顛簸起伏、搖搖晃晃，很難抓住。凱倫想讓他停下來，卻又感到心虛，但她自責幾次後，他就像旁若無人似的掏出口袋裡的香菸盒，不惱不怒。他用老T恤鬆垮垮的邊緣粗魯抹了把臉，臉忽然亮了起來。

「我們還是他媽的彩排吧。」他說，並站了起來。

大衛忙著彩排時，莎拉獨自坐在第四排觀看第一幕。凱倫注意到他們之間的張力仍在，像一條電線把彼此連結起來，你一個不小心就會被絆倒。凱倫納悶著自己為何被這條電線攪得心煩意亂，是因為她被排除在外？是因為它自稱擁有比其他人更重要的「人類狀況」？大衛不停地跑上跑下，在階梯式看臺上踩著臺階往上爬到跑馬燈光板，或者爬上舞臺，或者坐在最邊緣的座位上查看視線。他也不停地吞雲吐霧，任由啤酒泡沫溢出罐口濺汙地板。不過無論走到哪裡，他一定把目光從莎拉身上移開，因此你知道他的後腦勺或在肩膀外側長了一對眼睛，但無論長在哪裡，只要它們繼續讓電線走最筆直的路線就好。表演空間被電線切成碎片，彩排變成一場災難，不是錯過提示就是講錯臺詞，再不然就是技術故障，大概除了凱倫、莎拉和大衛之外，沒人知曉原因。等到開始第二幕，莎拉帶著凱倫的服裝消失於後臺，大衛聚焦的最後碎片瞬間解體，他已經喝掉第四罐或第六罐啤酒，有如一個夢遊者踩著蹣跚的步伐。「大衛，大衛？」燈光設計師說。「這是你要的燈光效果嗎？」「大衛，大衛？」音效設計師說。「你要哪一首歌？」「大衛，大衛？」舞臺設計師說。「『先生』會拉下百葉窗嗎？」凱倫首度把裝上空包彈的手槍帶到排練現場，她發現開槍剪影的舞臺調度又得做調整；手裡握著貝瑞塔手槍，槍口朝下，手指遠離扳機，她走上舞臺，在燈光照射下瞇著眼睛。「大衛！」她說，同時感覺到正陷入群龍無首、漫無目地閒蕩的在場人員忽然立正站好。「咳！別開槍。」有人說，同時爆出嘻笑聲。

「馬汀的頭部和手槍需要離遠一點。等我就定位，請看最左邊和最右邊，確認影子排成一行。」

「我以為這是一把填裝空包彈的手槍。」

「沒錯，不過彈殼內還有是火藥，所以開火時才會槍聲大作和產生衝擊波。所以由不得開玩笑，不能把槍對準自己的腦袋或指著別人。為了安全起見，我會讓槍口偏離馬汀的頭部，不過影子看起來像是我瞄準著他。告訴我們影子是不是有對好。」

「恕我冒昧問一句，」馬汀說，「我有生命危險嗎？」馬汀走到舞臺上，打趣問道。

「別惹毛凱倫就好。」有人說。

身為毫無幽默感的槍砲負責人，凱倫充耳不聞。「這把手槍雖然沒有子彈，但最安全的對策是把它當成真槍來處理。我會朝左舞臺開火，所以我希望演出這場戲的時候沒人在左舞臺。那裡也沒必要有人。服裝組在右舞臺，道具組在右舞臺，所有演員最後一次登場從右舞臺進來。好嗎？誰都不得在左舞臺附近走動。」

「**大家都聽好了！**」大衛說。

由於透過敞開的房門可以瞥見後面房間大部分，而基於大衛的堅持，舞臺設計師又為那房間做了一個小書架，書架上收藏了泛黃平裝書。那裡還有個裝滿菸灰的菸灰缸，和一個髒兮兮的文件夾，裡頭放著閒置不管、關於這間生意不好的小店的資料，一些資料就從文件夾側邊露出來。此外，房裡還有個電熱爐和破損的電線、幾個湯罐頭、一雙灰色襪子（腳趾處有幾個大洞）懸掛在摺疊床尾處。在一張快要解體的桌子的抽屜裡——不過抽屜裡的物品，就連前排觀眾也看不到——有半盒火柴、幾枝有咬嚼痕跡的鉛筆、存著不用的硬幣、一本年代久遠、破舊不堪的《花花公子》，以及一個縫紉針線盒。當凱倫打開抽屜往裡頭一看，最刺傷她的就是那個針線盒。她孤零零一個人、不受喜愛的能力彷彿隱藏在那個被刮得傷痕累累的塑膠盒子裡。

馬汀坐在「先生」桌前的椅子上，凱倫站在他身邊，夾在管子上照明燈將熾熱的光線灑在他們身上，也將他們的影子投射在拉下的百葉窗上。凱倫握著貝瑞塔手槍——手指輕巧平穩地搭在扳機護圈上瞄準著。她站在馬汀右側，馬汀面向觀眾坐著，槍聲一響他將往左邊倒下。大衛對著凱倫大吼，指導她朝這裡或那裡走幾步，手臂舉高一點或低一點。凱倫的手臂因為伸太久而顫抖、感覺灼痛。她對大衛大叫著她的手臂快掉下去，大衛總算說效果逼真。當凱倫瞄準槍管，一位舞臺工作人員從舞臺側翼走出來，在椅腳、馬汀雙腳和凱倫雙腳等四周貼膠帶做上記號，並在裡面隱密的佈景牆上做一個×記號。如果她和馬汀和椅子都待在記號內側，她瞄準×記號，這樣從觀眾席任何座位看到的，就會呈現「女孩」持槍指著「先生」的影子畫面。「我們就這麼決定吧。」大衛說。凱倫把貝瑞塔手槍放回桌子上，搓揉肩膀，回到舞臺上，當她打從莎拉身邊經過時，莎拉抓住她的手。

「妳好棒呀。」莎拉輕聲說，凱倫一臉不解地看著她。

「這一次真的開火了。」大衛說。

「誰去告訴前面酒吧裡的人我們要發射空包彈。」凱倫說。

這個提議很好，所有人一致贊同。有個人去說了。

暫停片刻後，有人說：「幸好我們在荒郊野外，沒人聽得見。」

另一個人說：「荒郊野外……沒人聽見你的空包彈玩具槍。」

又有一個人說：「在表演空間裡……沒人聽見你一點也不好笑的笑話。」

他們準備就緒後又開始排演。演出這場戲，凱倫第一次感覺到一股恐慌的壓力在體內逐漸形成，胸腔彷彿隨時會裂開。遠遠地站在正廳的深處，她的嘴巴說著臺詞，但她聽不到自己說什麼，也不知道接下去的臺詞。她有過這樣的惡夢，她必須統統說出來。接著，馬汀（「先生」）「狂暴地抱住她」，雖然他們已經做過無數次，不過這是她第一次感覺到他的身體乾癟、上了年紀、極力表現熱切、強而有力，而她自己卻渾身毛髮豎起、心情七上八下。

後來他們打算走進房間，凱倫扮演的「女孩」在門框停頓片晌，因此觀眾看得到她滿臉剛毅果決，像烏雲罩頂似的。大衛數個星期前曾提到暴風雨的烏雲。他說他想讓觀眾知道「女孩」吃了秤砣鐵了心，即使觀眾不清楚是做了什麼決定。他的說法讓凱倫想起大衛常以暗喻的方式進行思考。大衛本想親自操刀寫劇本並擔任導演，而不是導演別人寫好的劇本。凱倫從內而外感受到恐慌和壓力，肋骨繃得很緊，根本不知道她站在門框時能不能傳達出她烏雲罩頂般、毅然決然的態度。她不知道是不是有關上門，好讓百葉窗／螢幕就定位，她不知道是不是站在做好的記號上，她不知道當她盲目瞄準×的時候，手是不是舉在正確的高度、正確的角度，接著，她宛如從身體外的某處扣動扳機，由於力道強全身向後搖晃，槍聲轟然乍響，比真槍發出的聲響更驚人。馬汀從椅子上朝一邊砰咚倒下，燈光熄滅。手槍從凱倫手中滑落，掉到地板上。

「靠夭！」躺在地上的馬汀說著。「那是妳扔掉的槍嗎？」凱倫感覺她就像那把嘩啦跌撞在地上的手槍，也在她自己的身體裡撞得粉身碎骨。

「噢，對不起。」她說，當燈光重新亮起時連忙撿起手槍。

「我們再排一次快速換景！」大衛說，言下之意是表現得很好，繼續下去便大功告成。

「我得重新填裝子彈。」凱倫說。「我一次只裝一個空包彈以防萬一。」

所有人都圍在道具桌四周，看著她打開彈巢、確定膛室是空的、裝上子彈，然後將彈巢壓回槍身。這些步驟她已經做過許多次，本來她自信能做得很順手，但現在凱倫卻覺得雙手不能控制的顫抖，她真希望周圍的人沒看得很仔細。她可不是在示範大腦手術啊。為了分散別人和她自己的注意力，她開始敘述李奇告訴她的話。「每次射擊後，你永遠都得確認彈巢裡面是空的，這是基本的安全原則。在你準備射擊前，手指絕對不能靠近扳機，也不能靠近扳機護圈。絕不能用槍指著別人，沒裝子彈也不行。絕不能扣下扳機，沒裝子彈也不行。對我們來說，最安全的方法是我是唯一能夠碰這把槍的人。我會帶它過來也會帶它離開。我會把它放在道具桌上，我也會拿走它。我會裝上子彈，我會確定彈巢裡沒有子彈。誰都不能碰這把槍，即使想幫忙也不行。許多意外就是這樣發生的。」

後來，馬汀和凱倫和手槍都回到做記號的地方。舞臺上，扮演「女孩」的凱倫站在扮演

「先生」的馬汀身邊，璀璨的燈光灑在兩人身上。他們又說了一遍臺詞，又一次狂暴地擁抱。透過那一扇門，風起雲湧，門關上，找到位置記號、拿起手槍。馬汀連忙用手捂住耳朵。

「你在做什麼？」大衛從觀眾席上大喊大叫。「你幹嘛這麼做？我們看得見呀，老兄。『先生』應該等著翹辮子！」

「這槍聲真他媽的大，你是希望我耳聾嗎？」

「我想他說的對。」凱倫聽見自己說話。「我們曾試過一次，我知道那是什麼感覺了，接下來的排練還是用『砰砰』代替吧，不然我們都會變成聾子。」

大衛老大不高興。他走上舞臺，打開佈景門，沉著臉瞪著他們。「妳是安全專家，我覺得妳應該趁排練時培養開槍習慣。演出時可不容半點差錯。」

「我已經習慣了，到時一定能表演得完美無缺。我們抓到角度，我感覺到後座力。每次排練都當真發射子彈其實不太安全。」

「以前妳不這麼想。」

「我以前想得不夠透澈。」

「好吧，操槍的人是妳。」

「我們休息五分鐘吧，我得重新裝子彈。」

「媽的！」大衛說。

這麼一來，快速換裝進行順暢就變得更加重要。凱倫依稀記得多年前他們都還在讀書時所做的快速換裝，拉開梅蘭妮的拉鍊，使勁褪去她身上的連身裙，脫到腳踝處，然後迅速拿起收攏得像大甜甜圈的新連身裙穿過梅蘭妮的頭部、手臂，同一時間，梅蘭妮跨出舊連身裙，凱倫趴在地上抓住她的腳，一次一隻地把腳塞進鞋子裡，梅蘭妮則自行扣上鈕扣，這一切都在黑暗中屏氣凝神迅速完成，整個過程狀似親密實則冷淡，完全公事公辦，沒什麼性感之處，當你粗魯地觸摸別人的身體和衣服，彷彿你碰觸的是你不喜歡的玩偶，你不會有興奮或怪異的感受。不過這一切其實性感、興奮又怪異，也許唯獨凱倫有這種感受，那個時候他們的感情都被嚴密監控，如果你沒有按照命令產生某種感受，你會惹上麻煩。如果你得到的是按命令不該有的感受，你也會惹上麻煩。如今莎拉在黑暗中抓著凱倫的身體，用力扯下凱倫的牛仔褲並讓褲子平鋪在地板上，好讓凱倫迅速跨出來，莎拉將緊身連身裙套在凱倫身上，迅速拉上拉鍊，同時一隻手掌平放在凱倫背部往上滑走，以免肌膚被拉鍊夾住。鞋子、手提包以及一個迷你化妝鏡，莎拉啪地打開，讓凱倫塗上口紅。如此便讓流浪兒——「女孩」再度現身時變得輪廓比較漂亮也比較嚴肅。用了六秒的時間，凱倫火速跑回用夜光膠帶做記號的地方。她們順利完成第一次換裝，凱倫甚至有時間讓心跳緩和下來。

快速換裝時，某些東西不一樣了。一切來得很快，而且在默默無言中發生。是因為她們合力完成一件事，還是因為她們配合無間，或是因為她們必須迅速又切實地碰觸彼此身體，所以沒有時間思考。不知怎地，卡倫和莎拉之間的怨懟不見了。好像有人把發出白噪音的機器關掉，但凱倫不記得這部機器一直開著。當大衛和大家檢討彩排時，莎拉走出後臺來到凱倫旁邊的座位坐下，她不坐在凱倫對面，沒有纏著凱倫不放，令凱倫心神不寧，只是坐在那裡。莎拉看起來很疲憊，黝黑的皮膚微微發青。凱倫試著回想對莎拉的痴迷卻找不回當時的情感狀態，喪失這種情感狀態就像失去一隻胳臂。她感到一派輕鬆，不是心情的輕鬆，而是切斷繩索，在虛空中漫無目的漂流的輕鬆。到底，凱倫心中的治療師忖道，這比找真的治療師划算多了。到底，你在莎拉肚子裡爬滾了這麼多年，左思右想、反覆琢磨也知道她不是妳的好朋友。

「你要有自己的孩子了，開心嗎？」當彩排結束時凱倫問莎拉，所有人一邊準備離開，一邊聊天、閒晃、抽菸、小酌。

「我也不知道，」莎拉說。「我覺得我應該有孩子。」

「妳『感覺』妳應該有孩子？還是妳『想過』妳應該有孩子？想法通常是虛假的，感覺總是真實的；不必與事實相符，不過是真誠的。」

「我想過我應該生個小孩，」莎拉短暫考慮後說。「我真的不知道我有什麼感覺。」

「我有一個孩子。」凱倫說。她們已經走出來，坐進凱倫的車子，準備驅車前往「酒吧」。到了「酒吧」，莎拉將佯裝把注意力放在凱倫身上，但實際上只關心大衛的一舉一動，大衛也將假裝把注意力放在每個人身上，但其實只關心莎拉的一舉一動。難道這是凱倫說溜嘴的原因？因為她想打破大衛和莎拉之間的電流回路，讓注意力終於轉移到她身上，是嗎？

不是。她說溜嘴只是因為她想說出來而已。別問她為何現在才說？應該問她在這之前隨時都可以說但為何不說？

她們之間隔著凱倫的車子，莎拉的眼神穿越車頂，定定注視著凱倫，或許打算假裝聽錯話——人在認為真正要緊的是怎麼回答而不是回答什麼時，為了拖延時間偶爾會這麼做。要怎麼告訴他們回答了什麼並不重要，甚至不受歡迎？「拜託什麼都別說。」凱倫說。她的聲音聽在她自己的耳朵裡甚是嚴厲，莎拉更是嚇了一跳。那就這樣吧。凱倫看著莎拉在與她不想要的立場——不能表現善意和關愛又不能為她的不安和內疚辯駁——搏鬥。她們隔著車頂對望良久，直到其他演員、馬汀、大衛以及舞臺工作人員一行人嘰哩呱啦地走到人行道才帶走這一刻，與其說結束不如說停止。對凱倫而言，這樣反而是令人滿意的，因為沒有任何事情能夠終止得有如拉丁文「*concludere*」所指的「完全關閉」。沒有任何東西能夠這樣。

§

我一直都很喜歡首演之夜。當我還是小孩子、我的雙親尚未離異時，我的母親和凱文和我會去參加在公園舉行的戶外劇場的首演之夜，坐在毯子上吃著花生果醬三明治，每當舞臺上出現我父親做的東西便激動得大聲叫好。如果吊桿垂下一張景片或是佈景裝置從側翼推到舞臺上，甚至只是灑下一小池亮光，只要有我父親參與其中，我們都會像看到明星進場一樣熱烈鼓掌。我們幾乎不曾留意演員或表演內容。整齣製作有如我父親給我們的加密訊息，肯定我們的重要性以及在山丘上佔據了特殊位置，而山丘包辦了劇場大部分的觀眾席，在淡粉紅色的夜空下，山坡的草地被到處散落的其他人家的毯子和野餐籃壓得扁平。

從此以後，我總是尋找著一樣的加密訊息，我想獲得一樣的肯定，確認我對送出密碼的人非常重要。我相信我們每個人都在尋找這樣的訊息，儘管有人似乎太早接獲而沒看出那是一條訊息。他們不想知道誰送出這條訊息，因為他們本身的重要性已經得到確認。不過我從不曾像那樣，我也懷疑以後我會像那樣。等到你年紀大到看出自己身上的洞，要想把那個洞填滿也已經為時晚矣。

酒吧／表演空間的女更衣室是間裝著一顆光禿禿燈泡的警衛室。由於我是演員陣容裡唯一的女生，因此只有我一個人用它，不過當我推開門、打開電燈，發現花瓶裡插著一束花，我不認為那束花是送給我的，直到我讀了卡片才知道……我在這個我出生、長大的城市沒有一個朋友。我認識的人都參與這次的演出。我告訴父親我是大衛的道具師，但沒告訴他我要登臺表演，因為我不希望他來看表演。觀眾席上有個人知道你是誰肯定會提醒你你在表演，而我不想知道我在表演。

那束鮮花夾帶的卡片上寫著：「給親愛的凱倫，來自她幸運的男主角。祝好運，馬汀。」讀著這張卡片，我知道馬汀從未忘記。過去幾個禮拜，我告訴我自己他忘記發生在我們之間的每一件事，但是現在我知道他沒有忘記，不知為什麼，這比以為他忘記更難受。

其實這束花非常嬌豔美麗。凱倫把臉埋入花束、閉上雙眼。這是一個很有自我意識的舉動，她曾在電視上和電影裡看過女演員做過，不過她自己不曾有機會做。然後凱倫穿上戲服：骯髒的牛仔褲和帽T；接著她開始化妝，在臉上撲了許多灰白色的蜜粉，好讓自己看起來不健康、餓得要命。但她其實不覺得餓，她反而覺得飽滿。她已經開始演戲了。她留在更衣室，能待多久就待多久。她要是能獨自完成表演就好。

有人敲響房門。是莎拉。莎拉鑽了進來並隨手關門。她為了這齣戲的首演之夜打扮得嬌美動人，而她將擔任一分鐘的後臺服裝員。跟她們年輕時一樣，莎拉喜歡煞費苦心打扮自己，不過最後看起來卻像沒用什麼心思。她穿了一條直筒牛仔褲，膝蓋處有大破洞，摩托車靴、針織布料的斜裁打褶上衣，領口從一邊肩頭掉下，露出內衣肩帶，就像電影《閃舞》女主角的服裝，以及一對波希米亞超大耳環。她將頭髮大旁分，使得許多頭髮垂落在臉上。也許她的穿著打扮是在向八〇年代致敬。她看起來就像她高中時候的樣子，不過更好看，因為臉型骨相變得更分明。凱倫希望大衛沒看到她，或者在中場休息前在燈光控制室裡喝醉睡死。

「金斯利先生在免費入場名單上！」莎拉憤慨說道，彷彿以為一旦寫些他的故事，他就不該繼續存在。

「他一直有看大衛的戲，他們是好朋友。」

「這怎麼可能？大衛怎麼還能跟他說話？『我會一直等到你哭』——還記得嗎？」

「他是對大衛說，不是對妳。」

「我的怒氣不會因此減少一點。」

「他在幫助大衛跟自己的情感取得聯繫，或許的確有用，大衛成為導演，他也真的很成功，而且樂在其中。我聽他叫金斯利先生導師。」

「妳是我最沒想到會喝酷愛飲料的人。」[36]

「什麼酷愛飲料？」[37]凱倫說，她能像普通女孩那樣裝傻，尤其是提到這裡稱為「金斯利先生」的那個人時。

莎拉看了凱倫一眼。「金斯利先生應該對**妳發生的事**負點責任。」莎拉說，彷彿凱倫沒有記起教訓活該被罵。

「我以為他才應該對妳發生的事負點責任。」

「我不知道妳在說什麼。」莎拉停頓片刻後說道。

「妳當真以為我會相信妳寫的內容？而大衛，那又是另一回事，他打從一開始就不知道，現在也還是不知道。不過拜託，『休息一下，親愛的』？真是搞笑，妳怎麼能一直保留著還綁著蝴蝶結。」

「我真的不知道妳在說什麼。」莎拉又說一次，她從來就是個蹩腳演員。但凱倫知道自

36 引申意思是「妳是我最沒想到會被洗腦的人」。

37 這裡凱倫裝作只聽到表面，聽不懂引申的意思。

己會演得很好，她感覺得到，今晚是她的首演之夜。

「還有五分鐘！」有人在外面大聲說，同時用力敲打更衣室的門。

「回去妳的座位吧。」凱倫把莎拉打發走就別過頭。

沒有比在舞臺側翼看戲更安全的了。你或許會以為這和家教、和凱倫在劇院裡度過的童年有關，凱倫經常提起孩提時期的看戲往事，不過任何人躲在舞臺側翼從旁觀賞表演，處在演員與觀眾形成的回路之外，肯定都會有一種安全感。這條回路的熱情給你溫暖卻對你毫無所求。凱倫很高興在第一幕快結束時她才登場，這給了她充裕的時間留在舞臺側翼當觀眾。不過今天晚上她感到前所未有的超脫肉身和自由，她已經準備好走上舞臺，但在那之前，她全然是個好奇的存在體，任其發光發熱，照耀昏黑、未知的疆域。進行排練的這幾個禮拜，她故意忽略馬汀是寫這個劇本的作家，但是現在，這個劇本以他的聲音與她交談，她對他有了一些了解。舞臺上的演員提出疑問：為什麼要叫朋友殺死自己？但為什麼不？跟這些演員槓上的另一群人問道。保命或摧毀的是他自己。為什麼該由風俗習慣或者——但願不會發生這樣的事——法律干涉我們想怎麼解決**我們自己**？

因為我們沒有一個人能孤獨於世，我們會互相傷害。

為什麼有人會因為**我為自己**做的選擇受到傷害？

你做出選擇時也在為別人做出抉擇。我們環環相扣、糾纏不清。你勢必傷害到別人。

這全是胡說八道！和我糾纏不清的人，他們的下場也是出於他們自己的選擇。如果我要開槍自盡，他們也會接到警告。

什麼會警告他們？

我很清楚，**我不是他們**。

這個世界由「我」和「不是我」組成，凱倫的治療師說。這是很難傳承的經驗。

雖然腦海有治療師的聲音在說話，凱倫還是聽到了提示並走到舞臺燈光下。她的身體像充滿電流的導線，不但為舞臺上的演員帶來衝擊，也在觀眾席間引起震撼。她做到了。她感覺空氣出現裂痕並劈啪作響，她感覺她引起大家的好奇心。當劇院中所有自我相互重疊，並將它們的震驚送到空間場域中，表演過程中便能產生電光石火。這一幕結束，後臺有如罩在玻璃蓋盅底下安靜無聲，凱倫將手槍裝上空包彈並就定位。莎拉走到後臺花枝亂顫地比手畫腳和開闔嘴脣，不過不管她說了什麼，凱倫決定充耳不聞。凱倫不必和服裝員說話。燈光熄滅，中場休息結束，第二幕正式開始，接著出現其他場景，然後輪到她出場，凱倫佇立在舞臺上，透過「女孩」的眼睛凝視著馬汀，她佇立著凝視「先生」，凱倫明白捆綁著他們的傷害，她知道馬汀也明白。馬汀（「先生」）「狂暴地抱住她」。

透過門縫朝外面輕輕一瞥，觀眾看到她像烏雲罩頂般而心生畏懼。門被關上，馬汀坐在椅子上，凱倫站在定位記號處，熾熱的燈光將他們的影子投射在拉下的百葉窗上。影子遊戲。凱倫舉起槍，瞄準，開火。出現了哽咽、低沉的嘶吼和尖叫聲，馬汀從椅子上摔下來，身子一碰到地上雙腳雙手馬上鉗住胯部，同時不停地叫喊、扭動。凱倫打開膛室，查看彈巢，把膛室壓回槍身，瞄準，再度開火。這時，莎拉已經走上舞臺和他們一起在「先生」的「房間」裡，就在舞臺佈景後面。她也失聲驚叫，但叫得不如馬汀淒慘。「噢，我的天啊，」莎拉大叫著，「醫生，我們需要醫生——」莎拉平時沙啞的嘟噥如今變得尖銳高亢，馬汀抑揚頓挫、起伏跌宕的語調陡地變成低嚎哀吟。觀眾席傳出椅子刮削聲、跺腳聲和爭執聲，大衛猛然打開道具門，看著他們，然後大聲嚷嚷跑了出去。

「真正讓我氣不過的是妳寫的東西，」凱倫試圖告訴莎拉，而莎拉跪在馬汀身邊號哭，彷彿莎拉只有一則舞臺指導，但她打算全力以赴做到最好。「妳寫的跟發生過的一樣，卻又撇開事實不談。為什麼這麼做？妳想要保護誰？」

「噢……天啊……」馬汀放聲痛哭，像嬰兒胚胎蜷曲在地板上，一個像輪子般轉動的胚胎。他痛苦得扭來扭去，不知怎地開始原地旋轉。

「妳對他做了什麼？」莎拉叫道。她跟平常一樣不聽別人講話。

「你死不了的。」凱倫告訴馬汀：「只是你不再是同一個人了。」

信任練習

我最後說抱歉我去了。

我很遺憾聽到這個消息。能告訴我原因嗎？

現場人潮洶湧。他們不得不在大廳同步播出，那個時候已經有人進不去那棟大樓了，我進去了，我很早就到，我很緊張，滿腦子想著要說什麼。後來我被捲入人海，當天肯定聚集了四、五千人吧。

妳大概有勢不可擋的感覺。

我並不在乎他。我是為了觀眾去的。我只是沒料到規模會如此龐大。事後回想，我覺得自己很傻，我竟然以為可以在人群中認出某人，否則某人也可能從人群中認出我。

妳因為親自去一趟感到緊張，但最重要的是妳去了，雖然結果不盡人意。

我不知道我有什麼期待，我知道我說期待時想說的是什麼，不過我真的是那個意思嗎？如果真的實現，我會非常恐懼。到了現場後，我發現絕不可能成功，這使我重新思考我是否想要這樣，我是否想讓自己大失所望，而我其實早就希望如此。

為什麼妳認為妳想要這麼做？

為了告訴自己我做了一些努力？

妳做了一些努力，妳已經做了很多努力，而且用心良苦。

謝謝。我想今天就到此為止。

今天妳只要聊這麼多嗎？

是呀，謝謝。我必須出門了。感謝聆聽。

當然，應該的。

§

克萊兒關掉筆電。後來覺得自己冒失無禮，又覺得有這種感覺很可笑。這又不是真的給人吃閉門羹。每次重新打開筆電都會出現支付小費和評價的通知。想到這裡，她連忙打開電腦並完成交易，免得——如她所料——延遲付小費和評價的時間被列入計算。她照例點擊「30%」和「五顆星」，但所代表的滿意度與她心中的滿意度恰恰相反。一如大多數廉價的選擇，這個也沒啥幫助。

接著她再度闔上筆電，隨後又重新打開，因此螢幕畫面還來不及鎖上，她關掉邀請她訂定下次會議的視窗，然後開啟視窗連結學校臉書頁面。她再度播放追思影片。跟那天下午一樣，她細細地審視這些洶湧、喧囂的人潮，同時覺得自己越來越矮短，越來越渺小，越來越難以守在原地，越來越難不捲入人潮遭人踩踏，甚至卡在椅子上。現在她仔細檢視影片的畫面，卻感覺什麼也看不到。即便按下暫停鍵，逐一爬梳每個靜止不動顆粒，她還是看不到任何東西。

那不是她大約三年前去過的大樓。那棟大樓矮胖、醜陋，根據落伍迂腐的現代化概念建成，但當她拉開大門的那一天似乎已經宣告陳舊過時。大規模汰新的地板已經破損不堪，她並不知道。大廳可能展示著某建築師「我們的未來之家！」的模型，其實幾乎可以肯定一定有模型展示，只是她沒多加留意。她不知道那棟大樓會化為烏有，和它相關的人會消失不見，甚至不留一絲痕跡，她不知道她會失去機會。當克萊兒在大約三年前的那一天離開那棟大樓時，因為茫然無措地衝出大門，她肯定沒看到大廳展示某建築師的「我們的未來之家！」的模型，她做夢也沒想到那是她最後的機會。她只是黯然嘀咕著，沒關係，今天雖運氣差，不過還是有點眉目。雖然她得就此打住但還是找到一些線索。改天她會找到更多線索。她會再接再厲，每次走遠一點，終於抵達她一直試圖抵達的地方。她的腦袋從沒閃過這棟大樓會消失不見的念頭，這棟大樓有她要找的答案，可能保存在某頁發黃的紙張或拉開抽屜會咿呀作響的檔案櫃，也可能埋藏在某個老人隱約模糊的記憶中，但後來這棟大樓醜陋陰暗的石頭被碾碎、丟進大型垃圾裝卸車、載到海邊做成牡蠣礁。

舉行追思會的新建築宏偉又亮麗，與宛如軍事防禦工事的舊樓南轅北轍，撇開那個滑稽可笑的天棚不談。新建築盤踞於蓋在舊址的假山上，假山栽種了貌似昂貴的原生種黃金草。部分大樓，譬如正面，從正常地面上陡然聳立有如大教堂般高大，而其他部分，譬如兩旁比較低矮並不完全嵌入地上、造了許多玻璃門直接通往栽種著黃金草的小型人工草地，往上連接弧形臺階，形成戶外圓形劇場。這棟新建築彷彿是獲得LEED認證[38]、位於芬蘭等仙境般的北歐國家的生態度假村，克萊兒看得目瞪口呆，胸腔與肺部緊縮、疼痛得幾乎無法呼吸。像這樣一棟建築物進駐高中校園感覺就像在嘲弄她差強人意的童年。克萊兒高中畢業不過十年而已，然而這棟建築物讓她恍惚有畢業於上個世紀的感受，她那個時代不怎麼替小孩著想，或許可以說亟少顧及關心小孩的方式。這棟建築露出自鳴得意的模樣，如果克萊兒並未因為缺乏自信而感到不舒服，也會因為不屑而感到不舒服。

為了參加這場追思會，她花了許多時間和金錢，但她懷抱希望勝過擬定實質計畫，她以為如果她能親自來一趟，就表示可能會發生什麼事。有人——但不是克萊兒——會說些什麼或做些什麼或表現出什麼，然後克萊兒會知道要說些什麼、做些什麼或表現出什麼。克萊兒的希望——如果能稱之為希望——其實既被動又不堅定。她的「傾聽者」一如往常誇讚她「勇敢又堅定」地「創造條件做改變」，阻止她懷有堅定的希望。不過到達現場後她卻放棄寥寥數個她以為能創造條件做改變但效果欠佳的方式。那間她曾經去過的辦公室，儘管希望不大但至少是個起點，卻沒開。她以為這些人潮就像電影院的觀眾——數百人靜靜坐著，毫無戒備地任人仔細檢視——卻像一頭無頭無尾的變形怪物，有如洶湧的浪潮。更糟的是，她仍舊沒有釐清自己的目的。即使她靠著直覺或魔法總算朝著目標前進，屆時她要怎麼做？克萊兒記得她向母親提起這個想法的唯一一次，是多年前她剛上大學的時候，她的母親沒有責備她也沒有哭泣，克萊兒毫無理由認為她會這麼做。不過她們關係親密，克萊兒感覺得出她母親難以掩飾悲慟。「我始終都知道妳想知道，妳也應該知道。」她母親用一種不真誠、尖銳的嗓音說道。「爹地和我不能成為妳的一切。」「你們是啊。」克萊兒辯解道，彷彿這個見不得人的想法是她母親率先提出的。克萊兒本來就拿不定主意，因此那個時候，她很高興有了放棄它的機會。「她的父母是她的一切」至少是很堅定、踏實的念頭。克萊兒的父母把她當成心肝寶貝，兩人都下了很多工夫，過著完全以克萊兒為中心的生活，不過卻有某樣東西無法給她，使她愈加迫切需要這種東西：一種強大、獨特卻又模糊不清的東西，克萊兒甚至感到難為情，不敢與她以私人名義支付鐘點費的「傾聽者」分享。那是和「相貌」有關，是克萊兒尋找的終極目標，她無時無刻不在想像，但還是無法領會也無法描述。是誰給予「相貌」？當他們「注視」著她時到底看到什麼，這些細節都是「相貌」引起反應時克萊兒才會知道。不過她知道自己到時會有什麼感受：當被認出來、成為尋人啟事的主角、成為某人朝思暮想的對象時，她將感到渾身有如被電擊般的震撼不已。

克萊兒卻陷入廣場恐懼症的夢魘，她在裡頭徘徊不去，並非出於勇敢，如她的「傾聽者」所說的，而是因為她走不出來。人潮呻吟著，有如一條冰川捲走一群尖叫、抱成一團、嚎啕大哭的人以及她，但後來洶湧的人潮把她擠進一個座位。她鄰座的男人（大概

38 能源與環境設計領導認證。

四十、四十五或五十歲，她很不善於猜測比自己年長或年輕的人的年齡）跟她攀談，以為她是那裡的學生，說「不是很可怕嗎」，但「不是很不可思議嗎」以及「她知道誰會蒞臨現場」，直到燈光熄滅，天花板垂下一個布幕，觀眾們彷彿參加搖滾演唱會般的大聲喧嚷，他才不再說下去。布幕出現黑底白字：羅伯特．洛德，一九三八—二〇一三。

開始播放精心製作的致敬影片，設法運用畫質粗糙的影片和照片，低劣的質感卻變成它們最大的特色。屏幕上的畫面顏色越是噁心，解析度越低，場邊觀眾的情緒越是激動。大概是一九八〇年代初期，從這些模糊的黑白照片，你幾乎看不出照片中人的性別、種族、年齡，偶爾乍現的彩色照片卻流露讓人幾乎無法承受的悲傷，彷彿死亡的不只是羅伯特．洛德而已，還有那些曾經照耀著他的學生的絢爛陽光，以及他們曾經呼吸的清新空氣。每個人看起來青春洋溢、快樂美麗，或許只是因為克萊兒要趕在每張影像淡出前找出可能的線索而感到焦慮不安所產生的印象。起初，只有幾張影像被認出而引來零星掌聲或驚呼聲，不過轉眼間每張影像都被認出來而爆出如雷掌聲和驚呼聲，此起彼落地演變成嘶聲力竭的大呼小叫，鼓掌鼓得雙手麻木似乎是不可避免了。克萊兒八成看起來跟其他人一樣受到衝擊、感到如痴如狂。她意想不到會有這個可能性，一張接著一張羅伯特．洛德的照片，顯示著他在不斷變化的人潮簇擁下正要跨出大步；這些小孩個個神情專注，不是穿著舞衣就是做奇裝異服的打扮，抑或是手裡拿著劇本放在面前。不過羅伯特．洛德若有所思地捋鬍子，或把戴在頭頂的眼鏡取下，或椅子反轉過來跨坐著，或示範一種舞步，或嘴巴嘛起來呈現年輕的O字形，然後是較不年輕的O字形，然後較年長的O字形，然後是稍老的O字形，最後明顯無疑變成老頭子的O字形——從鼻孔削鑿至嘴角的摺痕——都不是克萊兒看得目不轉睛的地方。真正吸引克萊兒注視的（她的眼球因為專注而發燙著），是圍繞著羅伯特・洛德四周、不斷變化的孩子們。克萊兒打算要看穿每一張年代久遠的臉龐。她有個荒謬的信念，以為再也不會看這些影片，機會稍縱即逝，只要眨一下眼睛便會錯過。當然她後來用自己的筆電將這部影片重看了好幾次，但都不比第一次看出更多東西。燈光重新亮起，開始了漫長無止境的追思感言和現場表演。沒有一位演講人引起她的注意，不過早在她抵達會場之前，她的直覺已經告訴她不會是演講人而是觀眾，可能是數千名觀眾的其中一位。她在完全懷疑和完全篤定兩種態度間來回切換，應該是數千名觀眾的一位。這個活動是一張網，可以廣泛地也可以深入過去地挖掘各種可能性——如果不是此處此時，那是何處何時？克萊兒環顧四周，試著細細審視人群中的每一張臉孔。然而人群層層疊疊，似乎不是由面孔構成。這是一張生命之毯，甚至不用單獨絲線，甚至不算進不來的觀眾，他們無奈只得擠在大廳裡觀賞同步播放。

最後，現任校長——一位苗條、曲線玲瓏的女人——身穿黑色無袖連身裙，第二度走上舞臺。「親愛的校友，你們大多數已經知道這棟美麗的建築表達了鮑伯[39]的願景。鮑伯與我

39 鮑伯（Bob），羅伯特（Robert）的小名。此處指的是羅伯特・洛德。

們的建築師、設計師以及路易斯家庭基金會攜手合作，他每一步都親力而為。就在學校即將邁入歷史新階段之際失去他，我們每個人都感到十分痛心。」她的講詞有某種東西引起反感，克萊兒恍然明白，那些喧囂鼓噪聲，她本以為是在喝彩或歡呼其實是在喝倒彩。那個女人似乎不感到意外，她把臉孔湊近麥克風，聲音陡地轟隆大作，淹沒其他聲響。「我們社群持續以切實有效的方式進行有關路易斯家庭基金會遺產和命名權的對話，任何一個具包容性的社群都以樂意討論和接納異議為特徵。」

「鮑伯不會跟我們講這些廢話！」一個男子的聲音叫道，不只克萊兒，其他人也都轉過頭，想在宏偉的場地一層又一層的臺階密密麻麻的人群中找出起鬨者。

「可是我們絕不能說鮑伯的離世帶來了轉機。」校長對著麥克風斬釘截鐵地大聲說。「關於我們學校在路易斯家庭基金會的建議下，未按原訂計畫以『路易斯藝術學院』命名，而是更名為『羅伯特・洛德藝術學院』，對此我感到無比欣慰，甚至以為我不僅代表我們學校行政單位和路易斯家庭基金會發言，我也代表我們全體社群發言。」瞬間群情沸騰，在一片騷亂中克萊兒幾乎聽不見鄰座的男人俯身靠近她所說的話，但一股炙熱的氣息掠過她的耳際。

「鮑伯會他媽瞧不起這些，被當成政治掩護，妳知道吧？」克萊兒只是頻頻點頭，有如冰川的人潮開始慢慢倒退，她依然不停地點頭。人潮起初將她推開、遠離鄰座的男人，而這個男人儘管可能——她現在非常確定——起碼比她大二十歲，似乎在內心做了一番掙扎才詢問她的電話號碼。後來她被人群推到大廳，從羅伯特・洛德的巨幅照片底下經過，這些照片都以細絲高高掛在宛若大教堂的拱頂上，而這個地方將以他的名字來命名。最後她被人潮推到門外，她或許能停下來並認真思考，不過人潮依然洶湧，持續推擠她，把她帶到人行道、穿越停車場，直到她處於人潮的邊緣，最後不再屬於人潮的一部分。

§

約略三年前她來過這棟舊樓，那是六月的某一天。她故意選擇這一天，因為她跟所有上過學的人一樣清楚，六月彷彿「運動員的勝利繞場」，每個人都無所事事。她事前打了電話預約，表示對課程有些疑問。當總機人員問她是學生或父母？報社記者？還是洛德先生的朋友？因為洛德先生是個大忙人，她還是重複一樣的說詞。

「我對課程有些疑問。」她又說了一遍。她重複說著這八個字，不是因為膽子大，而是因為焦慮緊張才囁嚅著同樣的話。總機人員讓她在線上等候，但擱置太久後電話重新響鈴。這次由不同的人員接聽電話，此人似乎全然不知道克萊兒並非第一次打進來，而可能在線上等了十五分鐘。「噢，沒問題，親愛的。」第二個人說著並很快安排好約會：某個週五的十二時二十五分（這八成是在午休時間）。

赴約前她並不知道他是何許人物。她不知道他是當地的知名人士；她甚至不知道他貴姓大名。她不過為了個人特殊理由而必須找課程負責人。當第一位總機人員從中作梗時，她並不感到意外，因為她始終覺得，她打電話找人肯定會造成不便。不過當她抵達學校時，她才知道她大膽包天找上當地的天王。

當克萊兒說：「我來找羅伯特．洛德先生，我和他有約。」辦公室裡的女人們用懷疑的眼神互看一眼。

「您有預約嗎？」

「約了十二點二十五分。」

「您是跟我們這裡的人約的？」

「我不確定。我打給——」

「接聽電話的人叫什麼名字？」

「我沒問——」

「她聽起來有一定年紀嗎？」克萊兒回答說，她猜測兩個女人都五、六十歲或更多。

「大概是薇爾瓦。」有個女人跟其他人說，同時翻了白眼。「我得打電話給洛德先生確認他是否在這裡。」她以責備的口吻跟克萊兒說。「現在是他的用餐時間，他很忙。」

克萊兒為了不想被人看見自己滿臉通紅，連忙轉身面對著掛在牆上星羅棋佈的裝框照片。許多年輕人吹小號、朗誦、空中劈腿。大部分都留著老式的髮型和穿著過時的服裝。克萊兒聽見那個女人在她身後對著電話輕聲說話，然後叫著：「茱莉！」一位露出小蠻腰的女孩出現，那個女人交給女孩一張悲喜劇塑膠面具，上面用亮片貼著「訪客」二字。「茱莉會帶您去洛德先生的辦公室。」那個女人說，然後轉身坐在她的電腦桌前。

那位女孩穿著一雙運動鞋，而緊身牛仔褲褲腳完美落在腳跟和腳趾邊，讓她看起來好像在走鋼絲。拐了幾個彎後，她們停在留了一條縫隙的門前。女孩遞給克萊兒那張悲喜劇面具。「結束拜訪時冉還給辦公室。您希望我來敲門嗎？」現在女孩停下步伐，克萊兒看到女孩長得非常標緻，她化著自然裸妝，粗眉大眼可愛迷人，頗有專業架勢，像不當班的小明星。

「不用了。」克萊兒說。「我自己來。」

「您見過他嗎？」

「沒有。」

「您要跟他做訪談之類的嗎？」

「是。」克萊兒決定這麼說。

「太厲害了。」女孩說，同時微微伸長脖子，從門縫往裡瞧。

「謝謝您給我帶路。」克萊兒說，等著女孩轉身踩著貓步沿著走廊走開。

「您就是克萊兒·坎貝爾，您想見我？我開始擔心她們是不是把您給搞丟了。」他一面說一面拉開門，等她走進房間，他關上門然後走向辦公桌，沒有握手也沒有自我介紹。有一張訪客座椅，她沿著椅子邊緣坐下，而他欠一欠身便在自己的椅子上坐定。他從鐵砧似的頭上摘下那副纖細脆弱的眼鏡並把眼鏡摺好，擱在辦公桌上。他和她所期待的迥然不同。她不想大聲承認，但她期待看到的是一個繫著蝴蝶結、有點神經質的人，牆上甚至掛著《我愛紅娘！》[40]的裱框海報。她萬萬沒想到會是這麼個面容猶如花崗岩鐫刻而成、渾身散發咄咄逼人氣息、蓄留著黑白相間花鬍子的男人。克萊兒也留意到他寬大、線條優美的指節。她很意外會遇見這麼一個充滿男性氣概的男人。眉頭深鎖、目光犀利，等到年老體衰，他們卻更具威脅性，彷彿體力絲毫未減，只是保留不用。

「所以，」他的辦公桌上有一疊粉紅色的「當您不在」留言表格，他拿起其中一張，看了一下，又放回去，他沒有重新戴上眼鏡。似乎像抽動了一下？或是故意作態？「您對我們的課程有問題？」克萊兒的腦海裡排演這一刻好幾次，不是打電話結結巴巴訂約會的時刻，也不是站在門檻無意與露出小蠻腰的茱莉爭奇鬥豔的時刻，而是這遲來的一刻，可以對著這個男人——一個跟她的期盼截然不同的男人開誠佈公。她希望除了可以跟這個人打聽消息，他還富有同情心，對能提供援助感到興趣或表示樂意。她憑什麼以為事情會這麼走？因為她以為他會是個同志，所以善感多情？

「其實不完全是課程方面的問題。我的問題和某個我相信曾經在這裡就讀的人有關。」

「可能是誰呢？」

克萊兒對這個期待已久的問題深思熟慮過，不過現在她卻腦筋一片空白。她開始笨手笨腳地取出一個文件夾並遞出一張紙，他任由她把紙拿在手上，自己卻慢悠悠打開眼鏡架，戴上它，目光越過眼鏡框上緣看著她。「您希望我看這個東西？」他問道，但遲遲不接過紙張。

「如果您能讀就太好了，我想上面寫得比我清楚許多。」

「您是說令尊令堂給您取錯名字？」

「抱歉，什麼意思？」

「克萊兒，他們為您取名克萊兒[41]啊。」他解釋說，而她愣怔怔盯着他。她搞不明白他是怎麼知道的，她原本確實有另一個名字，後來才換過——不過後來她看出他並不知道。她誤解他的意思，但要阻止被看穿的感覺已經來不及了；雖然她希望自己能承認，終究還是做不到，只感到在衣服底下一波波滾燙的波瀾翻起。

「克萊兒是『清楚的』的意思，」他耐心解釋給她聽。

「是！喔不是啊，我都知道。我誤會您的意思了。」

他的目光又越過眼鏡框上緣停留在她身上，注視良久後才接過紙張並唸出她早已倒背如流的文字。

寶寶伊萬傑琳[42]——在這個充滿慈愛的基督教環境取名並度過生命中的最初數個月——出生於一九八五年一月。生母是健康的基督教徒，白種人、十六歲，生母的母親為蘇格蘭

40 原文 Hello, Dolly!，又譯《俏紅娘》，百老匯音樂劇，一九六四年首演，一九六九年改編成電影。
41 Claire，可做為人名克萊兒，也有清楚、清晰之意。
42 伊萬傑琳（Evangeline）有福音的信差或福音、天使之意。

——愛爾蘭後裔，在本地定居數代，生母的父親為德國後裔，也在本地定居數代。生母母親曾就讀於祕書專校，父親曾就讀於職業學校，迄今為止家族尚無人就讀大學。生母身心健康活潑，一切發展正常，後因父母離異而時斷時續上教堂，不過兩個家庭都奉行基督教基本思想。生母幼年便展現演戲與舞蹈等過人天分，後來得到此地首屈一指的表演藝術學校的入學許可；與我們一起生活期間，她把自己描述成有抱負的女演員。懷孕期間一切正常，完全足月妊娠，正常分娩。生父身體健康，白種人、基督教徒，餘者資料不詳。

他比讀得很慢的讀者花了更多時間，才把目光從那張紙移開並抬起眼睛。最後他問道：

「我可以從這篇文章得到什麼資訊呢？」

「本地首屈一指的表演藝術學校，指的就是這裡。」

「是嗎？這段訊息有限的文字並未清楚指出是哪個地方。」

「就是這一帶。」

「是嗎？」他重新仔細閱讀這段文章，並用手指頭指著每一行往下讀著。

「這只是從我的檔案摘錄的一部分。」克萊兒克制自己用手指捲頭髮。「在哪個地區——檔案的其他資料說得十分清楚。」

「說得十分克萊兒。」[43]

「是的。」她努力擠出一絲笑容。或許這就是他後來的樣子，對她沒那麼嚴肅，比較愛開玩笑。這次的會面已經變成他後來的樣子。事後回想，克萊兒記得想尋求答案的是她。

「我的問題不是哪個地區或那所學校，因為我知道是這所學校——不可能在別所學校。」她試著解釋。「我的問題是您教過的哪個學生，您的哪個學生是我的親生母親。」

「那麼說這裡的寶寶『伊萬傑琳』指的是您？」

「沒錯。」難道他連這個都不明白？他要她說得如此清楚讓她覺得無地自容，不過他年事已高，她這麼告訴自己，雖然他看起來不老，如果年老意味著腦筋糊塗和身體衰弱，他看來一點都不老。

當她說沒錯時，他微微抬起長得像倒刺、依舊烏黑濃密的眉毛，他的眉毛保持著V字形。但他越是維持一樣的姿態，蘊含的意味越是深長。其中一個可能是：這一切都不在我的意料之中；另一個可能是：這一切完全不出我所料；或許也可能是：現在我終於明白這個人來找我的原因；還有一個可能是：我摸不透為什麼這個人會在這裡。「您根據什麼理由，」他說，眉毛仍保持著V字形，「相信您母親曾經是我的學生呢？」

克萊兒原本已經心跳加速，如今跳得飛快，她甚至以為別人也能聽見她的心跳。她可能雙頰緋紅，額頭髮際線滲出汗珠，她覺得刺癢。「是生母，」她更正他，「我知道是因為根據檔案資料……」

43 意即「說得十分清楚」。

「根據檔案資料，她得到本地首屈一指的表演藝術學校的入學許可，但沒有明文指出她確實就讀。」

「她有讀，我非常確定。」

「是嗎？你的檔案資料也清楚提到？我很遺憾。」他幾乎溫柔說道，她沒有接腔。「您一定很難過，這麼重大的事相關訊息卻少得可憐，這實在令人難受。而且即使這張文件上描述的年輕女人確實是這裡的學生——不過似乎不大可能——我也不能證實。」

「為什麼？」克萊兒說，感覺到他對她下逐客令。

「我不能侵犯學生的隱私權，您身為女性一定能夠了解。」

走出大樓，克萊兒分不清方向，更確切地說，她不知道自己身在何處，卻只是越走越遠。後來她發現自己佇立在停車場上，但她的車子卻不見蹤影，她低頭看著這張醜陋的東西：兩張極度痛苦的臉孔和金屬小圓圈拼組成訪客二字。後來她發現她走出來的大門恰與她走進來的大門遙遙相對，兩扇門看起來一模一樣。

§

克萊兒帶著資料去找羅伯特．洛德的那一天，她的母親去世剛好滿六個月。起初克萊兒下定決心，一年後再為這個薄軟的文件夾裡少得誇張的數張紙做些什麼——那是她父親於葬禮結束後交給她的：他當時駝著背坐在那張「好」沙發上（每當有人坐在這張沙發上，她的母親總是感到焦慮不安），克萊兒因為被他沉重的手臂抱著也弓著背。「媽想鼓勵妳，」克萊兒的父親說：「她甚至想要幫助妳，但她不知怎麼做。」克萊兒哭得很厲害，甚至無法接腔，但克萊兒知道他說的都是實話。生病並不在她母親的計畫裡，她母親去世時才六十六歲，還來不及找出法子幫助她讓她很難過，於是她做出這個承諾，可是她很快就發現承諾一年不碰那份資料沒什麼意義。她第一次讀到這份資料時，感到很沉重的悲傷，連她自己都害怕。她心底有個明確的願望，那就是她的母親能在她身邊，和她一起閱讀這份資料，她的母親同意資料描述的人是她們都想要找到的朋友。

克萊兒的父親在一間農場長大，她祖父在克萊兒的父親十幾歲時失去這間農場，以至於他們必須搬到大城市，那是克萊兒父親人生中的大災難。當克萊兒還小的時候，雖然她對大自然興趣缺缺，每到枕邊故事時間，她的父親總是描述童年農場的溪流、糧倉、綠蔭樹等等他最喜愛的地方。克萊兒的祖父去世後，農場地下室發現一本「農場日誌」，那是厚厚一疊的螺旋筆記本，泛黃的紙張上爬滿凌亂潦草的字跡，記載動物的出生和死亡、農作物收穫量、不尋常的氣候事件。克萊兒給羅伯特．洛德看過她的檔案資料後，她起個大早去了影印店，那天她休假，因此有充裕的時間將這本農場日誌打字、列印並裝訂成冊。她很久以前就想這麼做了。然後，她去了老家，也就是她的父親揚言要搬離的地方，她一面喝著全麥麥片，一面讀著她父親這本字體易讀的嶄新農場日誌，她甚至加了幾張在網上抓到的西德州圖片。她父親翻讀這本日誌時嘴巴緊閉成一條直線，克萊兒知道他深受感動，強忍著淚水。

「親愛的，謝謝妳。」他讀完整本日誌後說道。克萊兒回到公寓時還只是上午九點。她沒有告訴父親她要去見羅伯特・洛德。事實上，打從克萊兒從父親手裡收到這份資料後，就絕口不再提它。但她也很清楚，父親藉由跟她透露母親的遺憾，而說出遠比他打算掩藏心裡的更多。克萊兒從未因父親拒絕談論此事而感到難過，倒是母親曖昧的態度令她十分傷心。她父母的不同反應也不曾令她感到困擾，雖然她認為他們對她非常不公平。

當一個不知名的電話號碼打進來，克萊兒剛好走出浴室，被瀰漫的水蒸氣弄得看不清四周，沒有細想便接了電話。電話裡沙啞的聲音指名要找克萊兒・坎貝爾，這個熟悉又獨特的嗓音令克萊兒暗自詫異。她裹著一條浴巾，濕潤的頭髮盤成鳥窩狀。自從母親去世後，再也沒有人會在早上這個時候打電話給她。當她終於明白打電話的是誰，她的第一個反應是畏懼，害怕自己是否做了什麼冒犯他的事。他怎麼會有她的電話？他自然很容易得到。當她打電話到辦公室訂約會時，她有留下電話，不過她一時沒想到，直到事後才回想過來。

「我對我們上次見面就這麼結束感到抱歉。」他說。他似乎得折彎聲音才能讓它流進話筒，就像大巨人得垂下頭才能穿過門洞。「您在學校的舉動讓我大感意外，沒留給我多少迴轉餘地。學校有學校的規矩，希望您能諒解。」

「我很抱歉。」她微微顫抖著說道。「我不知道可以上哪裡找您。」

「我是想幫助您，不過這樣的事不便在學校討論。」

他們訂了午餐約會。就在離碰面尚有數個小時，她正猶豫著該穿什麼赴約時，他打電話告訴她吃午飯是個壞主意，因為他很容易遇見認識的人。「再說，蘇菲和我能夠在家裡以比布泰拉餐廳更美味的餐點招待您，而且也比較容易談事情。」提及蘇菲的名字瞬間化解克萊兒的不安，一直等到這種不安消失後她才意識到它的存在。這種不安其實類似於其他不安感，其中最重要的一種是她不知能否得到答案。由於心思聚焦在這個令人畏懼又無以抵抗的事情上，原本憂心的事卻被拋諸腦後。現在午餐約會改成共進晚餐。結果他竟住在一棟在這個地方極為罕見的高樓大廈裡，雖有專屬地下停車場，但她把車停在路旁才看到。大樓管理員坐在許多迷你電視螢幕牆組成的馬蹄U形桌子後打盹，抬也不抬一眼便比畫著電梯方向。她的目的地位於頂樓，也就是十八樓；對於這個雜亂無序向四周延伸的城市來說，這棟高大的建築相當新奇，克萊兒從來沒認識住在超過兩層樓房子的人。出了電梯，她從迴廊窗口望出去，凝神注視這片橙灰色的黃昏景象片晌，然後按下門鈴。

克萊兒想像著蘇菲，她或許柔情似水，擁有一頭蓬鬆秀髮，而且溫順賢慧；或許是個優雅驕傲的歐洲人；或許是個放蕩不羈的文化人，穿著老舊短衫、戴著數條串珠鏈子，相互碰撞發出嗶剝聲。由於丈夫是有頭有臉的人，她的存在只為了對他有所反應，不過她會有什麼反應？他開門迎接克萊兒，穿著一件黑色高領衫和黑色長褲，他把依然濃密、猶如鋼絲的頭髮梳得服服貼貼，襯托他鑄鐵般的面容。克萊兒還不由自主地注意到他的鬍鬚剛修剪過，黑白相間，彷彿不久前才上過色。她被美輪美奐的公寓深深吸引，不由得轉著圈子觀賞，她瞠目結舌，連連發出讚嘆。她的目光觸及裝滿書籍的書架、昏暗的掛毯、鑲嵌小磁磚的小木桌、巨大的植物，她打從旁邊經過時還能碰到軟綿綿的葉子邊緣。空氣中迴盪著古典樂。他帶領她穿過裝飾著貌似歐洲玩意的迷宮——蘇菲應該是歐洲人，銀色的頭髮盤繞成髻，手臂細長薄如紙片，戴著雅緻的細手鍊——他們走到一半籠罩在黑暗中的客廳，由窗戶看出去應該是紀念公園。托盤上有一瓶開過瓶的酒和兩個酒杯。克萊兒不太自在地接過酒杯，坐在椅子上輕輕啜飲。除了工作場所舉辦的假日派對，她平時很少喝酒，這杯酒比她平時喝的任何飲料滋味更好。她的手指緊緊揪著杯腳，他則掌心朝上握住酒杯，用手指夾住杯腳。他拿酒杯的方式讓她感到莫名地不安。她坐在沙發上，他則坐在她對面，幾乎一聲不吭地看著她說話，她好像必須說話才能呼吸。她聊著他的公寓有多漂亮、視野有多壯觀、他的公寓多麼獨一無二，不過她認識的人都住獨棟房子。

「您能將紐約人從紐約移開，」他最後說，「卻不能把紐約從紐約人身上移開。」

「您來自紐約？」

「我來自一個名叫本森赫斯特[44]的寧靜小鎮，不過我很久很久以前就離鄉背井。這裡是我旅程的最後一站，卻是您的起站。我想多了解您，克萊兒，我自己的過往不太有趣。」

她花了很多時間回答他的問題。他很善於提問，比線上「聆聽者」厲害多了。接受治療師的治療一定就像這樣，就連房間，知性兼具異域風的家具也很像診療室。也許不是酒的問題。他重新為她斟酒，她不知何故提起父親被迫提早退休。她不需有人告訴她便明白到他遵守著某種準則，即他需要先讓她了解自己才能了解她，縱使他表現得彷彿只要他仔細搜尋她的人生便能揭露她自己遍尋不著的東西。每當她結束一個回答，他便悄悄地在她滔滔不絕的陳述底下拋入一個新話題，所以不知不覺中她自己說的話激起陣陣漣漪，綿延不絕，雖然她想打住，不再回答他的問題，改而央求他告訴她想知道的事。他忽然站了起來，說：「我們應該吃點東西。」她踩著不太平穩的步伐尾隨著他穿過走廊，廊道因為兩旁放置書架而變窄，最後來到用餐室。餐桌已經佈置妥當，多了兩個杯子，一瓶葡萄酒，食物盛放在大淺盤中。「檸檬汁醃生魚，」他說：「希望您喜歡海鮮？蘇菲廚藝一流，她的加勒比海家鄉菜做得尤其好。要不是她，我很久以前就放棄飲食。」

「蘇菲會和我們一起用餐嗎？」

「蘇菲？蘇菲傍晚就回家了。您以為蘇菲是我的妻子？」他似乎很訝異她會這麼想。「蘇菲是我神聖的女管家，我虧欠蘇菲很多，不過即便她願意和我在一起，對於這一點我倒心存疑慮，婚姻不是我打算重複的經驗。」

「您結過婚了？」

「我最後一任妻子和我等到兒子都大了便分道揚鑣。現在我們的兩個兒子各自成家，似乎都比我們更享受婚姻生活。也許喜好會隔代遺傳。」

44 位於紐約布魯克林。

這裡他打開了基因遺傳的話題，正好給克萊兒大好機會，不過他卻阻止她談論這個話題。起初他殷勤地招呼她品嚐這道食物，彷彿已經預料她不會喜歡，如果她果真不喜歡，他打算責備她。她小心翼翼地把食物放進嘴裡。她不曾吃檸檬汁醃生魚，要不是他不忘在迅速吞嚥的空檔補充說明，她絕對也沒想到魚是生的，只是用檸檬汁調理過。經過這麼解釋後，她的肚子和舌頭似乎跟著冷卻、變得僵硬，彷彿她自己也被檸檬汁無熱料理過一樣。她把全副精力都集中在怎麼表現出大快朵頤的模樣。他並未被她的默不作聲影響，逕自眉飛色舞地談論加勒比海的傳統節慶，同時痛快淋漓地大啖著。「狂歡節節節！」他不停地說，再三強調最後一個字。「您怎麼臉色發白啦，」他說，同時噹啷一聲把刀叉擱在已經變空的餐盤上。「您還好嗎？」

「可能是酒的關係，」克萊兒說。自從他們在餐桌前入座，她幾乎沒喝他後來倒在新酒杯的酒。基於禮貌，她照常把酒杯帶到嘴邊，不過當她的舌頭碰到辛辣的液體，嘴巴馬上充滿唾液，警告她要小心。

「來點新鮮空氣？我想您可能會喜歡屋頂的視野，我有一個私人頂樓露臺。」

要是早些時候，她確實可能會喜歡。「好。」她說，然後再度搖搖晃晃地跟在他後面，走上一道短促急彎的樓梯來到外面。陡然沐浴在夜晚溫暖濕潤的氣息，比忽然投入乾爽清晰、被空調處理過的氣息中其實造成更大的震撼，後者給人的感覺就好像脫離外部重量，重新恢復活力後又甦醒過來。然而現在走到外面感覺像被吸到一條巨大的食道裡面。門在她身後掩上，他轉過身子，一個箭步全身直挺挺地貼著她抵住門，當他的頭重重撞擊她的頭，同時把舌頭伸進她的嘴巴時，他那件不合時令的高領針織衫摩擦著她V字領坦露的肌膚。對於一個估計比她父親年長的男人而言，他相當強健有力。正當她為了嘴中檸檬汁醃生魚嚼爛的殘渣混合唾液所產生的味道頻頻作嘔之際，他抓住她的右手拉向褲襠，穿越皮帶和內褲褲腰。「那裡，」他急促喝道，「那裡。」他粗魯抓著她的手摩擦那根萎垂的肉條子，肉條子雖分泌出暖和黏稠的物質卻沒有甦醒過來的跡象。克萊兒驚惶失措中倒希望它能甦醒過來，但她感覺到他不行，如果不是這樣，後果可能更不堪設想。她轉過身子、掙脫他，深吸了好幾口氣，彷彿讓胃部填滿空氣就能阻止它拋出裡面的東西。這個辦法確實奏效，靠著意志力她真的把嘔吐物吞了回去，嘔吐的恥辱佔滿她的心思，她甚至沒有閃過念頭：嘔吐也可以是一種武器。「噢，親愛的，」他嘖嘖說著，同時把她抵在門上，兩隻手有如蜘蛛似的在她身上到處爬移。「沒關係……親愛的克萊兒……沒關係……」好不容易站穩腳步，克萊兒用膝蓋撞擊他。她沒擊中，不過他突然往後傾斜，隨後挺直身子，滿臉露出鄙夷之色，雙眼炯炯發出怒火瞪著她。

「我們之間似乎有點誤會，」他說，冷冷的聲音帶有警告的語氣。她俯身拉動門把，彷彿才結束游泳比賽從泳池爬起來。「您讓我感到困惑不解。」他這麼說，讓她更使勁拉開門。

「我很抱歉。」她喘著氣說，旋即縮著肩膀穿過門洞、衝下樓梯。她差點找不到前門，也差點忘了拿手提包。在電梯中她一面用左手整理襯衫、裙子和頭髮，一面尋找東西擦拭右手。她只帶了一個小包包，不是平常用的手提袋，她找不到紙巾。當樓層顯示一樓時，她連忙抬起右手摩擦著電梯的內牆。

到了大廳，她匆匆經過大樓管理員前面，但他沒有抬起眼睛，他甚至故意低頭往下看。她需要小便，她甚至以為她會在人街上尿濕褲子。開車回家的路上，她滿腦子都是這個念頭。她需要小便，這個需求像一支魚叉刺穿她的腦袋、胯下，驅動她所有其他感覺。翌日，她花了將近四小時和兩百元，對著「傾聽者」全盤「托」出並訂定計畫——好幾個計畫——不過計畫相互牴觸，同樣地，慾望與情感都想得到消化和滿足。如何跟她父親提起，如何不跟她父親提起；如何面對羅伯特．洛德，如何忘記羅伯特．洛德；如何詢問答案，如何停止訊問或消除想要詢問的念頭……這些疑惑在她腦海裡盤旋不去。克萊兒花了大把鈔票，賺取一堆點數。她試圖戒掉這個癖好，於是換了較不昂貴但從某方面來說卻一樣所費不貲的癖好。她經常造訪學校臉書網頁，羅伯特．洛德頻頻出現，她搜尋線索，琢磨著自己應該做些什麼。但找到的都是不太明確的線索，因此沒有採取任何行動。三年就這麼過去了。學校發生了幾件重大事件。一個是學校歷史上任職最久的職員薇爾瓦．威爾森祕書離開人世。另一個是學校歷史上擔任教職最久的老師，也是戲劇班的創辦人羅伯特．洛德人撒手人寰。克萊兒參加他的追思會但沒獲得任何新的線索。隨後學校臉書網頁刊登公告，學校重新命名為羅伯特．洛德藝術學院的計畫被取消，理由是「一位校友對其提出可信的性侵指控」。克萊兒這才取消關注學校的社交媒體網站。

§

然而，在那之前，也就是那天她茫然無助地站在悶熱的停車場上，手裡緊緊抓著悲喜劇面具——至少她知道她應該走原路回去，所以她回到大樓、穿越正廳，再次走進職員辦公室，所有職員似乎都已外出用餐，只剩下一位矮胖的老太太，她先前並不在辦公室。「我只是要還這個東西。」克萊兒說，同時遞出訪客通行證。老太太全身猛然一顫，彷彿受到驚嚇。

「我的天，」老太太說，她佩掛的名牌寫著「薇爾瓦」。「親愛的耶穌，走近一點。」恍如置身夢中，克萊兒走近幾步，老太太吃力地站起身。她伸出如皮革般粗糙的手觸摸克萊兒的臉頰。「怎麼會這樣，您肯定超過二十歲了呀。」她帶著喘息聲的疑惑不解使克萊兒畏縮不前，臉頰在她的撫觸下瞬間僵住。

「二十五歲。」

「這就對了，」薇爾瓦滿意地說，然後又重重地坐回椅子，一臉舒服，目不轉睛盯地打量著克萊兒。「甜心，您叫什麼名字？」

好奇怪的問題！「我叫克萊兒。」克萊兒接腔，把通行證丟在桌上後隨即離去。這一次她走對了路，順利來到停放她車子的停車場。她打開車門、插入鑰匙、踩油門，用了比所需更大的力氣去踩，將那棟灰石大樓遠遠拋在後頭。如今，那棟大樓消失不見，她在裡頭遇見的人已經死去；而那棟傳達了羅伯特·洛德理念的時髦大樓，原本計畫以他的名字命名也因故取消——克萊兒這才明瞭，為何多年前那位老太太會用那樣的眼神看著她。

要是看見我們的，是我們萬萬沒想到而措手不及的人，我們的身分還能被辨認出來嗎？但是來不及了，人都離開了，也不好再回去問：「告訴我，她叫什麼名字？」

致謝辭

書寫虛構小說恍如做夢；其中有可辨識的和難以想像的、也有平凡的和駭人聽聞的，這一切都透過最難以預料的方式凝聚起來，到頭來卻變成完全不似現實生活的東西，但也希望能以某種方式呼應我們共享的生命。寫作此書一如所有寫作，宛若經歷一場如夢似幻的過程，然而不同於大多數的築夢人，我獲得許多協助。感謝 Rebecca Lowe、Jason Nodler，以及我在休士頓高中表演與視覺藝術的同班同學和老師們，他們無疑是我小說裡生活一團亂的CAPA的正面樂觀版，也是編織夢想的好伙伴。感謝 Lynn Nesbit 初期的指導，感謝 Jin Auh 明白故事何時結束也澈底理解原稿。感謝 Barbara Jones 和 Henry Holt 出版社的每一個人把這個大家庭變得如此溫馨舒適。感謝 MacDowell Colony 提供珍貴的時間與空間。最後也是最重要的，感謝 Elliot、Dexter 和 Pete。

國家圖書館出版品預行編目 (CIP) 資料

信任練習 / 蘇珊・崔 (Susan Choi) 著 ; 陳蓁美譯 .
-- 初版 . -- 臺北市 : 遠流出版事業股份有限公司 ,
2022.12
面 ; 公分
譯自 : Trust Exercise
ISBN 978-957-32-9847-2(平裝)

874.57 111016892

信任練習

Trust Exercise

作　　者｜蘇珊・崔
譯　　者｜陳蓁美
副總編輯｜簡伊玲
校　　對｜金文蕙
特約行銷｜張元慧
封面設計｜謝佳穎

發 行 人｜王榮文
出版發行｜遠流出版事業股份有限公司
地　　址｜104005 台北市中山北路 1 段 11 號 13 樓
客服電話｜02-2571-0297
傳　　真｜02-2571-0197
郵　　撥｜0189456-1
著作權顧問｜蕭雄淋律師
ISBN ｜ 978-957-32-9847-2
2022 年 12 月 1 日初版一刷
定　　價｜新台幣 420 元（如有缺頁或破損，請寄回更換）

YLib.com 遠流博識網 http://www.ylib.com
Email: ylib@ylib.com